HAYMON verlag

Für die zauberhafte Zäzilia

Franz Friedrich Altmann

Turrinis Hirn

Kriminalroman

KULTUR LAND OBERÖSTERREICH

Gedruckt mit freundlicher Unterstützung durch
die Direktion Kultur des Landes Oberösterreich.

MIX
Papier aus verantwortungsvollen Quellen
FSC www.fsc.org
FSC® C083411

Auflage:
4 3 2 1
2021 2020 2019 2018

HAYMON verlag
Innsbruck-Wien
www.haymonverlag.at

ISBN 978-3-7099-3446-3

Umschlag- und Buchgestaltung: himmel. Studio für Design und Kommunikation, Innsbruck/Scheffau –
www.himmel.co.at
Coverfoto: www.pixabay.com/Capri23auto
Autorenfoto: Rainer Kocher
Satz: Da-TeX Gerd Blumenstein, Leipzig

Gedruckt auf umweltfreundlichem,
chlor- und säurefrei gebleichtem Papier.

I

„Bist du nimmer ganz dicht?“ ist keine echte Frage. Ist mehr so eine rhetorische Frage, auf die man eigentlich gar keine Antwort geben kann. Weil das „Bist du nimmer ganz dicht“ sowieso nur als Beleidigung gemeint ist. Indem man die boshafte Frage stellt, ob das Hirn des Angesprochenen schon bei den Ohren oder bei den Nasenlöchern herausrinnt. Eher eine grausliche Vorstellung, wenn du mich fragst!

Trotzdem kriegt die Gucki eine Antwort, wie sie jetzt laut und deutlich „Bist du nimmer ganz dicht?“ in den Telefonhörer sagt.

„Erstens sind mir nicht per *Du*! Zweitens brauchen Sie mit mir nicht so schreien!“, plärrt das Fräulein Aistleitner mindestens so lautstark zurück. „Weil ich kein bisserl schwerhörig bin. Umsonst bin ich nicht seit zweiundfünfzig Jahren Leiterin vom Kirchenchor St. Anton und hör noch immer jeden falschen Ton heraus. Und drittens bin ich sehr wohl dicht. Kein bisserl inkontinent! Und warum? Weil wir von der Katholischen Frauenbewegung schon seit Jahrzehnten Beckenbodengymnastik machen. Jeden Dienstag! Tät Ihnen bestimmt auch nicht schaden, Fräulein Wurm! Gehen ja auch schon auf den Fünfziger zu. Da wird es schön langsam kritisch mit der Blasenschwäche.“

„Beckenbodengymnastik – ist das nicht was Unkeusches?“, will die Gucki empört wissen. Und schafft es damit wirklich, das arme Fräulein Aistleitner aus der Reserve zu locken.

„Du Saumensch, du elendiges! An was du immer gleich denkst, du Schlampen, du ausgschamte!", zischt das Fräulein Aistleitner in ihr Seniorenhandy. „Aber wirst schon noch sehen: Dich holt einmal der Teufel persönlich! Den gibt es nämlich wirklich – auch wenn es die jungen Religionslehrerinnen abstreiten: Hörndl wie ein Stier, Haxen wie ein Geißbock und ein Mordstrum Schwanz!"

„Da tut unser Fräulein Aistleitner immer so katholisch – und dann träumt sie von einem Mordstrum Schwanz?", sagt die Gucki jetzt so entsetzt, dass man ihr ungläubiges Kopfschütteln praktisch durchs Telefon hören kann.

Damit ist die nette Plauderei zwischen dem Fräulein Aistleitner und dem Fräulein Wurm aber auch schon beendet. Diesmal geht der Punkt eindeutig an die Gucki. Ist eh himmelweit hinten bei ihrem Wettbewerb mit dem Fräulein Aistleitner: Wer schmeißt früher die Nerven weg, wenn sie miteinander telefonieren? Meistens die Gucki. Weil das Fräulein Aistleitner echt eine Nervensäge ist. Aber nicht vielleicht eine harmlose Laubsäge – nein, eine PS-starke Motorsäge mit rasiermesserscharf gefeilten Zähnen!

Leider Gottes hat es die Gucki in ihrem Beruf praktisch nur mit Leuten zu tun, die ihr den letzten Nerv rauben. Neben der klassischen Dorftratschen wie dem Fräulein Aistleitner gibt es da noch den brunzdummen Kommunalpolitiker, der sich selber so wichtig vorkommt, wie wenn er der Landeshauptmann wär. Dann kommen auch schon die Obmänner und Obfrauen von allen möglichen Vereinen, die bei uns gedeihen wie die Maden im Speck. Meiner Schätzung nach ist jeder Mühlviertler Mitglied bei mindestens vier Vereinen. Wobei Spitzenreiter durchaus auch auf zehn Vereine kommen können. Auf jeden Fall hält jeder Obmann und jede Obfrau den eigenen Verein für den Mittelpunkt der Welt. Und sagt das auch klipp und klar.

Und was sagt dann die Gucki? Gar nix! Weil sie ja von diesem Schwachsinn lebt. Genauer gesagt heißt dieser Schwachsinn *Mühlviertler Nachrichten*: eine Lokalzeitung wie im Bilderbuch! Sprich: Dorftratsch, Vereinsnachrichten, Lokalpolitik. Und damit hat es sich auch schon. Mehr ist da nicht drin! Eine ganz eine banale Gratiszeitung. Und journalistisch auch genauso viel wert: nämlich gar nix!

Warum macht die Gucki dann diesen Schas? Schon seit siebzehn Jahren? Diese Frage stellt sich die Gucki ja eh öfter. Die Antwort ist aber immer niederschmetternd: weil sie schließlich von irgendwas leben muss. Und weil sie als vierundvierzigjährige Frau mit einem Theaterwissenschafts- und Publizistikstudium am Arbeitsmarkt genauso gefragt ist wie ein Glasaug in einem Teller Leberknödelsuppe.

Aber nur deprimierend ist es dann auch wieder nicht. Oft genug ist der Gucki ihre Arbeit ja wirklich zum Lachen. Weil die ganzen Deppen, mit denen sie es tagtäglich zu tun hat, manchmal so derartig deppert sind, dass es schon wieder eine Gaudi ist. Wenn man einen Humor hat. Aber den hat sie eh, die Gucki!

Drum schüttelt sie jetzt den Kopf und sagt gutgelaunt: „Das muss dem Fräulein Aistleitner erst einmal einer nachmachen: Sieht in der Kirche von St. Anton junge Hunde herumrennen? Mindestens zehn! Die ist doch nimmer ganz dicht!"

Da schau dich an! Ganz dicht ist die Gucki anscheinend auch nicht. Wenn du mutterseelenallein in deinem Büro sitzt und Selbstgespräche führst, dann ist mit deinem Kopf auch nicht alles in Ordnung. Oder redet sie womöglich mit ihrem Computer? Soll ja heutzutags öfter vorkommen. Ist aber deswegen auch nicht gescheiter!

Nein! Da hab ich der Gucki jetzt Unrecht getan. Sie redet ja gar nicht mit sich selber und schon gar nicht mit einem depperten Computer – sie redet mit einem gescheiten Hund. Der hat anscheinend geschlafen und muss beim Stichwort *junge Hunde* aufgewacht sein. Weil er natürlich das Wort *Hund* kennt.

Ob er das Wort *zehn* auch kennt, kann ich beim besten Willen nicht sagen. Keine Ahnung, ob sie in der Hundeschule auch Rechnen haben. Auf jeden Fall findet er der Gucki ihre Bemerkung so interessant, dass er auf ihren Schoß springt und ihr das Gesicht abschleckt. Wobei ich mich nicht drauf versteifen möcht, dass er sie jetzt genau zehnmal abschleckt. Können auch neun oder elf Schlecker gewesen sein. Aber ungefähr kommt es hin. Wirklich ein wiffer Hund!

Im nächsten Moment geht aber auch schon die Tür auf. Und ein Engel schwebt in den Raum und verkündet die Frohbotschaft des Tages: „Happy birthday to you, happy birthday to you, happy birthday, lieber Turrini, happy birthday to you!“

Das mit dem Engel ist natürlich ein bisserl eine Übertreibung. Weil die Renate Heiligenbrunner nur die Sekretärin von den *Mühlviertler Nachrichten* ist. Aber manchmal kommt die Renate der Gucki vor wie ihr ganz persönlicher Schutzengel. Grad jetzt zum Beispiel. Was ist die Gucki doch nur für eine Rabenmutter? Hat doch glatt den Geburtstag von ihrem Turrini-Burli vergessen! Und wer hilft der Gucki wieder einmal aus der Patsche? Die Renate natürlich! Serviert auch schon eine wunderschöne Geburtstagstorte mit einem brennenden Kerzerl.

„Moment!“, wird da der eine oder der andere jetzt einwerfen, der die Gucki und den Turrini schon länger kennt. „Die Gucki ist seit siebzehn Jahren bei den *Mühlviertler Nachrichten*. Genauso lang hat sie auch ihren Hund. Müssten da nicht siebzehn Kerzerl auf der Torte sein?“

„Wirklich gut aufgepasst!“, kann ich da nur sagen. Macht die ganze Sache aber auch nicht leichter für mich. Weil mir jetzt gar nix anderes überbleibt, als dass ich die ganze Turrini-Geschichte von vorn bis hinten erzähl. Wird halt ein bisserl länger dauern.

Nur: Wo fang ich da überhaupt an? Am besten am Anfang. Also: Vor siebzehn Jahren hat sich die Gucki vom Leo Höller einen Hund andrehen lassen. Mit der Mitleidstour: Sonst landet er im Tierheim! Hat die Gucki den Hund *Turrini* getauft. Weil sie damals grad an ihrer Diplomarbeit *Sentimentale Motive im Dramatischen Werk von Peter Turrini* geschrieben hat. Und weil der Hund dem Theaterdichter wirklich total ähnlich geschaut hat: ein bisserl kleiner, ein bisserl fester, dafür aber umso temperamentvoller.

Sind die Gucki und der Turrini in kürzester Zeit ein Herz und eine Seele geworden. Und auch geblieben. Die Gucki hat den Turrini überall hin mitgenommen und praktisch den ganzen Tag mit ihm gemeinsam verbracht. Natürlich auch die ganze Nacht. Wobei man dazusagen muss, dass der Turrini eh nicht *bei* ihr im Bett gelegen ist, sondern *unterm* Bett. *Ins* Bett hat er sich immer erst gelegt, wenn die Gucki schon eingeschlafen war.

Kurzum: Der Turrini war der wichtigste Mann in der Gucki ihrem Leben. Mit anderen Männern hat sie es nie mehr als ein paar Tage ausgehalten. Die einzige Ausnahme war ein gewisser Zellner Andi. Hat aber nach fünf Wochen auch aufgegeben. Hat keine Schuhe mehr gehabt. Weil der Turrini alle Schuhe vom Andi zerlegt hat. Hat seinen Konkurrenten praktisch hinausgebissen.

Sind die Gucki und der Turrini also miteinander alt geworden. Wie man so schön sagt. Nur altert ein Hund halt viel schneller als ein Mensch. Durchschnittliche Lebenserwartung bei einem Spitz grad einmal dreizehn Jahre. In dem Alter war der Turrini aber eh noch topfit. Bis auf das, dass er stocktaub war. Wie er dann aber eines Tages den Hasen und Rehen nimmer nachg'rennt ist, hat sich die Gucki ernsthaft Sorgen um ihn gemacht. Da hat es dann auch nimmer lang gedauert, bis er nimmer recht gefressen hat. Ein ganz ein schlechtes Zeichen bei so einem verfressenen Hund!

„Mein Gott, das Alter halt!", hat der Tierarzt gemeint. Und hat dem Turrini nur widerwillig jeden zweiten Tag eine Infusion mit einer Nährlösung verabreicht. Dabei sind die Tierärzte normalerweis eh so geschäftstüchtig, dass sie einem Hamster jederzeit ein Nabelpiercing machen täten, wenn es der Besitzer zahlt.

Da ist es aber mit dem Turrini schon steil bergab gegangen. Voriges Jahr ist das gewesen. Eines Tages hat er dann auch noch gehinkt und außerdem extrem traurig geschaut. Hat sich die Gucki gedacht: „Gehen wir halt ins Wirtshaus! Vielleicht kommt er da auf andere Gedanken?"

Und wirklich! Kaum sind sie in *Franky's Bar* hinein, war der Turrini wie ausgewechselt. Ist ja auch sein Lieblingswirthaus. Weil dort immer der Leo Höller sitzt. Der ist nämlich sein Babysitter, wenn ihn die Gucki ausnahmsweis einmal nicht mitnehmen kann. Normalerweis ist der Turrini selber auf den Barhocker gesprungen. Diesmal hat ihn der Leo hinaufheben müssen. Sein Parade-Kunststück hat der Turrini aber noch immer beherrscht.

Das geht so: Der Leo bestellt einen *Jägermeister* und stellt ihn dem Turrini vor die Schnauze. Der klemmt das Flascherl zwischen die Vorderpfoten und kletzelt den Schraubverschluss mit den Zähnen auf. Dann schnappt er das Flascherl mit den Vorderzähnen und lässt den *Jägermeister* in seine Gurgel rinnen. Zum Schluss stellt er das Flascherl wieder ordentlich auf die Bar. Normalerweise sagt dann der Leo: „Bravo, Turrini!"

An diesem Tag – der 2. Februar 2016 ist das gewesen –, an diesem Tag also ist der Leo nimmer zum Bravo-Sagen gekommen. Weil der Turrini mitsamt dem Flascherl im Maul vom Barhocker gestürzt ist. Und nimmer aufgestanden. Die Gucki ist zwar noch zum Tierarzt gerast. Der hat aber auch nichts mehr machen können. Genauer gesagt: Lebendig hat er den Turrini nimmer machen können. Die Todesursache hat er der Gucki schon sagen können. Weil man den Turrini jetzt wieder am Bauch angreifen hat können, ohne dass er gleich knurrt. Hat sich ja in der letzten Zeit nicht einmal mehr von der Gucki angreifen lassen. Jetzt begreift sie auch, warum: direkt unter dem seidigen Fell ein Mordstrum Geschwulst. So groß wie ein Apfel!

Der Tierarzt tippt auf Magenkrebs, bietet der Gucki aber eine Obduktion an, wenn sie es genau wissen will. Könnt ja auch die Leber sein? Was für eine grauenhafte Vorstellung: Ihr Turrini-Burli soll aufgeschnitten werden wie ein Stück Vieh? Kein Wunder, dass die Gucki da dem Doktor Reichl eine Fotzen gibt, dass es ihn fast umgehaut hätt. Dabei ist der Herr Tierarzt ein stattlicher Mann.

Für diejenigen, die die Gucki noch nicht kennen, muss man jetzt vielleicht dazusagen, dass sie einen

Meter fünfundachtzig ist und hübsch ein Schmalz hat. Obwohl sie kein bisserl Sport betreibt. Außer dass sie gern kocht und gern Leute zum Essen einladet. Jetzt wird aber bei uns im Mühlviertel zum Essen gern Bier getrunken. Musst du pro Person im Schnitt eine Kiste Bier rechnen. Ist aber kein Problem für die Gucki! Packt eh zwei Kisten auf einmal. Im Notfall auch drei. Kann sie sich also das Fitness-Center wirklich ersparen.

„Ja, spinnt denn der eh schon komplett?", wird der eine oder der andere jetzt laut herausschreien. „Will uns der verarschen? Da erzählt er lang und breit, wie der Turrini gestorben ist – und dann ist der Turrini auf einmal wieder putzmunter und kriegt eine Geburtstagstorte?"

„Ja, wenn ihr mich nicht ausreden lasst's, dann kennt's ihr euch natürlich hint und vorn nicht aus!", kann ich da nur sagen. „Die Geschichte, die ich Euch erzähl, ist nämlich aus dem richtigen Leben. Und das ist halt einmal ziemlich verwurstelt – und nicht so watscheneinfach und deppensicher wie eine Fernsehserie!"

Also: Wo bin ich stehengeblieben? Beim Tierarzt. Ist die Gucki heimgefahren und hat den Turrini auf sein Lammfell gelegt. Schaut aus wie immer: schwarzer Hund auf weißem Lammfell. Wie wenn der Turrini nur schlafen tät.

Tut er aber nicht. Ist der Gucki eh klar. Trotzdem bespricht sie mit ihm jetzt das Begräbnis. Wo will er denn begraben werden? Eh klar: genau an der Stelle im Garten, wo er sich immer den Sonnenuntergang angeschaut hat. Was für ein Sarg? Eiche oder Buche? Nix da, Holz ist zu hart! Wird er in die hellblaue Kaschmirdecke gewickelt. Und was für eine Musik? Diese Frage erübrigt sich beim Turrini. Weil er ein eingefleischter Blasmusik-Fan ist. Hat ja dem Leo oft genug beim Tuba-Üben zugehört.

Drum stehen dann am nächsten Nachmittag fünf Bläser in der Gucki ihrem Garten und intonieren mit halberfrorenen Fingern *Ich hatt' einen Kameraden*. Der Leo hat die anderen Musikanten gar nicht lang gefragt, sondern einfach in sein Auto gesetzt. Da sieht man wieder einmal, dass er nicht zu Unrecht den Spitznamen *Sturmbannführer* hat. Weil das musst du erst einmal zusammenbringen, dass du vier Musikanten auftreibst, die bei so einem Sauwetter bei einem Begräbnis von einem Hund spielen.

Hat aber keiner von ihnen bereut. Weil die Gucki wirklich gut kochen kann. Gibt natürlich einen Tafelspitz mit Semmelkren und Erdäpfelschmarrn. Ist das traditionelle Totenessen im Mühlviertel. Wenn auch normalerweise nicht bei Hunden.

Zum Trinken gibt es natürlich auch mehr als genug. Weil man ja einem Toten die Füße waschen muss. Sprich: Man muss auf das Wohl des Verstorbenen möglichst viel trinken. Aber nicht vielleicht Wasser! Und weil man beim Turrini ja nicht nur zwei Füße, sondern gleich vier Pfoten waschen muss, wird halt doppelt so viel gesoffen wie normal. Wirklich eine lustige Leich!

So weit – so gut. Wie die Gucki dann aber am nächsten Tag aufgewacht ist, hat sich ihr Herz zusammengekrampft: Der Turrini ist nimmer da, der Turrini kommt auch nimmer, der Turrini ist – tot!

Hat die Gucki zum Frühstück statt einem Kaffee ein Bier getrunken und ist dann in die Arbeit gefahren. Praktisch zur Ablenkung. Hat dann im Lauf des Tages zur Ablenkung noch einmal acht Bier getrunken. Nach der Arbeit hat sie dann aber erst recht eine Ablenkung gebraucht. Hat ja keinen Turrini mehr, mit dem sie Gassi gehen kann. Ist sie also jeden Abend in *Franky's Bar* gelandet und bis zur Sperrstunde geblieben.

Und so ist es dann auch weitergegangen mit der Gucki. Ist praktisch den ganzen Februar und den ganzen März 2016 aus dem Rausch nimmer herausgekommen. Hat sich die Renate schon Sorgen gemacht. Aber nicht vielleicht, dass die Gucki mit sechs Bier kein Interview mit dem Stadtrat Atteneder zusammenbringt – bei so einem Deppen hätte sie ruhig zwölf Bier trinken können –, nein, Angst gehabt hat sie nur, dass sie der Gucki früher oder später den Führerschein nehmen werden.

Hat die Renate also nachgedacht. Wo kriegt man auf alle Fragen eine Antwort? Bei der Katholischen Kirche und im Internet! Weil es die Gucki aber nicht so hat mit der Kirchen, hat sich die Renate hinter ihren Computer gesetzt. Aber nicht, dass jetzt wer glaubt, dass sie die Homepage der *Anonymen Alkoholiker* angeklickt hat – sie hat Hundezüchter gesucht. Natürlich nur solche, die einen reinrassigen Spitz in Schwarz haben. Und einen männlichen Welpen, den man bald abholen kann.

Hat aber ewig gedauert, bis die Renate fündig geworden ist. Weil der Spitz momentan halt so gar nicht in Mode ist. Labrador oder Golden Retriever gibt es zum Saufüttern – Spitz keinen einzigen! Muss sie die Suche auf Deutschland ausweiten. Und wird auch schon fündig. In Windorf, einem kleinen Kaff an der Donau. Nicht einmal so weit: dreißig Kilometer westlich von Passau. Muss die Renate nur noch die traurige Geschichte vom Ableben vom Turrini erzählen – seine *Jägermeister*-Exzesse spart sie natürlich aus – da ist auch schon ein Abholtermin vereinbart: der 25. April 2016.

Natürlich sagt die Renate der Gucki kein Wort. Obwohl sie sich jeden Tag hundertmal auf die Zunge beißen muss. Am 25. April aber gibt es einen Betriebsausflug. Angeblich zu einer kleinen bayrischen Brauerei. Für sowas ist die Gucki immer zum Haben.

Wie die Gucki dann nach drei Stunden Fahrzeit und nach einem Sechsertragerl *Freistädter Bier* aus der Renate ihrem Auto steigt, ist sie so überrumpelt, dass sie kein Wort herausbringt. Ein winziges schwarzes Wollknäuel rennt auf die Gucki zu und verbeißt sich tapfer in ihre Schuhbandl. Hat nicht die geringste Ähnlichkeit mit dem Turrini. Erst wie dann seine Mama auftaucht und die Gucki misstrauisch anschaut, springt ihr die Ähnlichkeit ins Aug: Die Hundemama ist dem Turrini wie aus dem Gesicht geschnitten.

Die Gucki ist so daneben, dass sie gar nicht mitkriegt, wie sie den kleinen Hund in die Hand nimmt und an die Brust drückt. Erst wie ihr der kleine Scheißer die Hand abschleckt und sie mit seinen spitzen Milchzähnen in den Zeigefinger beißt, wacht sie endlich aus ihrer Schockstarre auf.

„Ich will keinen anderen Hund!“, sagt sie energisch. Streichelt den kleinen Hund aber trotzdem. Praktisch Instinkt.

„Er ist aber schon bezahlt!“, erklärt jetzt die Züchterin genauso energisch.

„Wie soll ich ihn denn taufen?“, hat die Gucki dann fünf Minuten später gefragt. Da sind sie aber schon längst im Auto gesessen und Richtung Passau gefahren.

„Offiziell heißt er Othello von den Donauauen“, erklärt die Renate.

„Kommt nicht in Frage!“

„Wie wär es denn wieder mit einem Schriftsteller?“, schlägt die Renate vor.

Ist jetzt direkt blöd. Weil die Gucki gar nicht so viele Schriftsteller kennt. Weil sie eigentlich nie was liest. Bücher mein ich. Hat einfach keine Zeit für sowas. Weil der Turrini, das Tarockieren und die *Mühlviertler Nachrichten* der Gucki ihr Leben eh voll und ganz ausgefüllt haben.

Ein Buch hat die Gucki trotzdem gelesen. Erst unlängst. Hat sie von ihrer Freundin Helga zu Weihnachten gekriegt. Ein Buch zum Thema *Sex*. Aber nicht *Fifty Shades of Grey*, sondern *Das Bayrische Dekameron*. Lauter lustige Kurzgeschichten, in denen fest geschnackselt wird. Wie sich das Liebesleben am Land früher halt so abgespielt hat. Nur: Wie hat der Autor geheißen?

„Was tätest du denn zu *Graf* sagen?", fragt die Gucki. Weil es ihr jetzt doch wieder eingefallen ist: *Oskar Maria Graf* hat der Saubartl geheißen, der *Das Bayrische Dekameron* geschrieben hat.

„*Graf* ist brav!", freut sich die Renate. Weil sie ja gern so Frauenzeitschriften liest, die nur von Adeligen handeln. Kennt praktisch alle Stammbäume des europäischen Hochadels in- und auswendig.

Hat der kleine Hund also auch schon *Graf* geheißen. Aber nur bis zur bayrisch-österreichischen Grenze. Da hat er nämlich die Gucki zum ersten Mal angespieben. Und was hat die Gucki gesagt?

„Meinigotti, ist dem kleinen Turrini leicht ein bissi schlecht?", hat sie gesagt.

Und wie dann der Hund in Helfenberg auf ihrem Schoß eingeschlafen ist, hat sie gesagt: „Tut der kleine Turrini jetzt ein bissi Hei-hei machen?"

Kurzum: Wie die Gucki aus dem Auto gestiegen ist, hat der Hund unwiderruflich *Turrini* geheißen. Und zwar nur *Turrini* – und nicht *Turrini II*. Wie es die Renate gern gehabt hätte. Weil es doch irgendwie adeliger klingen tät.

Heute, zehn Monate später, ist der neue Turrini praktisch wie der alte. Nicht nur, dass er genauso ausschaut – er hat auch denselben Charakter: zärtlich, aber stürmisch! Wie wenn der alte Turrini von den Toten auferstanden wär. Oder – wenn man es lieber buddhistisch haben will: wie wenn er als neuer Turrini wiedergeboren wär. Ein gelungenes Comeback ist es auf jeden Fall. Auch wenn der neue Turrini das

Kunststück mit dem *Jägermeister*-Flascherl noch nicht beherrscht. Mit der Betonung auf *noch*! Weil der Leo Höller eh schon fleißig mit ihm übt.

So, jetzt hab ich das mit dem Turrini aber wirklich Länge mal Breite erklärt. Jetzt müsste sich eigentlich ein jeder Depp auskennen. Können wir also die Vergangenheit hinter uns lassen und uns wieder der Gegenwart zuwenden.

Da geht es mittlerweile ausgesprochen fröhlich zu. Der Turrini hat die Kerze von seiner Geburtstagstorte ausgeblasen – besser gesagt: ausgebellt – und hat schon das zweite Stück Malakofftorte in Arbeit. Schaut natürlich aus, dass der Sau graust: ein kohlrabenschwarzer Hund, das Goscherl aber schneeweiß! Komplett mit Schlagobers verschmiert. Muss man ihm natürlich ein Schüsserl Prosecco hinstellen, damit er wieder ein fescher Hund wird.

Die Renate, die schon mehrere Glasl Prosecco intus hat, kommt jetzt direkt ins Sinnieren: „*Graf* wär schon ein vornehmer Name gewesen – oder zumindest *Graf Turrini*?"

„Gräfin Gudrun am Apparat!", meldet sich jetzt die Gucki ganz vornehm am Telefon. Weil ja die ganze Geburtstagsparty während der Arbeitszeit stattfindet. Außerdem ist morgen Redaktionsschluss, die Zeitung aber hint und vorn nicht fertig. Vielleicht kriegt die Gucki jetzt doch noch eine brauchbare Geschichte herein?

„Was, eine Chefin wollen Sie sein, Fräulein Wurm? Dass ich nicht lach!", gackert das Fräulein Aistleitner in ihr Handy. Hört anscheinend doch nimmer so gut. „Arbeitsscheu sind Sie! Im Gegensatz zu mir. Ich hab alle dreizehn Hunde eingefangen. In der Kirche. Dass sie das Gotteshaus nicht entweihen: mit einem Gacki!"

„Und wo sind die jetzt alle?", will die Gucki wissen. Traut ja dieser alten Hex jederzeit zu, dass sie die armen Hascherl in die Biomülltonne geschmissen hat.

„Vorläufig in der Aufbahrungshalle. In einem alten Blechsarg. Aber bleiben können sie da nicht. Wenn Sie die Viecher nicht bald abholen, dann ruf ich den Totengräber an. Der macht kurzen Prozess mit ihnen!"

Ist dem Turrini seine Geburtstagsparty auch schon vorbei. Schlagartig.

Weil die Gucki dem Fräulein Aistleitner alles, aber auch wirklich alles zutraut. Springen die Gucki und der Turrini auch schon ins Auto und lassen die Reifen quietschen. Aber schon in jeder einzelnen Kurve zwischen Freistadt und St. Anton!

Jetzt hat die Gucki doch noch ein Geburtstagsgeschenk für ihren Turrini: dreizehn junge Hunde! Hat er wen zum Spielen. Hoffentlich zerbeißt er sein neues Spielzeug nicht gleich!

II

„Hat es dir leicht die Kopfdichtung zerrissen?“ ist eine Frage, die man am ehesten einem Automechaniker zutrauen tät. Muss aber gar nicht sein. Eine kaputte Kopfdichtung kennt ja ein jeder. Gehört praktisch zur Allgemeinbildung. Wird bei uns im Mühlviertel gern verwendet, wenn man wen anstänkern will. Da bedeutet *kaputte Kopfdichtung* dann *kaputter Kopf.* Sprich: Man erklärt den Angesprochenen für deppert.

Ist also nur ein blöder Zufall, dass es wirklich ein Kfz-Mechaniker ist, der die Gucki jetzt fragt: „Hat es dir leicht die Kopfdichtung zerrissen?“

Dass der Fuzzi und die Gucki in der *Meierhansl-Hütte* sitzen, ist aber ganz und gar kein Zufall. Weil Dienstag ist. Da wird halt einmal in der *Meierhansl-Hütte* tarockiert. Jeden Dienstagabend. Besser gesagt: die halberte Nacht. Ist ja die Gucki auch schon wieder seit siebzehn Jahren dabei und hat noch keinen einzigen Dienstag ausgelassen.

Normalerweise nimmt die Gucki ihren Turrini überall hin mit. Nur in die *Meierhansl-Hütte* nicht. Da hat auch der alte Turrini nicht mit dürfen. Weil beim Tarockieren so fleißig geraucht wird, dass du die Luft in Scheiben schneiden kannst. Wirklich nix für einen Hund! Am allermeisten raucht sowieso die Gucki. Noch dazu ein extrem stinkendes Kraut: *Gauloises filterlos.*

„Wer sowas raucht, frisst auch kleine Kinder!“, hat der Fuzzi behauptet, wie er einmal so eine *Gauloise* probiert hat.

Ihre Zigaretten muss sich die Gucki übrigens aus Paris schicken lassen. Von einer früheren Schulkollegin, die einen Franzosen geheiratet hat. Weil es die filterlosen *Gauloises* seit einem halben Jahr bei uns nimmer gibt. Seit sie das mit den Schockbildern auf den Zigarettenpackerln eingeführt haben.

Ein kompletter Schwachsinn – wenn du mich fragst! Deine Gesundheit kannst du dir ja auch mit allen möglichen anderen Sachen ruinieren. Tät man praktisch überall ein Schockbilderl draufpicken müssen. Sagen wir einmal: Auf jedes Motorradl kommt dann ein Bilderl von einer Beinprothese und dazu ein lässiger Spruch:

Motorradlfahren kann Ihnen einen Haxen ausreißen

Der Fuzzi hat die Gucki aber nicht gefragt: „Hat es dir leicht die Kopfdichtung zerrissen?“, weil sie raucht wie ein Auto mit einer kaputten Kopfdichtung, sondern deswegen, weil sie heute so miserabel Karten spielt. Macht praktisch einen Fehler nach dem anderen. Normalerweise ist es grad umgekehrt: die Gucki ohne Fehl und Tadel, der Fuzzi aber spielt so einen Schmarrn zusammen, dass ihm seine Mitspieler nicht selten mit Mord und Totschlag drohen.

Gleich drauf passiert aber was, das alle Tarockierer noch mehr überrascht als der Gucki ihre Spielfehler:

Die Gucki überhört die blöde Bemerkung vom Fuzzi einfach. Sie, die es als Einzige mit der großen Goschen vom Fuzzi aufnehmen kann und normalerweise auch tut, sagt nicht: „Besser eine kaputte Kopfdichtung als gar kein Hirn!"

Die Gucki sagt überhaupt nix. Ist ja heute nicht zum Tarockieren in die *Meierhansl-Hütte* gekommen und schon gar nicht zum Blöd-Daherreden, sondern zum Nachdenken. Weil sie bei dem ganzen Wirbel, der zum Tarockieren halt einmal dazugehört, am besten nachdenken kann.

Heut ist sie den ganzen Tag in der Redaktion der *Mühlviertler Nachrichten* gesessen und hat fieberhaft nachgedacht. Und was ist dabei herausgekommen? Rein gar nix! Jetzt sitzt sie erst zwei Stunden in der *Meierhansl-Hütte* und hat erst vier Bier getrunken – und trotzdem kommt ihr der ganze Kriminalfall schon viel klarer vor. Um zwei in der Früh – praktisch nach zwölf Bier – müsste sie ihren Fall eigentlich gelöst haben. Wird sie aber hübsch ein Geld kosten, wenn sie weiterhin so schlecht spielt wie bisher.

„Welchen Fall, bitte?", wird man jetzt energisch einwerfen. „Dreizehn kleine Hunde sind doch kein Kriminalfall – höchstens ein Bagatelldelikt!"

„Weil ihr mich schon wieder nicht ausreden lasst's!", kann ich da nur sagen. „Das Leben ist halt einmal keine Autobahn, sondern eine ziemlich eine kurvenreiche Bundesstraße – genau wie die Straße von Freistadt nach St. Anton!"

Das war nämlich so: Flitzen die Gucki und der Turrini nach St. Anton. Gestern war das. Hab ich ja eh schon erzählt. Gleich hinein in die Aufbahrungshalle. Wirklich: dreizehn junge Hunde in einem Sarg! Nimmt die Gucki einen heraus und ermahnt den Turrini eindringlich: „Aber ganz vorsichtig spielen – und nicht gleich den Schädel abbeißen!"

Stürzt sich aber eh nicht der Turrini auf den kleinen Hund, sondern umgekehrt: der kleine Pudel stürzt sich auf den Turrini. Besser gesagt: auf den Bauch vom Turrini. Hält ihn anscheinend für seine Mama und will eine Milch. Muss sich dabei irrtümlich in dem Turrini sein Zipferl verbissen haben. Was ihm natürlich eine ordentliche Watschen eintragt. Rennt er also davon. Der Turrini hinterher. Jetzt werden wir ja sehen, wie gut er als Hirtenhund ist, der Turrini. Überhaupt nicht geeignet! Statt dass er den kleinen Hund zur Gucki zurücktreiben tät, spielen die zwei Fangen. Und sind auch schon in die Kirche hineingerannt. Die Gucki natürlich hinterher. Könnt ja das Fräulein Aistleitner drinnen lauern und sämtliche Hunde, die das Gotteshaus entweihen, mit einem Weihwassersprenger erschlagen.

Auf einmal bleibt der Turrini mitten in der Kirche wie angewurzelt stehen und schnüffelt am Boden herum. Dann hat er auch schon eine Spur aufgenommen und rennt mit gesenkter Schnauze zielstrebig in den hintersten Winkel der Kirche. Dort, wo der Beichtstuhl steht. Und den bellt er so scharf an, wie wenn er ein diplomierter Drogenspürhund wär und der hochwürdige Herr Pfarrer zehn Kilo Marihuana im Beichtstuhl versteckt hätt.

Muss die Gucki natürlich lachen. Weil der kleine Pudel den Turrini imitiert und auch den Beichtstuhl ankläfft. Vielleicht hat sich ja wirklich noch ein kleiner Hund dort drinnen versteckt? Praktisch wie im Märchen. Wie das siebente Geißlein in der Pendeluhr!

Ist dann aber kein kleiner Hund im Beichtstuhl, sondern ein großer Mann. Dafür hat er ein Hundehalsband und einen Beißkorb um. Sonst hat er nix an: pudelnackert! Und ziemlich tot ist er auch. Sieht die Gucki auf den ersten Blick. Schließlich ist das nicht ihre erste Leich.

Und hoffentlich auch nicht ihre letzte! Denn wenn die Gucki ehrlich ist, muss sie zugeben, dass sie an ihrem Beruf eigentlich nur die Mordfälle interessieren. Und ein Nackerter mit Hundehalsband und Beißkorb ist garantiert nicht eines natürlichen Todes gestorben. Braucht die Gucki ja nur das Halsband abnehmen, sieht sie auch schon den rotblauen Streifen um den Hals: eindeutig stranguliert! Vermutlich mit einer Hundeleine.

„Um Gottes Willen! Das ist ja fahrlässige Spurenvernichtung, was die Gucki da macht!“, werden jetzt alle schreien, die sich im Fernsehen immer so Krimis anschauen, wo die Mörder ausschließlich mit wissenschaftlicher Auswertung der Spuren überführt werden. Manche werden sogar wissen, dass man das *Forensik* nennt.

Aber erstens hat die Gucki gar keinen Fernseher, und zweitens hat sie alle ihre Mörder immer mit Nachdenken und im Notfall mit körperlichem Einsatz geschnappt. Und natürlich mit Hilfe vom Turrini. Warum also sollte sie es diesmal anders angehen?

Nur: Wo soll sie jetzt anfangen? Zuerst ins Wirtshaus: Wasser für die kleinen Hunde holen! Dann ins Kaufgeschäft: Hundefutter besorgen! Nach diesen Erste-Hilfe-Maßnahmen wird aber auch schon ein schönes Gruppenfoto gemacht: alle dreizehn Hunde mitten am barocken Taufbecken! Wirklich ein gelungenes Bild für die Titelseite der *Mühlviertler Nachrichten.*

Die Fotos, die die Gucki dann vom Mordopfer schießt, kann sie ja sowieso nicht verwenden. Weil die *Mühlviertler Nachrichten* zwar provinziell sind, aber nicht kriminell. Sprich: Die Schaulust der Leser wird grundsätzlich nicht mit Leichen-Fotos befriedigt. Ihre lieben Kollegen von der Sensationspresse täten ihr die Bilder aus der Hand reißen und für ein einziges Foto gleich ein paar tausend Euro hinblättern. Kann die Gucki aber leider nicht machen. Weil sie mit diesen Sensationsreporter-Trotteln ja nicht einmal redet.

Mit dem einen oder dem anderen Trottel von der Kriminalpolizei muss sie jetzt aber schon reden. Leider Gottes! Weil ihr die Kripo garantiert wieder in ihren Fall hineinpfuscht. Am liebsten hätte sie ja die Leiche mitgenommen und fürs erste einmal in die Tiefkühltruhe gesteckt. Damit sie in Ruhe ermitteln kann. Geht aber nicht! Erstens wär das Unterschlagung von Beweismitteln, zweitens aber ist die Gucki durch ihre ganzen Mordfälle mit der oberösterreichischen Kriminalpolizei praktisch auf Du und Du. Der Chef der Abteilung *Leib und Leben,* der Oberstleutnant Otto Rammer, ist seit Jahren ihr hartnäckigster Verehrer. Sein Stellvertreter, der Major Karl Bürstinger, aber ist der Gatte von der Gucki ihrer besten Freundin, der Sybille. Und noch dazu ist die Gucki die Taufpatin von der kleinen Gucki, der Tochter vom Karli und von der Sybille.

Den Rammer ruft sie lieber nicht an. Entweder er macht ihr wieder einen Heiratsantrag – oder er erinnert sich womöglich an die ganzen Watschen, die er im Lauf der Jahre von der Gucki gekriegt hat. Wird sich weder das eine noch das andere positiv auf die Zusammenarbeit auswirken. Und auf den Turrini ist der Rammer auch nicht gut zu sprechen. Weil ihn der schon ein paarmal ordentlich ins Haxl gebissen hat. War zwar der alte Turrini, das mit dem Haxlbeißen, aber der Rammer wird da keinen Unterschied machen.

Ruft die Gucki also den Karli an. Der lasst sich vielleicht zu einem kleinen Deal überreden.

„Kriminalpolizei Oberösterreich, Major Bürstinger!“, sagt der Karli vorschriftsmäßig.

„*Mühlviertler Nachrichten,* Gräfin Gudrun!“, meldet sich die Gucki genauso professionell.

„Servus, Gucki! Hast dir leicht einen Grafen geangelt? Höchste Zeit! Bist eh schon überstandig!“

In diesem scherzhaften Ton geht es dann noch eine ganze Weile dahin. Können wir uns aber sparen. Uns interessiert ja nur der Deal, den die Gucki dem Karli vorschlagen will.

„Was tätest du zu einem kleinen Geschäft sagen, mein lieber Karli?“, fragt die Gucki also. *Deal* sagt sie lieber nicht. Kennt ja das Hauptschul-Englisch vom Karli. „Ich liefer dir ein Eins-a-Mordopfer, du lieferst mir dafür morgen Vormittag einen vollständigen Obduktionsbericht?“

„Gilt! Aber nur, wenn du am Samstag am Abend auf die kleine Gucki aufpasst. Weil ich mit der Sybille auf den Bürgerball gehen muss.“

Das alles geht der Gucki jetzt so durch den Kopf. Wie sie in der *Meierhansl-Hütte* sitzt. Und eigentlich den Schädel beim Tarockieren haben sollte. Weil irgendwas mit dieser Leiche nicht stimmt. Nämlich das Arrangement. Alles viel zu offensichtlich!

„Eindeutig!“, hat der Oberstleutnant Rammer gesagt, wie er die Leiche gesehen hat. „Eindeutig ein Mafia-Mord! Mit einer eindeutigen Botschaft. Der Beichtstuhl heißt: Der Mann hat was ausgeplaudert. Der Beißkorb heißt: Jetzt kann er nix mehr ausplaudern.“

„Und das Hundehalsband?“, hat der Karli wissen wollen.

„Das heißt nix anderes, als dass der Tote ein Hund war, der seinem Herrn nicht gefolgt hat!“

„Schad, dass keine Hundemarke drauf ist!“, hat die Gucki gemeint. „Wo *Rumänische Mafia* draufsteht. Oder *Bulgarische Mafia* oder *Russische Mafia*.“

Hat der Rammer nix gesagt. Hat die Gucki nur so angeschaut. Mit so einem zweideutigen Blick. Wo man nicht weiß, will er ihr jetzt eine Faustwatschen geben – oder will er jetzt im Beichtstuhl mit ihr schnackseln?

„Und was für eine Bedeutung haben die dreizehn kleinen Hunde?", hat aber dann glücklicherweise der Karli gefragt. „Weil Dreizehn eine Unglückszahl ist?"

Wird die Gucki auf einmal jäh aus ihren Gedanken gerissen. Und in die *Meierhansl-Hütte* zurückgeholt. Der Fuzzi spielt einen *Dreier*, der Johnny hat *Tarock* und schießt. Das gibt es doch gar nicht! Der Johnny wollte doch eigentlich einen *Bettler* spielen? Geht ja gar nicht mit *Tarock*! Ist gleich: Er hat dem armen Fuzzi nur was vorgespielt – und der ist drauf reingefallen.

In dem Moment kapiert die Gucki schlagartig, dass die ganze Inszenierung der Leiche nur ein einziges Theater ist. Nur eine lachhafte Maskerade, die vom eigentlichen Mordmotiv ablenken soll. Hat ja auch bestens funktioniert. Weil der Rammer und mit ihm die ganze Kripo Oberösterreich in Richtung Mafia-Mord ermittelt. Wobei sich der Rammer bereits auf die tschetschenische Mafia festgelegt hat.

Warum aber ausgerechnet die Tschetschenen? Weil der Bullterrier von einem tschetschenischen Drogenhändler den Rammer grad letzte Woche in den Haxen gebissen hat. Hat der Karli der Gucki verraten. Wie er ihr den Obduktionsbericht durchgegeben hat. Am Telefon. War wirklich interessant, der Bericht. Der Tote kann alles Mögliche gewesen sein – nur eines war er mit Sicherheit nicht: Mitglied bei irgendeiner Ostblock-Mafia!

Hat sich die Gucki ja auch schon gedacht. Weil der Tote nackert war. Sprich: Du siehst alle Tätowierungen auf einen Blick. Sämtliche Ostblock-Gangster sind halt einmal über und über tätowiert. Künstlerisch allerdings nicht sehr anspruchsvoll. Mehr so auf Strichmanderl-Niveau. Und was war? Keine einzige Tätowierung auf der ganzen Leich! Und auch sonst hat das Mordopfer kein bisserl nach Mafia ausgeschaut. Ganz ein normaler Körperbau – ohne die übertriebenen Muskelberge, die in den Muskel-Fabriken der Ostblock-Mafia mit viel Chemie erzeugt werden.

Trotzdem hat erst der Obduktionsbericht den eindeutigen Beweis geliefert, dass die Gucki recht hat. Weil die Leiche bis auf ein bisserl Chloroform nicht einmal Spuren von Rausch-, Aufputsch- und Betäubungsmitteln aufgewiesen hat. Während jeder hauptberufliche Kriminelle aus dem Osten normalerweise bis über beide Ohren mit diesem Zeug abgefüllt ist. Hat der Rammer der Gucki sogar einmal erzählt, dass die Burschen aus dem Ostblock nur lachen, wenn sie von der österreichischen Polizei verdroschen werden. Weil sie vor lauter Chemie sowieso nix spüren. Deswegen entstehen dann sogar öfter ernsthafte Verletzungen. Weil sich ein österreichischer Polizist natürlich nicht auslachen lasst.

Und noch einen Beweis hat ihr der brave Karli geliefert. Die Kripo Oberösterreich hat ja noch gestern Abend die Fingerabdrücke vom Mordopfer durch sämtliche Polizei-Computer in ganz Europa jagen lassen. Und was ist dabei herausgekommen? Rein gar nix! Was aber heißt das? Dass der Tote ganz einfach nicht bei der Mafia ist. Dort wirst du ja nicht Mitglied, indem du auf die Mafia-Hochschule gehst und eine Diplomarbeit über den Raubmord schreibst. Mitglied wirst du nur durch mühseliges Hinaufarbeiten vom Kleinkriminellen zum Profi-Verbrecher. Erst wenn du dich daheim bewährt hast, darfst du auf eine Karriere im Ausland hoffen. Zu diesem Zeitpunkt hast du aber schon so viele Verbrechen begangen, dass deine Fingerabdrücke garantiert irgendwo gespeichert sind. Wenn nicht sogar deine DNA!

Grad wie die Gucki wieder einmal hundsmiserabel tarockiert – ja, nicht einmal überrissen hat, dass sie dem Johnny helfen muss, weil der den XVIII-er gerufen hat –, grad da schießt ihr auf einmal durch den Kopf, dass nur die Hunde der Schlüssel zu diesem Fall sein können. Wie ist der Mörder zu den dreizehn Hundewelpen gekommen? Hat er sie vielleicht aus dem Tierheim? Sicher nicht! Die hat er von einem der illegalen Hundehändler, die Rassehunde mit erstklassig gefälschten Papieren zum Spottpreis anbieten. Auf die Hunde gekommen ist die Gucki aber nur, weil der Johnny den XVIII-er gerufen hat. Hat sich die Gucki die Spielkarte halt ein bisserl genauer angeschaut. Und was ist da drauf? Ein Hund! Hat die Gucki natürlich nur an ihren Fall gedacht und komplett drauf vergessen, dass sie eigentlich dem Johnny helfen soll. Hat sie sich dann vom Johnny so einiges anhören können. Und zahlen hat sie auch müssen. Aber ordentlich!

War aber das letzte Mal an diesem Abend. Weil die Gucki mit dem Ergebnis ihrer Nachdenkerei fürs erste vollauf zufrieden war. Jetzt hat sie sich wieder voll und ganz aufs Tarockieren konzentrieren können. Hat gleich einmal einen *Solodreier* gespielt und III-er, V-er und VI-er angesagt. Und von jedem Mitspieler zwölf Euro kassiert. Und wie dann um vier in der Früh das allerletzte Spiel vorbei war, da hat die Gucki nicht nur ihren gesamten Verlust wieder aufgeholt – da hat sie sogar noch ein bisserl was gewonnen. Hat ihre sechzehn Bier locker vom Gewinn zahlen können.

III

„Bist du im falschen Film?“ ist zwar auch eine Beleidigung, aber eine verhältnismäßig höfliche. Unterstellt dem Angesprochenen nicht direkt, dass er deppert ist. Macht ihn nur drauf aufmerksam, dass er halt ein bisserl daneben ist.

Ist also eh liebevoll gemeint, wie die Gucki den Turrini jetzt fragt: „Bist du im falschen Film?“ Weil sich der Turrini aufführt, wie wenn er eine Hundemama wär, der alle ihre Hundebabys weggenommen werden.

Dabei ist die Gucki das Projekt *Adoptiveltern gesucht* wirklich geschickt angegangen. Hat ein Foto von den dreizehn Welpen groß am Titelblatt der *Mühlviertler Nachrichten* platziert: dreizehn Hundebabys auf einem barocken Taufbecken. Mit einer ziemlich depperten Schlagzeile:

Putzige Hundewelpen wollen getauft werden

Aber nur scheinbar deppert! *Getauft werden* heißt ja in diesem Zusammenhang: einen Namen kriegen. Und wer gibt einem Hund seinen Namen? Richtig, das Frauli oder das Herrli! Hat die Gucki die Zeitungleser also auch schon zum Nachdenken verführt: *Rex* oder *Rambo*? *Lady Di* oder *Marine Le Pen*?

Und weil da Schwarz auf Weiß gestanden ist, dass die Welpen keinen Cent kosten, hat die Renate heute den ganzen Vormittag nix anderes gemacht, als am Telefon Welpen zu vergeben. Zugeschlagen haben laut Renate ausschließlich Leute, die nicht die geringste Ahnung von einem Hund gehabt haben. Die nicht ganz so ahnungslosen Interessenten haben nämlich wissen wollen, ob der Hund Papiere hat, ob er geimpft und gechippt ist, vor allem aber, ob er gesund ist. Die haben dann ziemlich schnell ihr Interesse verloren, wie die Renate alle diese Fragen nicht beantworten hat können.

Von ungefähr hundert Anrufern sind dann unterm Strich noch sieben ernsthafte Interessenten übergeblieben. Alle miteinander Pensionistinnen und Pensionisten. Denen hat die Renate mit gutem Gewissen versprechen können, dass ihr Leben mit einem Hund gleich viel lebendiger wird. Immerhin waren außer einem Pudel und einem Windhund alle Welpen mehr oder weniger grimmig dreinschauende Kampfhunde.

Hat die Renate den zukünftigen Hundebesitzern also auch noch eine Zustellung frei Haus versprechen müssen. Genau das machen jetzt aber die Gucki und der Turrini: Hauszustellung von Welpen im ganzen Bezirk Freistadt. Eine einzige Tragödie! Der Turrini winselt jedes Mal so erbärmlich, wie wenn man ihm sein einziges Kind wegnehmen tät. Zwei Pensionistinnen, die sich eigentlich schon ein schönes Kampfhundi ausgesucht haben, wollen jetzt auf einmal lieber den Turrini.

Kurzum: Der Gucki ihre Nerven liegen ziemlich blank. Gut, dass sie gestern in der *Meierhansl-Hütte* sechzehn Bier getrunken hat. Fühlt sich ihr Schädel an wie in Watte verpackt. Kriegt sie das Ganze nicht so mit. Normalerweise dürfte sie nämlich einem alkoholisierten Frühpensionisten im Tarnfarben-Kampfanzug keinen Bullterrier aushändigen. Aber was soll's? Der Hund schmiegt sich vertrauensvoll an sein versoffenes Herrli und hört bereits auf den Namen *Adi*.

Da war der Mattsi doch was ganz was anderes! Ist als einziger Hundeinteressent selber in die Redaktion der *Mühlviertler Nachrichten* marschiert und hat sogar ein Hundehalsband, eine Leine und zehn Deka Käswurst mitgebracht. Hat extra die Schule geschwänzt, dass ihm keiner den *Fidel Castro* wegschnappt. So und nicht anders wird der Windhund nämlich jetzt getauft.

Hätte die Gucki nie gedacht, dass Punks die *Mühlviertler Nachrichten* lesen. Wobei der Mattsi mit den Punks aus der Gucki ihrer Jugendzeit eigentlich nix zu tun hat. Das Grindige fehlt im komplett. Das einzige, was an ihm ein bisserl punkmäßig ist, sind die hellblauen Strähnen in den schulterlangen blonden Haaren. Aber sonst ist er ein höflicher junger Mann mit geputzten Schuhen.

„Wieso *Fidel Castro*?", hat die Gucki trotzdem wissen wollen. „Der ist doch grad gestorben?"

„Genau deswegen! Gibt es vielleicht eine coolere Wiedergeburt als wie als Windhund?", hat der Mattsi zurückgefragt.

Was hätt die Gucki da sagen sollen? Hat sie also nur gesagt: „Na dann, viel Glück, dir und dem Fidel Castro! Wenn wir uns einmal in Freistadt über den Weg rennen, lad ich euch alle zwei ins *Sailor's* auf einen kubanischen Rum ein."

„Lassen wir uns sicher nicht entgehen!", strahlt sie der Mattsi an und schaut ihr zum Abschied noch einmal auf den Busen. Hat sowieso die ganze Zeit der Gucki ihren Busen mindestens so neugierig angeschaut wie den Fidel Castro.

„Gell, da bist du schon stolz auf dein Frauli, dass sie keine Kinderschänderin ist und Siebzehnjährige vernascht?", will die Gucki jetzt vom Turrini wissen.

Aber der hat gar nicht zugehört. Ist von seiner Mutterrolle komplett ausgefüllt. Bellt grad den kleinen Pudel scharf an, der mitten ins Büro ein Lackerl gemacht hat. Tut ein braver Hund nicht!

Die Gucki hat natürlich gleich in der Früh wissen wollen, was die anderen Zeitungen so über ihren Fall berichten. Eh klar: nur Schwachsinn! Die beziehen ihre Informationen ja vom Rammer. Ist nur von der tschetschenischen Mafia die Rede. Wobei die Sensationspresse schon noch ein Schäuferl nachlegt.

Asylanten alle bei der Mafia?

fragt die *Kronen Zeitung* ihre Leserinnen und Leser. Hat aber trotzdem kein Leiberl gegen die Konkurrenz. Den Wettbewerb um das allertiefste Niveau hat nämlich wieder einmal das Bunte-Bilderl-Blatt *Österreich* gewonnen:

Tschetschenen essen Hunde!

Grad, dass keine tschetschenischen Kochrezepte drinnen stehen: Wie man den besten Freund des Menschen am besten zubereitet!

Muss die Gucki direkt lachen, wie ihr das jetzt wieder einfallt. Sonst hat sie momentan eh nix zum Lachen. Muss ja noch zwei putzige Kampfhunde an zwei redselige Pensionistinnen ausliefern. Der traurige Rest von den dreizehn Hunden kommt dann sowieso ins Tierheim. Dann schnell heim und das Auto putzen! Weil ihr *VW-Porsche* total verbrunzt und verschissen ist.

Muss ich vielleicht erklären, wie die Gucki zu so einem ausgefallenen Auto gekommen ist. Ist ja eine absolute Rarität. Seltener als selten! Warum das so ist, ist leicht erklärt: ist eine komplette Fehlkonstruktion, der *VW-Porsche*. Alles nur deswegen, weil man unbedingt ein österreichisches Auto haben wollte. Also: Nach dem zweiten Weltkrieg hat man auch in Österreich Autos gebaut. Das erfolgreichste war der *Puch 500*. Zwar nur ein Nachbau vom italienischen *Fiat 500*, aber immerhin. Ein winziges, dafür aber bezahlbares Auto. Nur hat dann leider das Wirtschaftswunder eingesetzt. War für den *Puch 500* der Todesstoß. Weil die Leute schnellere und größere

Autos wollten. Sprich: Die österreichische Automobilindustrie ist sang- und klanglos untergegangen. Hat die Leute natürlich gewurmt: Im Schifahren sind wir die Nummer eins auf der Welt – da werden wir doch auch ein österreichisches Auto zusammenbringen! Hat man verzweifelt nach einer Marktnische gesucht. Und auch eine gefunden: ein fescher Sportwagen, der aber so wenig PS hat, dass es trotzdem ein vernünftiges Auto ist. Getauft hat man diese Missgeburt dann *VW-Porsche*. Nach den Geburtshelfern *VW* und *Porsche*. Vom *VW* das Solide, vom *Porsche* das Schnittige! Dann hat man dieses Auto in Österreich mit viel Trara unter dem Namen *Austro-Porsche* auf den Markt geschmissen. Nur ist es dort leider liegengeblieben. Eine komplette Totgeburt! Wer will denn einen Sportwagen, der nicht recht viel schneller geht als ein *VW Käfer*?

„Der ist doch eindeutig im falschen Film!", wird es jetzt einen allgemeinen Aufschrei geben. „Da geht es um einen bizarren Mordfall – und der Depp erzählt uns lang und breit von einem depperten Auto, das sowieso keiner will!"

Gut, geb ich ja eh zu, dass ich mich da vielleicht ein bisserl im Detail verloren hab. Spielt aber trotzdem eine wichtige Rolle, der *VW-Porsche*. Für die Gucki. Ist wirklich ihr Traumauto: knallgelb, mit schwarzen Rennstreifen. Die Gucki kommt nämlich genauso daher. Schwarze Hosen und eine schwarze Lederjacke hat sie ja eh schon seit ihrer Pubertät angehabt. Seit sie aber den *VW-Porsche* fährt, trägt sie nur mehr gelbe Blusen, gelbe Pullover, gelbe Socken und – wenn es wer genau wissen will – eine knallgelbe Unterwäsche. Wenn das nicht der Partnerlook der wahren Liebe ist?

Dabei hätte die Gucki eigentlich einen *VW Karmann Ghia* haben wollen. Genau so einen, wie sie ihn vom Opa geerbt hat. Mit dem sie fünfzehn Jahre anstandslos gefahren ist. Während der *Porsche 911 Carrera*, der ihr nächstes Auto war, grad einmal drei Jahre gehalten hat. Nur war halt ums Verrecken kein *Karmann Ghia* aufzutreiben. Weil dieses Auto genauso eine missglückte Kreuzung zwischen sportlich und sparsam war wie der *VW-Porsche*. Nur halt zwanzig Jahre vorher. Darüber hinaus war der *VW Karmann Ghia* aber auch noch abgrundtief hässlich. Werden die allermeisten Autobesitzer also früher oder später zum Vorschlaghammer gegriffen haben.

Hat die Gucki in ihrer Verzweiflung den Fuzzi mit der Autobeschaffung beauftragt. Der ist ja nicht nur Automechaniker, sondern auch ein begnadeter Pfuscher mit dem Fachgebiet *Historische Sportwagen*. Hat zwar keinen *Karmann Ghia*, dafür aber einen *VW-Porsche* mit komplettem Motorschaden aufgetrieben. Drei Wochen später ist dieser *VW-Porsche* wieder dagestanden wie neu. Besser gesagt: wie nie zuvor. War nur mehr äußerlich ein fader Sportwagen aus den 70er Jahren. Das Innenleben dafür aber umso reichhaltiger: Motor, Fahrgestell und Bremsen von einem *Porsche Boxter*. Den hat der Fuzzi nach einem dreifachen Salto wirklich günstig gekriegt.

So ist es also gekommen, dass die Gucki jetzt schon seit vier Jahren einen Mordskredit bei der Raika abzahlt und beim Tanken jedesmal ein kleines Vermögen hinblättert. Ist der Gucki aber komplett wurscht. Weil sie ihr Auto heiß liebt und *VW-Burschi* nennt. Und weil sie und ihr Turrini-Burli halt gern einmal ein bisserl flotter fahren.

So wie jetzt. Jetzt muss sie nur noch ins Tierheim. Eh schweren Herzens. Aber fünf kleine Hunde kann die Gucki beim besten Willen nicht mit heim nehmen. Auch wenn der Turrini noch so lautstark bettelt!

War übrigens gar nicht so leicht, ein Tierheim zu finden, das fünf Hunde auf einmal nimmt. Alle Tierheime seit Jahren komplett überfüllt! Hat die Renate ewig herumtelefonieren müssen, bis sie endlich eines aufgetrieben hat.

„Hat sich aber ausgezahlt!“, hat die Renate die Gucki angestrahlt und ihr die Adresse vom Tierheim auf den Schreibtisch gelegt. „Dort geht es den Kleinen sicher gut!“

„Aha?“, hat die Gucki ziemlich skeptisch gesagt. Hat sich ja vom Turrini anstecken lassen und das Wort *Tierheim* in ihren Gedanken durch *Hunde-Waisenhaus* ersetzt.

„Nein, wirklich! Allein schon der Name: Abendfrieden! Das klingt --“

„Nach Rosamunde Pilcher! Ist womöglich der Tierheim-Leiter auch noch ein britischer Landadeliger aus Cornwall?“

„Der Herr von der Aue stammt aus Bayern. Weitschichtig mit den Wittelsbachern verwandt."

Drum ist die gute Renate ganz außer Atem und hat rote Flecken auf den Wangen? Drum schlägt sie der Gucki jetzt ernsthaft vor, schnell ein neues Kleid, putzige Schuhe, dezente Strümpfe, auf jeden Fall aber einen BH zu kaufen? Nur weil die Renate die Gucki wieder einmal verkuppeln will! Ist eindeutig im falschen Film, ihre Sekretärin. In dem sie am Telefon so Sätze sagen kann wie: „Vorzimmer der Gräfin Gudrun von der Aue, Kammerzofe Renate am Apparat!"

Musst du aber hübsch eine Geduld haben, wenn du dir einen Grafen angeln willst. St. Rupert liegt nämlich am Arsch der Welt, knapp an der Grenze zum Waldviertel. Das Tierheim ist dann noch einmal so abgelegen, dass sich die Gucki verfahrt und zum Schluss sogar bei einem Bauern nachfragen muss. Jetzt rächt es sich natürlich, dass sie dem Fuzzi extra eingeschärft hat, dass ein Navi im *VW-Porsche* nicht in Frage kommt.

Aber schließlich und endlich findet die Gucki nach einer lustigen Rutschpartie auf völlig vereisten Güterwegen doch noch ihr Ziel: *Abendfrieden*! Wirklich ein imposanter Mühlviertler Dreiseithof mit weitläufigen Nebengebäuden. Ein bisserl protzig renoviert halt. Schaut nicht aus wie ein Tierheim, sondern mehr wie ein Wellness-Tempel für so Hunde, die statt einer Hundemarke eine Kreditkarte am Halsbandl haben. Der Schwimmteich ist zwar momentan zugefroren, aber wahrscheinlich hat eh jeder Hund einen eigenen

Whirlpool. Geht die Gucki aber nix an! Sie will ja nur die fünf Hunde so schnell wie möglich loswerden – und dann nix wie heim!

Bleibt aber dann doch ein bisserl länger, die Gucki. Genauer gesagt: bis zum Frühstück. Hat sich aber ausgezahlt. Ist wirklich das allerfeinste Frühstück, das die Gucki je gekriegt hat. Kann der Turrini eidesstattlich bezeugen. Hat ja auch fest mitgefressen.

IIII

„Hat dich leicht der Alzheimer erwischt?“ braucht man eigentlich gar nicht fragen. Weil die Antwort in jedem Fall „Nein!“ sein wird. Einer, der nicht dement ist, wird gekränkt sein und „Nein!“ sagen. Und ein völlig Dementer wird auch „Nein!“ sagen, weil er längst vergessen hat, wer dieser Alzheimer überhaupt ist. War das jetzt ein Schispringer – oder doch ein Agrarlandesrat?

Kannst du dir also ruhig sparen, diese Frage. Trotzdem rutscht der Gucki jetzt heraus: „Hat dich leicht der Alzheimer erwischt?“

Weil der Toni halt gar so einen Schmarrn daherredet: Zwei Jäger haben am Montag eine kapitale Wildsau in die Kirche hineingeschleppt. Und nachher dann noch einen ganzen Haufen Hasen. Die Wildsau war vermutlich tot, die Hasen aber haben noch gelebt. Haben ja gezappelt.

Muss ich vielleicht erklären, wann und wo sich dieses Gespräch zwischen Toni und Gucki abspielt. Also: Wir haben Donnerstag, den 23. Februar 2017. Nachmittag. Und sind im Gasthaus *Weiß*. Sagt aber jeder nur *Kirchenwirt*. Weil das Gasthaus ja direkt neben der gotischen Pfarrkirche von St. Anton steht. Drum ist die Gucki ja da: für den Fall, dass irgendeinem Stammgast am Dienstag irgendwas Ungewöhnliches aufgefallen ist.

Hat heute sowieso schon ein Martyrium hinter sich, die arme Gucki. Hat den ganzen Vormittag alle, aber auch wirklich alle Leute verhört, die gern in die Kirche rennen. Sprich: lauter alte bis uralte Weiber. Müsste die Gucki eigentlich eine Bos- und Gemeinheiten-Zulage kriegen. Weil alle alten Weiber über alle anderen alten Weiber lautstark herziehen. Die Martha unterstellt der Herta gewerbsmäßigen Diebstahl von Grablichtern, die Greti verdächtigt die Gitti der Opferstock-Plünderei: Woher hat die denn sonst das Geld für eine neue Leibschürze? Und so weiter und so fort!

Die reinste Drecksarbeit! Noch dazu hat die Gucki wieder einmal ganz allein die Arbeit gemacht, die eigentlich die Kripo machen müsste. Aber die ist sich ja dafür zu gut und gibt lieber Interviews über die Tiefenstruktur der tschetschenischen Mafia. Hat dieser Trottel von Rammer wirklich gemacht. Hat man ja heute in den *Oberösterreichischen Nachrichten* lesen können.

Leider war der Gucki ihre Ochsentour völlig erfolglos. Alle alten Weiber haben geredet wie ein Wasserfall, aber wirklich was gesehen hat keine einzige. Ist der Gucki zum Schluss noch der Kirchenwirt eingefallen. Die Wirtin ist zwar eigentlich noch nicht so alt, aber trotzdem neugierig für zwei Achtzigjährige.

Aber Fehlanzeige! Die Wirtin war am Dienstag gar nicht da, sondern auf der Wirtschaftskammer. Ihre Schwester, die sie vertreten hat, kann gar nix gesehen haben, weil sie extrem kurzsichtig ist, aber aus

Eitelkeit keine Brille aufsetzt. Dabei kriegt sie so oder so keinen Mann, die blöde Gans!

Sind die Stammgäste die allerletzte Hoffnung von der Gucki. Die haben zwar alle miteinander auch nix Ungewöhnliches bemerkt, kennen dafür aber einen ganzen Haufen ordinäre Witze, die sie der Gucki auch bereitwillig erzählen. Ist der Egon, der mit rekordverdächtigen zweiundvierzig Jahren in Frühpension gegangen ist, grad mitten in einem besonders ordinären – besser gesagt: in einem besonders grauslichen – Witz, da geht die Wirtshaustür auf – und der Egon verstummt mitten im Satz.

Weil jetzt eine Respektsperson die Gaststube betritt, der Herr Volksschuldirektor in Ruhe Anton Ammerstorfer. Hat den Egon seinerzeit mindestens zweimal pro Woche nachsitzen lassen und ihm mindestens einmal pro Woche eine ordentliche Watschen verabreicht. Hat aber nix genutzt: Der Egon ist Hilfsarbeiter geworden und hat es bis auf einen zweiten Platz in der Asphaltstock-Bezirksliga in seinem Leben zu rein gar nix gebracht.

Der Herr Direktor hat noch gar nicht Platz genommen – da steht auch schon ein Achterl Rot vor ihm. Weil bei ihm alles seine Ordnung hat. Am Vormittag trinkt er beim Kirchenwirt drei Achterl Weiß. Dann geht er heim auf ein Mittagsschlaferl. Dann kommt er wieder und trinkt am Nachmittag drei Achterl Rot. Und wenn es einmal besonders lustig ist, bleibt er ausnahmsweis ein bisserl länger und trinkt auch noch drei Stamperl Obstler. Im Notfall sogar sechs oder neun. Aber vier oder fünf Stamperl oder sieben oder acht trinkt er nie. Weil es ohne äußere Ordnung auch keine innere Ordnung geben kann!

Und damit sind wir auch schon dort, wo wir hinwollen: beim Verhör vom Herrn Volksschuldirektor durch die Gucki. Die macht gleich einmal den Fehler, dass sie ihn mit *Herr Direktor* anredet. Muss sie prompt mit ihm Brüderschaft trinken und sich ordentlich abbusseln lassen. Ist für seine zweiundachtzig Jahre ein schneidiger Küsser, der Toni!

Dann erzählt er auch schon treuherzig seine Wildsau- und Hasengeschichte. Müssen sich die anderen Stammgäste das Lachen verbeißen. Wissen ja, dass der Toni gern ein bisserl die Leute anlügt. Seit er in Pension ist. Früher – als Volksschuldirektor – hat er ja leider immer ausgesprochen seriös sein müssen. Drum freut es ihn jetzt umso mehr, wenn er einen Deppen findet, den er pflanzen kann. So wie jetzt die Gucki. Die lässt sich aber nicht gern pflanzen, sondern fragt jetzt den Toni: „Hat dich leicht der Alzheimer erwischt?"

„Immer noch gescheiter als Impotenz!", meint der Toni.

Muss die Gucki andere Saiten aufziehen. Grad, dass sie dem Toni nicht Daumenschrauben anlegt: „Wann soll denn das Ganze gewesen sein?"

„Später Vormittag!", kommt es vom Toni wie aus der Pistole geschossen.

„Genauer geht es nicht?"

„Zwischen halb und drei viertel zwölf. Weil ich beim dritten Achterl Weiß war. Und grad beim Austrinken."

„Wie haben die Jäger denn ausgeschaut?“

„Wie Jäger halt ausschauen: grün!“

„Ich mein: groß – klein, dick – dünn, blond – schwarz?“

„Beide groß, beide schlank. Weder blond noch schwarz, sondern Hut.“

„Mein lieber Toni, bist du eigentlich nie auf die Idee gekommen, dass deine Wildsau die Leiche sein könnte, die man in der Kirche gefunden hat? Und deine Hasen die dreizehn Hunde?“

„Sicher! Aber glaubst du, ich red freiwillig mit Polizisten oder gar mit Journalisten? Nur ein Reporter von der *Kronen Zeitung* war dann so derartig lästig, dass ich ihm verraten hab, dass ich dreizehn Wildsauen gesehen hab. In Hellblau. Hat er aber nicht geschrieben. War anscheinend doch nicht so deppert, wie er ausgeschaut hat!“

„Hast du sonst was bemerkt? Aber wehe, du tischst mir jetzt dreizehn rosarote Hasen auf!“

„Wie wär es denn mit zwei protzigen Geländeautos? Garantiert nicht rosarot!“

„Du lügst ja schon wieder? Den Parkplatz kann man doch von der Gaststube aus gar nicht sehen!“, wird jetzt die Gucki direkt ein bisserl grantig. Weil sie es nicht gewohnt ist, dass sie gepflanzt wird. Normalerweise ist sie diejenige, die die Leute pflanzt!

„Mein Gott, Mäderl! Ich hab doch eh klar und deutlich gesagt, dass ich beim Austrinken war. Weil um zwölf mein Essen auf Rädern kommt. Hab ich beim Heimgehen natürlich die zwei fremden Autos gesehen. Bevor du aber jetzt fragst: groß oder klein, blau oder rot, zwei oder vier Räder – das eine war ein schwarzer *Jeep Cherokee* mit einem ungarischen Kennzeichen, das andere ein dunkelgrüner *Land Rover Defender* mit Freistädter Kennzeichen. Die Kennzeichen hab ich mir allerdings nicht dermerkt. Muss mich doch der Alzheimer erwischt haben."

Aber die Gucki ist eh voll und ganz zufrieden. Ladet den Toni und den Alzheimer auf ein Achterl Rot ein. Alle zwei! Und selber trinkt sie auch noch ein Bier. Immerhin ist sie der Kripo jetzt einen großen Schritt voraus.

„So wahnsinnig viel gescheiter geworden ist sie aber auch nicht, die Gucki!", wird jetzt der eine oder der andere abschätzig bemerken. „Was hat sie denn schon groß erfahren? Zwei Männer in Grün, zwei Geländeautos – das ist aber auch schon alles!"

„Und außerdem tät mich was ganz was anderes hundertmal mehr interessieren!", hör ich jetzt eine schrille Stimme. Und weil es eine Frauenstimme ist, weiß ich auch schon, was jetzt kommt: „Wie war denn das mit dem Übernachten im Tierheim? War da was? Mit dem Herrn von der Aue? Wie heißt der überhaupt mit Vornamen?"

Mein Gott, die Frauen! Interessieren sich sogar bei einer Kriminalgeschichte nur für die zwischenmenschlichen Beziehungen. Wer der Mörder ist, ist ihnen komplett wurscht!

Hat die Renate ja auch wissen wollen, wie die Gucki heut Vormittag mit einer Mordstrum Verspätung ins Büro gekommen ist: Wie der Herr von der Aue denn so ist? Müssen wir wohl oder übel das Geheimnis um seinen Vornamen lüften.

„Ludwig Tassilo Nepomuk Stanislaus von der Aue. Aber alle sagen *Wickerl* zu mir!“, hat sich der Herr Graf bei der Gucki vorgestellt.

Wirklich das, was man einen gutaussehenden Mann nennt. Groß, blonde Mähne, strahlend blaue Augen. Und zusammengerichtet ist er auch. So auf Landedelmann: grüner Schnürlsamtanzug mit Rauhlederflicken an den Ellbogen. Außerdem ein ziemlich ein heftiges Rasierwasser, das fünf Meter gegen den Wind stinkt. Kann die Gucki nicht einmal sagen: Riecht es jetzt nach Rosen – oder doch nach Hundescheiße? Geht natürlich auch dem Turrini auf die Geruchsnerven. Er, der sonst alle Fremden neugierig beschnüffelt, hält Abstand zum Herrn Grafen. Erst wie ihn der Wickerl mit zwanzig Deka Parmaschinken bestochen hat, hat er sich gnädigerweise ein bisserl streicheln lassen.

Die Gucki ist da nicht so heikel. Rümpft zwar auch ein bisserl die Nase, hat aber sonst an diesem Mannsbild nichts auszusetzen. Erstens ist er groß. Ein Mann, der kleiner ist als sie selber, kommt für die Gucki von Haus aus nicht in Frage. Bleiben halt nimmer viel über. Weil die Gucki einen Meter fünfundachtzig ist. Zweitens ist der Wickerl im besten Alter. So Mitte fünfzig schätzt die Gucki. Schwärmt ja seit eh und je für ältere Männer. Hängt wahrscheinlich damit zusammen, dass die

Gucki von ihrem Opa aufgezogen worden ist. Drum wirken nur ältere Männer auf sie vertrauenswürdig. Drittens aber ist der Wickerl wirklich charmant. Nicht nur in dem, was er sagt, sondern vor allem, wie er es sagt: in einem gepflegten Hochdeutsch, lustig gefärbt durch Einsprengsel aus dem bayrischen Dialekt.

Momentan hat die Gucki aber sowieso keine Zeit zum Flirten. Zuerst einmal müssen die fünf kleinen Hunde aus dem *VW-Porsche* heraus. Da staunt die Gucki nicht schlecht: wie Hunde in diesem Tierheim untergebracht sind. Jeder Obdachlose hätte sie um ihre Luxus-Apartments beneidet. Grad dass die Wasserschüsseln nicht vergoldet sind! Das Familienwappen vom Herrn Grafen prangt aber schon auf jedem Napf. Das Bemerkenswerteste aber ist das: Während alle anderen Tierheime heillos überfüllt sind, ist dieses Heim gespenstisch leer. Bis auf einen riesigen Dobermann kein einziger Hund! Nur klinisch saubere Hundeboxen. Ist der Wickerl womöglich ein noch größeres Marketing-Genie wie die Gucki und versorgt alle vereinsamten Pensionisten im Mühlviertel flächendeckend mit Hunden?

Auf jeden Fall kann er mit Hunden umgehen: ruhig, aber bestimmt. Vielleicht könnt er einmal dem Turrini eine Nachhilfestunde geben, dass er nicht immer mit völlig verdreckten Pfoten in der Gucki ihr Bett springt?

Nachdem alle Hunde Futter und Wasser gekriegt haben, werden auch die Gucki und der Turrini auf eine kleine Brotzeit eingeladen. Die reinste Untertreibung!

Die Brotzeit stellt sich als Buffet für zehn Personen mit lauter internationalen Spezialitäten der Luxusklasse heraus. Angefangen vom russischen Kaviar bis hin zur Eselsalami aus Korsika!

Merkt die Gucki erst, was sie für einen Hunger hat. Wie wenn sie seit Tagen nix mehr in den Magen gekriegt hätt. Frisst sie natürlich wie ein Mähdrescher. Ein anderer Mann hätte da zumindest blöd geschaut, wenn nicht sogar eine blöde Bemerkung gemacht. Der Wickerl dagegen lobt sie sogar noch für ihren gesegneten Appetit.

Trinken tut man natürlich auch was – und zwar einen messingschimmernden Rheinriesling aus der Pfalz. Schon was anderes als immer nur Bier! Nach dem dritten Flascherl hätt die Gucki schon nix mehr dagegen, wenn sie der Wickerl ein bisserl sexuell belästigen tät. Und bei der sechsten Flasche überlegt sie ernsthaft, ob sie nicht ihre Parade-Unterhaltungsnummer zum Besten geben soll: ein flotter Striptease am Kuchltisch.

Geht aber leider nicht. Weil jetzt die Spirituosen durchgekostet werden müssen. Vom dreißig Jahre alten Whisky von irgendeiner schottischen Insel bis zum sizilianischen Trockenbeeren-Grappa. Nichts, was der Wickerl nicht in seiner Hausbar hat! Blöderweise wird der Gucki dann bei der dreizehnten Kostprobe, einem laotischen Reisschnaps, so schlecht, dass sie es nur mehr mit Ach und Krach aufs Klo schafft.

Ab diesem Zeitpunkt kann die Gucki nicht einmal mehr an das Wort *Sex* denken, ohne dass es ihr gleich wieder den Magen hebt. Ist heilfroh, dass der Wickerl nicht über sie herfällt, sondern in ein Gästezimmer verfrachtet. Wundert sich noch kurz über den bestickten Baldachin über ihrem Bett, aber dann ist sie auch schon weg. Eingeschlafen. Oder war sie bewusstlos?

Auf jeden Fall war der Wickerl am nächsten Morgen genauso freundlich wie am Vortag und hat sein Interesse an einer Vertiefung ihrer Beziehung in seiner unnachahmlich verschrobenen Art zum Ausdruck gebracht: „Gesetzt den Fall, dass nicht nur deine Socken *VW-Porsche*-gelb sind, sondern auch deine übrige Unterwäsche, sollten wir uns gelegentlich einmal zu einem zünftigen Strip-Pokern verabreden, meine Liebe!“

Drum sitzt die Gucki jetzt beim Kirchenwirt und überlegt fieberhaft: „Soll ich heimfahren, duschen, haarwaschen und mich in Schale werfen? Oder soll ich doch noch ein Bier trinken?“

Manche Fragen beantworten sich von selber. Weil der Toni in dem Moment der Wirtin schreit: „Zwei Bier! Eines für die Gucki und eines für ihren Hund!“

Damit ist das Thema *Sex* ad acta gelegt. Zumindest für heute. Aber morgen ist ja auch noch ein Tag!

V

„Brauchst du einen Vogeldoktor?“ Diese Frage hat nix damit zu tun, dass momentan, im Februar 2017, in ganz Österreich Stallpflicht herrscht. Dass wegen der Vogelgrippe alle Hendl, Enten und Gänse nicht ins Freie dürfen. Nein, mit *Vogeldoktor* ist hier kein Tierarzt gemeint, sondern ein Arzt, der für menschliche Vögel zuständig ist. Sprich: für Geisteskrankheiten. Heißt die Frage also nix anderes als: „Hast du einen Vogel?“

Warum sagt der Leo Höller dann zu seiner langjährigen Freundin Gucki so was Gemeines? „Brauchst du einen Vogeldoktor?“, sagt er.

Erstens ist die Frage natürlich eine Anspielung auf der Gucki ihr Liebesleben. Der einzige Mann, mit dem sie es länger als drei Tage ausgehalten hat, war nämlich ein Vogeldoktor. Ein Facharzt für Psychiatrie. Oder war es womöglich umgekehrt: War der Zellner Andi der einzige Mann, der es länger als drei Tage mit der Gucki ausgehalten hat, weil er die Narrischen halt schon gewohnt war?

Zweitens hat die Gucki in den letzten zwei Stunden ununterbrochen vom *Abendfrieden* geredet. Was sie aber über dieses Tierheim erzählt hat, hat dem Leo überhaupt nicht gefallen. Ganz und gar nicht! Weil er ein militanter Tierschützer ist. Früher war der Leo ja eher ein militanter Nazi. Aber seit der Jörg so tragisch verunglückt ist, interessiert ihn das ganze Deutsche Reich nimmer. Nur mehr der Tierschutz.

Nach dem zehnten Vierterl Rot erklärt der Leo dann gern: „Seit fünf Uhr fünfundvierzig wird zurückgepeckt!“ und schildert wirklich anschaulich, wie das sein wird, wenn die zehntausend Hendl, die er eines Tages aus ihrem Stall befreit, ein ganzes Dorf verwüsten. „Da sind *Die Vögel* vom Hitchcock nix dagegen!“, sagt er jedes Mal auch dazu. Weil aber die Jüngeren den Film nicht kennen, erklärt er ihnen, um was es geht: „Wie Rambo – nur dass der Rambo von ein paar tausend Vögeln gespielt wird!“

Kann die Gucki nicht einmal abstreiten, dass das, was sie heute im *Abendfrieden* erlebt hat, mit Tierschutz oder gar mit Tierliebe nicht zusammenpasst. Hat sie ja selber so derartig irritiert, dass sie nach dem Besuch im Tierheim nicht heimgefahren ist, sondern auf dem kürzesten Weg in *Franky's Bar*.

Warum hat sie sich eigentlich mit dem Leo nie was angefangen? Sicher, jetzt ist er schon fast siebzig. Aber wie sie ihn kennengelernt hat, vor siebzehn Jahren, da war er ja erst Mitte fünfzig – praktisch im besten Alter. Wahrscheinlich, weil er sie gar zu stark an den Opa erinnert hat: alle zwei eine tiefe Stimme, alle zwei alte Nazis! Und eindeutig zu klein für die Gucki ist er auch, der Leo. Bei aller Liebe!

Wie es ausschaut, ist aber der Wickerl mit seinen ein Meter fünfundneunzig auch nicht der Richtige. Oder kriegt er zum Schluss gar nicht mit, was sich im *Abendfrieden* abspielt? Weil er ständig unterwegs ist, um Spendengelder für die Hunde aufzutreiben? Gibt schon so einige Fragen, die die Gucki dem Wickerl stellen muss. Aber nicht stellen kann. Weil er nicht da ist. Und auch telefonisch nicht erreichbar ist. Für was hat er ihr dann überhaupt seine protzige Visitenkarte überreicht?

Reichsgraf
Ludwig Tassilo Nepomuk Stanislaus von der Aue
Witzersdorf 1
4494 St. Rupert
Telephon 0664/3311333

Dabei hat der Tag heut so gut angefangen. Die Gucki ist frisch und munter aus dem Bett gehupft. Obwohl sie am Vortag mit dem Toni zwölf doppelte Obstler getrunken hat. Oder waren es doch fünfzehn? Auf jeden Fall hat sie sich nach dem Duschen und Haarwaschen ordentlich in Schale geworfen. Schwarze Unterhose, ausnahmsweise ein BH, natürlich auch schwarz, und außerdem schwarze Strümpfe und Straps. Sogar schwarze Stöckelschuhe. Dafür ein gelber Minirock und ein gelber Kaschmirpullover, der ihr zwei Nummern zu klein ist. Ist ein Geschenk von der Renate. Hat sich dabei vermutlich gedacht, dass die Gucki leichter einen Mann kriegt, wenn sie ihre Oberweite ein bisserl betont.

War die Renate natürlich gerührt, wie die Gucki ins Büro gekommen ist. Weil es das erste Mal ist, dass die Gucki den Pulli anhat. Geschenkt hat sie ihn ihr ja schon zu Weihnachten. Überhaupt ist die Renate von der Gucki ihrem Outfit hellauf begeistert. Auch wenn der Minirock schon ein bisserl ins Nuttige geht. Weil man die Straps sieht, wenn die Gucki die Beine übereinanderschlagt. Umso besser: Mit vierundvierzig musst du schon ein bisserl dicker auftragen, wenn du noch einen Grafen erwischen willst!

Wird es ein gemütlicher Vormittag im Büro. Die Gucki schreibt herzzerreißende Geschichten über die Hunde-Waisenkinder und ihre stolzen Adoptiveltern. Alle mit einem schönen Foto. Nur beim Fidel Castro und beim Mattsi hat sie aufs Fotografieren vergessen. Schad eigentlich! Die zwei wären die einzigen gewesen, die eine gute Figur gemacht hätten. Bei allen anderen kann man beim besten Willen nicht sagen, wer jetzt hässlicher ist: das kleine Kampfhundi – oder das Frauli beziehungsweise das Herrli?

Dann bastelt die Gucki schon ein bisserl an der Titelgeschichte für die nächste Woche. Die Schlagzeile liegt eigentlich auf der Hand:

Kripo braucht Blindenhund

Die Gucki macht sich in ihrem Leitartikel aber nicht nur lustig über die Kriminalpolizei – sie erklärt auch, was wirklich los ist: Die Mühlviertler sind einfach zu gierig! Statt dass sie bei einem heimischen Züchter siebenhundert bis tausendfünfhundert Euro für einen Rassehund hinblättern, greifen sie lieber zu einem Schnäppchen. Sprich: zu einem Ostblock-Hund. Kostet nicht einmal die Hälfte, ist dafür aber garantiert weder reinrassig noch gesund.

Hat die Gucki alles gestern am Vormittag recherchiert. Hat bei mehr als zwanzig Hundezüchtern angerufen. Hat sich so einiges anhören können – so von wegen Wettbewerbsverzerrung durch Ostblock-Dumpingpreise. Und über das Einschleppen von allen möglichen Hundekrankheiten auch. Sind ja alle nicht geimpft, die Import-Hunde!

Ist zwar alles neu für die Gucki, kommt ihr aber trotzdem bekannt vor. Die Helga, ihre frühere Chefin bei den *Mühlviertler Nachrichten*, jetzt aber schon seit Jahren im Bordell-Business tätig, hat ihr ja erst zu Weihnachten erzählt, dass ihr eine gewisse Anastasia aus Tschetschenien die Tuberkulose ins Haus geschleppt hat. Sind alle Nutten mitten im schönsten Weihnachtsgeschäft nicht in ihren Betten gelegen, sondern in der Quarantänestation vom Landeskrankenhaus Freistadt.

„Wo kommen denn die ganzen illegal importierten Hundewelpen her?", hat die Gucki natürlich wissen wollen.

Jetzt wird's aber interessant! Die Hundezüchter haben nicht gesagt: „Von dort, wo auch die Ostblock-Nutten herkommen!" Haben vielmehr gesagt: „Von dort, wo auch die 24-Stunden-Altenpflegerinnen herkommen: aus der Slowakei, aus Ungarn und aus Rumänien!"

Schon eine bemerkenswerte Parallele: Wer bei der Betreuung von Mama und Papa zu preisgünstigen

Ostblock-Pflegerinnen greift, der spart natürlich auch beim Hund. Obwohl beim besten Freund des Menschen Sparsamkeit eigentlich nicht angebracht sein sollte!

Hat ja sogar einmal einen österreichischen Bundeskanzler gegeben, der sich gesagt hat: „Geiz ist geil!" Hat aber keinen Billig-Hund gekauft, sondern nur eine Billig-Altenpflegerin für seine Schwiegermutter. War im Übrigen damals noch illegal, so eine Ostblock-Pflegerin. Heute nimmer – heute sind sie genauso legal wie die Ostblock-Nutten. Nur mehr die Ostblock-Hunde verstoßen gegen das Gesetz.

Jetzt bin ich aber direkt ein bisserl vom Thema abgekommen. Wie waren ja bei der Gucki ihrer Titelgeschichte in den *Mühlviertler Nachrichten.* Hat sie natürlich den schwarzen *Jeep Cherokee* ins Spiel gebracht. Ungarisches Kennzeichen heißt: Der unbekannte Tote ist höchstwahrscheinlich ein Hundehändler aus Ungarn. Nur: Was das Mordmotiv betrifft, tappt auch die Gucki im Dunkeln. Es wird doch keiner umgebracht, nur weil die Kampfhunde, die er geliefert hat, so hässlich sind. Die müssen sogar so ausschauen: schiach wie die Nacht!

Den *Jeep Cherokee* braucht die Polizei gar nicht suchen. Der wird mittlerweile schon längst in Bulgarien oder in der Ukraine gelandet sein. Aber wer weiß? Vielleicht hat er es sogar bis Tschetschenien geschafft? Mit diesem guten Rat an die Kripo Oberösterreich beendet die Gucki für heut ihre Arbeit. Da schreckt der Turrini auf einmal aus dem Schlaf auf und knurrt die

Bürotür an. Ist aber berechtigt, das Knurren. Weil es der Herr Bundesrat Adalbert Holzinger ist, der mit einem Strauß roter Rosen vor der Tür steht.

„Servus, Gucki!“, grüßt er fröhlich.

„Servus, Bertl!“, grüßt die Gucki zurück. Aber alles andere als fröhlich! Mehr so genervt. Der Bertl ist doch wirklich der Allerletzte, den sie jetzt sehen will.

„Fesch bist heut!“, sagt der Bertl mit ehrlicher Begeisterung. Weiß ja wirklich nicht, wo er zuerst hinschauen soll: auf der Gucki ihren Mordstrum Busen oder auf die elendslangen Haxen?

„Was willst du denn dafür haben?“, fragt die Gucki misstrauisch. „Nach den vielen Rosen wird es vermutlich eine längere Geschichte werden?“

„Nein, ich will gar nix von dir – außer halt --.“

„Sag nur ja nicht schon wieder, dass du mich heiraten willst! Sonst fotzt es!“

Macht der Bertl vorsichtshalber einen Schritt zurück. Hat anscheinend schon einmal von der Gucki eine Fotzen gekriegt.

„Gehen tät das mit dem Heiraten schon. Weil ich seit zwei Wochen geschieden bin“, sagt der Bertl stolz. „Aber wegen dem bin ich eigentlich gar nicht da!“

Ist die Gucki wirklich erleichtert: „Was willst du denn sonst?“

„In den Nationalrat!“, kommt es wie aus der Pistole geschossen.

Da muss ich jetzt doch ein bisserl weiter ausholen. Weil ja nicht ein jeder die sagenhafte politische Karriere vom Bertl kennt. Sonst versteht man ja nicht, warum die Gucki jetzt einen Lachanfall kriegt.

Also: Dass der Bertl Bürgermeister von Blumenthal geworden ist, geht ja noch halbwegs in Ordnung. War schließlich jahrelang Vorsitzender der Jungen ÖVP und der Landjugend. Und Mitglied bei allen anderen Vereinen von Blumenthal war er auch. Wie dann der alte Bürgermeister überraschend gestorben ist, war der Bertl natürlich der logische Nachfolger. Obwohl er noch nicht einmal dreißig Jahr war: der jüngste Bürgermeister im ganzen Bezirk Freistadt!

Aber da hat sein kometenhafter Aufstieg ja erst begonnen. Hat nicht lang gedauert – da hat ein Nationalratsabgeordneter der ÖVP aus dem Bezirk Freistadt zurücktreten müssen. Wegen extremer Sparsamkeit. Weil er immer mit dem Behindertenausweis von seinem verstorbenen Schwiegervater gratis am Linzer Bahnhof geparkt hat, wenn er nach Wien ins Parlament hinuntergefahren ist.

Das Nationalratsmandat hat dann ein Landtagsabgeordneter aus dem Bezirk Freistadt gekriegt, der Bertl aber das Landtagsmandat. Damit die Mühlviertler Bürgermeister, die alle in den Landtag hineinwollten, nicht streitert werden. Hat man einfach den jüngsten genommen. Den hat man wenigstens als *dynamisch* verkaufen können. Das war er ja auch, der Bertl. Hat nach jeder Landtagssitzung in Linz ein Fassl *Freistädter Ratsherrentrunk* angeschlagen und dabei nie mehr als drei Schläge mit dem Holzhammer gebraucht.

Wegen seiner unnachahmlich eleganten Art, den Holzhammer zu schwingen, ist der Bertl ja auch in den Bundesrat aufgestiegen. Aber nicht wegen dem Bier-Anschlagen – nein, weil er beim Erntedankfest in Kaltenberg einen gemeingefährlichen Amokläufer mit der Holzhammer-Methode unschädlich gemacht hat. Ob man es glaubt oder nicht: Dieser Amokläufer war kein anderer als der Oberleutnant Rammer. Ist damals drei Tage in der Landesnervenklinik Wagner-Jauregg gelegen. Schwere Gehirnerschütterung. Und trotzdem sind der Otto und der Bertl heute die allerbesten Freunde und gehen regelmäßig miteinander ins Puff. Das spar ich mir aber jetzt: die Geschichte, wie sich die zwei versöhnt haben. Sonst sitzen wir morgen noch da!

Bin ja sowieso himmelweit vom Thema abgekommen. Wo waren wir denn überhaupt? Richtig, beim Bertl seiner steilen Karriere! Kein Bundesrat ist so beliebt wie er. Weil er nie nach Wien hinunterfahrt, ohne dass er mindestens ein Fassl *Freistädter Bier* mitbringt. Und nicht nur die Kollegen von der ÖVP, sondern alle Bundesräte aus dem Mühlviertel mittrinken lässt. Sogar die blöde Kuh von den Grünen!

Akkurat bei so einem Umtrunk ist er ja auch auf die Idee gekommen, dass er die Gucki besucht. Hat er den Gassenbauer Franzl, einen SPÖ-Gewerkschafter aus Wartberg, auf ein paar Bier eingeladen. Der hat ihm dafür die letzte Ausgabe der *Mühlviertler Nachrichten* geschenkt. Hat sie schon ausgelesen gehabt. Gut, *gelesen* hat er sie nicht direkt – hat eigentlich nur hineingeschaut, ob über ihn selber was drinsteht. Weil er ja vorige Wochen in Tragwein einen Kinderspielplatz eröffnet hat. Die blöde Reporterin hat aber in der Zeitung leider nur ein Bild von einem Kind auf einer Schaukel gebracht – und kein Bild vom Herrn Bundesrat Gassenbauer. Hat ihn die ganze Zeitung nimmer interessiert. Trotzdem sind dann die Herren Bundesräte beim dritten Bier über die *Mühlviertler Nachrichten* ins Reden gekommen. Über die dreizehn Hunde am Titelbild nämlich.

„Wenn jeder Mühlviertler einen Mordstrum Hund hätt, dann täten sich die Leute nimmer vor die Asylanten fürchten!", hat der Gassenbauer Franzl sinniert. „Dann täten sie nimmer FPÖ wählen – und mir hätten bei der nächsten Wahl wieder unser Bundesratsmandat!"

Muss ihm der Bertl natürlich rechtgeben. Denkt aber schon einen Schritt weiter: Wenn er mit so einem Kampfhund in der Zeitung wär – praktisch als Beschützer der Mühlviertler gegen die Ausländer, tät er bei der nächsten Wahl so viele Vorzugsstimmen kriegen, dass er garantiert in den Nationalrat hineinkommt.

Aber nicht, weil er unbedingt im Nationalrat reden will – eine Rede hat er ja auch im Bundesrat bisher noch nie gehalten – nein, weil man halt im Nationalrat gleich um ein paar Tausender mehr verdient als im Bundesrat! Pro Monat!

Hat der Bertl der Gucki alles feinsäuberlich erzählt. Hat ja ein Vertrauen zu ihr. Und ein Flaschl Bier hat er auch gekriegt. Da redet es sich gleich leichter. Hat zum Schluss sogar gestanden, dass ihm seine Ex-Frau bei der Scheidung die Hosen ausgezogen hat. Dass er praktisch am Hungertuch nagt und nicht weiß, wie er die ganzen Pokale für die Sportvereine und die ganzen Geschenkkörbe für die Achtzig- und Neunzigjährigen derzahlen soll. Das wird von einem Bundesrat halt einmal erwartet.

Jetzt hat aber die Gucki für ein Foto *Bundesrat mit Hund* leider kein geeignetes Viech mehr auf Lager gehabt. Weil ein Spitz wie der Turrini beim besten Willen nicht als Kampfhund durchgeht. Sind sie halt schnell ins Freistädter Tierheim gefahren. Die haben wirklich einen abgrundtief hässlichen, dafür aber extrem fotogenen Rottweiler gehabt. Der hat dem Bertl zutraulich beide Pfoten auf die Schultern gelegt und leutselig in die Kamera gegrinst. Hat der Bertl dann hundert Euro fürs Tierheim spenden müssen. War ja nur wegen dem Foto da und hat nicht im Traum daran gedacht, das Viech mitzunehmen. Beim Hund aber war es Liebe auf den ersten Blick: Der hätt den Bertl vom Fleck weg adoptiert.

Muss die Gucki natürlich lachen, wie ihr das jetzt wieder einfallt. Vergeht ihr aber im nächsten Moment auch schon wieder, das Lachen. Weil ihr jetzt der andere Rottweiler einfallt. Der im *Abendfrieden*. Ist ja heut Nachmittag von einem Tierheim ins andere gefahren, die Gucki. Von Freistadt nach St. Rupert.

Die Haustür versperrt, Läuten nutzt auch nix. Geht die Gucki halt einmal ums Haus. Ganz geheuer ist ihr nicht. Der Turrini, der normalerweise ein freundlicher Hund ist, hat die Nackenhaare gesträubt und knurrt in seiner kehligsten Tonlage. Umklammert die Gucki instinktiv das Taschenmesser in ihrer Jackentasche. Hat sie vom Opa. Hat ihr schon öfter gute Dienste geleistet.

Ist auf alles gefasst, wie sie um die Ecke biegt. Trotzdem ist sie von dem Bild, das sich ihr darbietet, so schockiert, dass sie wie angewurzelt stehenbleibt. Der Turrini nicht! Schießt los wie der Blitz, wirft sich gegen den Maschendrahtzaun und bellt wie narrisch. Bellt natürlich eh nicht den armen Rottweiler an, der in einem großen Zwinger eingesperrt ist, sondern den bösen Mann, der mit einer Peitsche auf den Rottweiler eindrischt.

Der Rottweiler denkt jetzt überhaupt nimmer ans Folgen, sondern begrüßt den Turrini überschwänglich. Soweit das durch einen Zaun halt möglich ist. Weil jetzt auch die Peitsche nix mehr nutzt, holt der Tierquäler aus einer Seitentasche von seinem Kampfanzug einen Elektroschocker heraus.

Ohne auch nur eine Sekunde nachzudenken, kickt die Gucki ihre Stöckelschuhe weg und schwingt sich mit dem Kampfruf „Du Drecksau, du feige!" über den zwei Meter hohen Zaun. Trotz ihrem engen Minirock! Und dann hat die feige Drecksau auch schon ein paar solcherne Fotzen derfangen, dass sie Peitsche und Elektroschocker gern fallen lässt. Im nächsten Moment kniet die Gucki auch schon auf dem Arsch drauf und setzt ihm ihr Taschenmesser an die Kehle.

„Willst du noch was sagen – praktisch letzte Worte?“, presst die Gucki ziemlich atemlos zwischen den Zähnen hervor. Ist wirklich nimmer die Jüngste!

„Ich nix Chef! Ich nur Hundetrainer! Nur machen, was sagen Chef! Wenn Chef sagen: Machen Hund scharf, ich machen scharf. Dynamit, fass!“

Die Gucki sieht aus dem Augenwinkel, wie der gewaltige Rottweiler, der grad noch mit dem Turrini geschmust hat, bei diesem Kommando die Ohren spitzt und losrennt. Stürzt sich aber nicht auf die Gucki, sondern auf die lebensgroße Puppe, die in einer Ecke des Zwingers hängt. Verbeißt sich genau in die Stelle, wo bei einem Menschen die Kehle ist.

„Ein recht ein guter Hundetrainer bist du aber nicht!“, meint die Gucki sachlich. „Trotzdem setzt es jetzt für das Fass-Sagen ein paar saftige Watschen“, sagt die Gucki genauso sachlich. Und haut auch schon zu.

Aber der Herr Trainer ist anscheinend nicht sehr beeindruckt. „Seit wann haben depperte Tierschutz-Tussi Nahkampfausbildung?“, will er wissen.

Erst wie das Messer schon ein ganzes Stückerl in seinem linken Nasenloch steckt und wie ihm das Blut schon in den Mund hinein rinnt, wird er kooperativer: „Ich Familie in Serbien, Papa tot, Mama nix Arbeit, zwei klein Bruder, zwei klein Schwester, missen schicken Euro. Missen machen, was sagen Chef! Chef sagen: ‚Mirko, du machen Dynamit scharf!‘ Chef von Dynamit haben Villa in Salzburg. Haben Angst vor

Ausländer. Weil haben nix und kommen stehlen in Villa, wenn keine scharfe Hund!"

Leuchtet der Gucki ein. Zieht also das Messer aus seiner Nase und wischt es sorgfältig an der Uniformjacke vom Mirko ab. Dann fangt das Verhör aber erst an: „Ist das eine Tschetnik-Uniform?"

„Bist deppat? Ist US-Army: super Qualität!"

„Wo warst du am Dienstag am Vormittag?", wechselt die Gucki das Thema. Und unterstreicht ihre Neugier damit, dass sie dem armen Mirko das Messer an die Kehle setzt.

„Tu Messer weg, blede Tussi!", war eindeutig die falsche Antwort. Weil der Mirko das Messer jetzt direkt an der Halsschlagader spürt.

„Dienstagvormittag ich waren einkaufen in Linz. In der *Frißnigl*. Chef kaufen – ich schleppen finfzig Sackl Hundefutter in die Auto von Chef. Kennen schauen Rechnung mit Tag und Uhrzeit. Chef immer aufheben Rechnung fir Finanz."

Wirklich schad, dass der Mirko ein Alibi hat! Den hätt die Gucki sofort als Mörder genommen. Aber leider ist halt nicht jeder Tierquäler auch ein Mörder!

„Wann kommt denn der Chef zurück?", will die Gucki zum Schluss noch wissen. Da hat sie aber das Messer schon eingesteckt und hat sich auch schon wieder über den Zaun geschwungen und ihre Stöckelschuhe zusammengesucht.

„Kennen kommen heite – kennen kommen morgen – kennen kommen in eine Woche!", erklärt der Mirko mit großer Geste und zündet sich eine Marlboro an. Wenn man schon über die Unvorhersehbarkeit des Schicksals philosophiert, schaut es einfach besser aus, wenn man dabei raucht.

„Dein Herr Chef wird mir so einiges erklären müssen!“, murmelt die Gucki zum Abschied. Ist aber mehr so ein Selbstgespräch.

Dann ist sie auch schon zum Auto zurückgestapft und hat die völlig zerrissenen Fünfzig-Euro-Seidenstrümpfe mitten auf der Auffahrt zum *Abendfrieden* entsorgt. Ärgert sich schon ein bisserl über das hinausgeschmissene Geld.

Außerdem sitzt sie jetzt mitten im Winter ohne Strümpfe, dafür aber in einem extrem kurzen Minirock in *Franky's Bar*. Und wenn es sie hie und da ein bisserl fröstelt, dann kommt das nicht von der unpassenden Kleidung, sondern nur von der Vorstellung, dass sie sich um ein Haar mit einem Arsch wie dem Wickerl was angefangen hätt.

„Er kann es!“, hört sie auf einmal den Leo brüllen. Während die Gucki ein Bier nach dem anderen getrunken und sinniert hat, hat der Leo nämlich trainiert. Mit dem Turrini. Ganz ohne Peitsche und ohne Elektroschocker!

Und wirklich: Der Leo stellt ein *Jägermeister*-Flascherl auf die Bar, der Turrini, der artig auf einem Barhocker sitzt, klemmt das Flascherl zwischen seine Vorderpfoten, öffnet den Drehverschluss mit den Zähnen und spuckt ihn lässig auf den Boden. Dann schnappt er das Flascherl mit den Zähnen, und – Schwupp! – hat er auch schon den Flascheninhalt in der Gurgel. Jetzt muss er nur noch das Flascherl auf der Bar abstellen. Schafft er es? Nimmer ganz! Weil er vielleicht doch noch ein bisserl zu jung ist für dieses Kunststück und seinem Trainer das ganze Flascherl *Jägermeister* mitten aufs Hemd speibt.

Der ist aber kein bisserl bös, sondern lobt den Turrini sogar noch: „Fast hättest du es geschafft, Kleiner! Wirst sehen: Beim nächsten Mal haut es hin!“

Obwohl es die Gucki vor lauter Lachen fast zerreißt, muss sie trotzdem zugeben: „Du bist der beste Hundetrainer der Welt, Leo!“

VI

„Bist du ein bissi huschi?“ ist eigentlich gar keine Beleidigung. Fast schon eine Zärtlichkeit. Weil *huschi* die liebevolle Verkleinerung von *Huscher* ist. Während *einen Huscher haben* bedeutet, dass einer deppert ist, weil lauter sinnlose Gedanken durch sein Hirn huschen, heißt *Huschi-Sein* nur, dass der Betreffende leicht durcheinander ist.

Kannst du also als Babysitter ruhig zu einem Kind sagen: „Bist du ein bissi huschi?“ Ohne dass dich die Eltern wegen sprachlicher Kindesmisshandlung gleich vor den Richter zerren. Die kleine Gucki ist sowieso nicht beleidigt, wie die Tante Gucki jetzt fragt: „Bist du ein bissi huschi?“

Hat ja die Frage gar nicht verstanden. Besucht die Volksschule Zwei in Freistadt – und da wird außer Deutsch alles Mögliche geredet – nur nicht der Mühlviertler Dialekt. Türkisch, Serbisch, seit neuestem auch Farsi und Arabisch – in allen diesen Sprachen beherrscht die kleine Gucki souverän die wichtigsten Schimpfwörter. Der Mühlviertler Dialekt aber ist für sie eine Fremdsprache. Gut, dass sie die Tante Gucki als Nachhilfelehrerin hat! Da wird der verfickte Mohammed aber schön blöd schauen, wenn sie ihn am Montag als *siebenseidenen Sechter* bezeichnet. So hat die Tante Gucki vorher nämlich den Onkel Otto genannt. Muss ein ziemlich ein arges

Schimpfwort sein. Weil der Chef vom Papa ja wirklich ein fester Trottel ist.

„Was heißt denn *huschi?*", will die kleine Gucki natürlich wissen. Und schaut seit einer halben Stunde das erste Mal von ihrem neuen Smartphone auf. Ist ja mitten in einem hochinteressanten Chat und hat dabei völlig vergessen, dass sie Besuch hat: das altbewährte Babysitter-Duo Turrini und Gucki.

Normalerweise hat sie bei der Gelegenheit immer mit dem Turrini gespielt. Früher mit dem alten Turrini – jetzt mit dem neuen. Ihr Lieblingsspiel war *Rotkäppchen und der böse Wolf*. Hat sie den Turrini in ein Nachthemd gesteckt und ins Bett gelegt. Und dann dem bösen Wolf den Bauch aufgeschnitten und mit Steinen vollgestopft. Bevor jetzt womöglich die Tierschützer aufjaulen: eh nicht in echt – nur im Spiel! In Wirklichkeit hat sie den Turrini nur mit Gummibärli gefüttert, bis ihm schlecht war.

Wenn du aber einmal in die dritte Klasse Volksschule gehst und praktisch schon erwachsen bist, dann ist dir das aber irgendwann einmal zu kindisch. Dann chattest du natürlich lieber mit dem siebzehnjährigen Pascal, der ins Akademische Gymnasium Linz geht und noch dazu grad geschrieben hat:

mach ein foto von
dir und schik es mir
aber komblett nakert

Leider liest das grad die Tante Gucki. Hat ihr einfach das Smartphone aus der Hand genommen. Täten sich die Mama oder der Papa nie trauen. Und die Lehrerinnen schon gar nicht! Lauter Weicheier!

Da ist die Tante Gucki ganz anders. Die ist im Notfall sogar gewalttätig. Hat die kleine Gucki ja mit eigenen Augen gesehen, wie die große Gucki dem Onkel Otto eine so eine Fotzen gegeben hat, dass er dann unter dem Tisch gelegen ist. Beim Mittagessen am Stefanitag ist das gewesen. „Anlassige Drecksau!“, hat die Tante Gucki damals gesagt. Den Satz hat sich die kleine Gucki natürlich gemerkt und sagt ihn seither immer fehlerfrei auf, wenn sie einem Buben eine Fotzen gibt.

Momentan schaut es aber eher danach aus, wie wenn sie selber eine Fotzen kriegen tät. Weil die Tante Gucki nur so sprüht vor Zorn. Hat grad gelesen, dass sich die kleine Gucki als sechzehnjährige Beatrice mit den Hobbys Reiten und Sex ausgegeben hat. Schimpft aber nicht wegen dem *Sex*, die Tante Gucki, sondern wegen der Rechtschreibung.

„Glaubst du wirklich, dass ein siebzehnjähriger Gymnasiast in so einem kurzen Text gleich drei Rechtschreibfehler zusammenbringt?“, fragt sie und schüttelt den Kopf über so viel Blödheit.

Dieses genervte Kopfschütteln ist für die kleine Gucki unwiderstehlich. Muss sie natürlich gleich nachmachen. „Glaubst du vielleicht, Rechtschreibung spielt im Netz eine Rolle?“, fragt sie also zurück und schüttelt ihren Kopf noch um eine Spur genervter als die Tante Gucki. Schaut außerdem bei ihren langen schwarzen Haaren viel besser aus als wie bei einer schwarz gefärbten Kurzhaarfrisur. *Bubikopf* nennt man die. Hat ihr die Mama erklärt. Weil sich die Tante Gucki schon immer aufgeführt hat wie ein Bub.

Momentan führt sich die Tante Gucki aber eher auf wie ein feuerspeiender Drache: „Du bist nicht *huschi* – du hast einen ordentlichen *Huscher*, Mädel! Dein Pascal heißt in Wirklichkeit Hans oder Franz, ist nicht siebzehn, sondern mindestens vierzig, und hat seine Rechtschreibung nicht in einem Gymnasium erworben, sondern im Hauptschul-B-Zug. Und wenn du ihm ein Nacktfoto von dir schickst, dann verbreitet sich das so rasend schnell im Internet, dass du ab Montag in der Schule nur mehr *Porno-Schweindi* heißt. Hiermit ist das Handy beschlagnahmt!"

„Das ist kein primitives Handy – das ist das allerneueste Smartphone!", wendet die kleine Gucki ein. Aber nicht wirklich trotzig. Kennt ja die Tante Gucki. Bei der hast du mit Bitten und Betteln kein Leiberl – und mit Plärren schon gar nicht! Muss sie wohl oder übel bis morgen in der Früh warten. Wenn der Papa als erster aufwacht, wird flehentlich gebettelt, wenn sie es mit der Mama zu tun hat, schreit sie einfach wie am Spieß. Ihr Smartphone kriegt sie auf jeden Fall!

„Ab ins Bett!", sagt die Tante Gucki jetzt so energisch, dass jeder Widerstand zwecklos ist. „Oder glaubst du vielleicht, wir zwei Hübschen ziehen uns jetzt einen netten Pornofilm hinein?"

Wär kein Problem. Die kleine Gucki weiß ja den vierstelligen Code für den Pornokanal eh auswendig. Aber das erwähnt sie jetzt lieber nicht. Alles muss die Tante Gucki auch nicht wissen!

Muss sie also wirklich um zehn ins Bett. Während alle ihre Freundinnen mindestens bis zwölf aufbleiben und chatten, bis das Smartphone glüht. „Das Leben ist so ungerecht!", wird sie morgen dem Pascal schreiben.

Obwohl es eigentlich recht gemütlich ist im Bett. Der Turrini hat sich wie immer zur kleinen Gucki gekuschelt. Aber heute hat er kein Halsband um und redet sogar: „Oh Gott, ich bin ja pudelnackert? Wehe, du fotografierst mich und stellst mich ins Netz! Da täten mich in der Hundeschule alle mobben und nur mehr *Nackerbatzl-Turrini* nennen!"

Ist natürlich nicht der Turrini, der da so blöd daherredet, sondern die Tante Gucki. Aber mit so einer knurrenden Hundestimme. Genauso tät er reden, der Turrini. Wenn er reden könnt. Kann er aber nicht. Weil er schon ein bisserl schnarcht. Fallen der kleinen Gucki auch die Augen zu.

Ist die Gucki natürlich gerührt von diesem Bild. Ein Kind und ein Hund – praktisch zwei Unschuldslamperl! Na ja – Unschuld? Recht weit her ist es nicht mit der Unschuld von der kleinen Gucki. Wenn die so weitertut, endet sie eines Tages noch wie ihre Mama: in der wahllosen Promiskuität!

Normal hab ich ja mit Latein nix am Hut. Wird ja eigentlich nur mehr von den Ärzten verwendet. Damit ihre Patienten die Wahrheit nicht gleich mitkriegen. Da reden sie lang und breit von einem *Karzinom* herum. Und bis du dann mitkriegst, dass das nix anderes als *Krebs* heißt, bist du längst wieder bei der Tür draußen. Weil aber die Mama von der kleinen Gucki auch Ärztin ist, bezeichnet sie ihren Lebensstil gern als *promiskuitiv*. Heißt aber leider nix anderes, als dass die Frau Doktor Sybille Danninger-Bürstinger eine ausgesprochene Schlampen ist, die es mit jedem, aber auch wirklich mit jedem Mann treibt, der ihr über den Weg rennt!

Kann wahrscheinlich gar nix dafür. War ja schon immer so. Seit die Gucki die Sybille kennt. Seit der 1. Klasse Gymnasium in der Kreuzschwesternschule in Linz. Während die Gucki mit älteren Buben Fußball gespielt hat, hat die Sybille mit älteren Buben Doktor gespielt. Hat die Gucki der Sybille von ihren Toren erzählt – die Sybille der Gucki von ihren anatomischen Erkenntnissen. Und wie dann die Frau Biologieprofessor in der 3. Klasse mit hochrotem Gesicht sowas wie einen Aufklärungsunterricht probiert hat, haben die Sybille und die Gucki natürlich hellauf gelacht. Hat ihnen beiden eine Betragensnote eingetragen.

Wenn man so leidenschaftlich Doktor spielt wie die Sybille, ist ein Medizinstudium eigentlich nur der nächste logische Schritt. Nur: dass sie dieses Studium derpackt hat, hat die Gucki schon mehr gewundert. Wie kann man bei so einem Männerverbrauch denn noch zum Lernen kommen? Trotzdem ist die Sybille heute anerkannte Oberärztin an der

Unfallchirurgie im Landeskrankenhaus Freistadt und hat seit neuestem auch noch eine gutgehende Privatpraxis.

Noch weniger hätte die Gucki der Sybille nur noch das Heiraten und Kinderkriegen zugetraut. Und was war? Die Sybille hat einen gutaussehenden und noch dazu gutmütigen Kriminalbeamten geheiratet. Und ein entzückendes Kind hat sie auch. Ganz im Gegensatz zur Gucki! Die hat noch immer keinen Mann – und ein Kind schon gar nicht! Mit vierundvierzig! Ist gleich: Wenn sie noch ein Kind will, muss sie aber wirklich dazuschauen!

Kommt die Gucki direkt ins Sinnieren. Statt dass sie endlich einmal in Ruhe über ihren Kriminalfall nachdenken tät, denkt sie blöderweis über ihr Leben nach. Dabei tät sie sich mit Kriminalfällen hundertmal besser auskennen als wie mit dem Leben!

Ein paar Männer hätt es schon gegeben, die die Gucki heiraten wollten. Und außerdem auch noch ihren Ansprüchen genügt hätten. Und was war? Die Gucki hat im letzten Moment immer kalte Füße gekriegt und hat das Heiraten dann doch lieber bleiben lassen. Warum eigentlich?

„Weil ich halt meine Freiheit brauch!“, sagt die Gucki halblaut zu sich selber. Klingt aber nicht sehr überzeugend. „Weil ich eine feige Sau bin!“ ist da schon viel glaubwürdiger. Aber recht sympathisch ist der Gucki diese Antwort halt auch nicht. Also – dritter Versuch: „Weil ich eh den Turrini hab und gar keinen Mann brauch!“

Außerdem gibt es ja noch eine andere Lösung für der Gucki ihren Kinderwunsch: Eigentlich will sie ja nur ein Kind – den Mann kann sie sich im Notfall dersparen! Wär ja nicht einmal eine alleinerziehende Mutter – hätt ja eh den Turrini, der ihr bei der Erziehung hilft.

Und einen Mann nur zum Kinderzeugen finden – das wird ja nicht so schwer sein? Er darf halt nicht gar zu schiach und gar zu deppert sein. Eh nicht wegen der Gucki – die Gucki ist da nicht so heikel. Aber wegen dem Kind! Da muss sie schon einen Mindeststandard an Schönheit und Intelligenz festlegen.

Irgendein Mann wird sich schon auftreiben lassen! Die Gucki kennt ja eh genug Männer! Aber: Je länger sie ihr Hirnkastl nach brauchbaren Männern durchforstet, umso klarer wird ihr, dass kein einziger als Kindesvater in Frage kommt. Der Rammer und der Bertl, die ihr ununterbrochen Heiratsanträge machen, schauen zwar halbwegs gut aus, sind aber alle zwei brunzdumm. Ihre Kartenspielkameraden sind zwar blitzgescheit, aber alle miteinander schiach wie die Nacht schwarz. Und für alle anderen Männer, die ihr auf die Gache einfallen, gilt dasselbe: entweder abgrundtief hässlich oder abgrundtief deppert – oder beides! Und die paar, die in Frage kommen täten, sind alle glücklich verheiratet.

Muss die Gucki wohl oder übel auf Aufriss gehen. Macht ihr aber eh nix – geht ja sowieso gern in Wirtshäuser. Sie darf halt nicht gleich mit der Tür ins Haus fallen. Sollte schon pro forma ein bisserl was Unverfängliches daherreden, bevor sie dann sagt: „Zu mir – oder zu dir?“

Muss die Gucki direkt lachen bei der Vorstellung, wie sie bei der Männerjagd sämtliche Wirtshäuser im Bezirk Freistadt durchkämmt. Und wie der Turrini den Jagdhund spielt und ihr das Wild mit fröhlichem Gebell zutreibt. Peng! Schon liegt wieder einer in ihrem Bett! Hoffentlich kommt ihr nicht das Lachen aus, wenn es dann zum Schnackseln wird? Weil da sind die meisten Männer schon empfindlich, wenn eine Frau im Bett lacht. Wenn es blöd hergeht, können sie dann gleich nimmer!

Irgendwann einmal raucht der Gucki aber dann der Kopf von dem ganzen An-die-Männer-Denken. Und noch mehr vom ganzen An-Sex-mit-diesen-Männern-Denken. Um Sex wird sie nämlich nicht herumkommen, wenn sie ein Kind haben will. Weil es aber extrem anstrengend ist, wenn du dir so viele Sexszenen mit so vielen Männern vorstellst, wird die Gucki langsam reif fürs Bett. Und was gibt es als Betthupferl? Kaum hat die Gucki den Kühlschrank aufgemacht, schreit der Grüne Veltliner auch schon: „Hier!"

Schon beim allerersten Schluck fallen der Gucki die ganzen Weinbauern ein, die sie voriges Jahr bei ihrer Weinreise mit der Helga kennengelernt hat. Lauter lustige Burschen – und interessiert an der Gucki waren sie auch! Jetzt hat sie es: Der Vater ihres Kindes wird ein Weinbauer! Sobald sie ihren Mordfall gelöst hat, nimmt sie Urlaub und rauscht in die Wachau! Oder ins Weinviertel – oder in die Südsteiermark? Egal – Hauptsache, es gibt einen reschen Weißwein und fesche Weinbauern!

In dem Moment geht die Tür auf, und herein kommt – nein, kein Weinbauer – so gut ist der Gucki ihre Fantasie dann auch wieder nicht, dass sie einen Weinbauern aus dem Nichts herzaubern könnte – nein, herein kommt der Karli. Trotz seiner knallbunten Ausgehuniform aber kein schneidiger Polizist, sondern ein trauriges Gespenst. Kasweiß im Gesicht schleicht er zur Hausbar, schnappt sich einen Whiskey und trinkt aus der Flasche, obwohl er eh ein Whiskeyglasl in der Hand hat.

„Ui je!“, denkt sich die Gucki. „Da hat es aber ordentlich gekracht mit der Sybille!“

Sagen tut sie natürlich was ganz was anderes: „Ist dir leicht das Geld ausgegangen, will du um elf schon daheim bist?“

„Nein, die Geduld ist mir ausgegangen!“, antwortet der Karli und schenkt sich jetzt doch einen Whiskey ein. Einen vierfachen.

Hat die Gucki sowieso nie verstanden, mit welcher Eselsgeduld der Karli die unzähligen Seitensprünge seiner Frau hingenommen hat. Wie er jahrelang weggeschaut hat. Das kann die Gucki aber jetzt nicht gut sagen. Ist ja selber tief in die Lügengeschichten von der Sybille verstrickt. Hat ihr nämlich im Notfall immer ein Alibi gegeben. Hat praktisch den Karli genauso betrogen.

„Willst du mir nicht auch einen Whiskey spendieren und dich niedersetzen?“, sagt sie also. „Schließlich bist du da daheim.“

„Aber nimmer lang!“, entgegnet der Karli. Schenkt der Gucki aber trotzdem einen Whiskey ein und setzt sich zu ihr auf die Couch.

„Prost!“, sagt die Gucki und stoßt mit dem Karli an.

„Prost!“, sagt der Karli und schüttet sein bummvolles Glas mit verzogenem Gesicht auf einen Sitz hinunter. Wie wenn es eine grausliche Medizin wär.

„Was war denn?“, will die Gucki wissen. Traut ja der Sybille jederzeit zu, dass sie es mit irgendeinem Typen am Männerklo treibt und dabei nicht einmal die Klotür zusperrt.

„Weißt du, wie es zugeht in einer Unfallambulanz? Notfälle werden vorgereiht, aber alle anderen kriegen so ein Karterl mit einer Nummer. Und je nach Nummer kommst du früher oder später dran und wirst von der Frau Oberarzt zusammengeflickt. Jetzt kommt es aber: Weißt du, was die Sybille heut am Ball gemacht hat? Sie hat allen möglichen Männern eine Visitenkarte von ihrer Privatpraxis in die Hand gedrückt. Mit Nummern drauf! Sprich: Alle kommen früher oder später dran. Aber nicht zum Operieren!

Was soll die Gucki da noch sagen? Das Allerblödeste wär, wenn sie jetzt sagt, dass sie sich den Karli eigentlich gut als Vater ihres Kindes vorstellen könnt. Weil der Karli momentan wirklich nicht in Stimmung sein wird.

Sagt die Gucki lieber gar nix, weckt leise den Turrini auf und schaut, dass sie weiterkommt. Angst, dass der Herr Major Bürstinger seine Gattin mit der

Dienstpistole über den Haufen schießt, braucht sie ja nicht haben. Weil der Karli für so ein Ehedrama viel zu gutmütig ist.

Was machen die Gucki und der Turrini jetzt mit diesem angebrochenen Abend? Wenn sie schon einmal in Freistadt sind? Natürlich hauen sie auf den Putz! Der Turrini könnte eine halbe Pizza vertragen – die Gucki einen ganzen Mann. Kriegt man beides im *Sailor's*!

Die Pizza ist für Mühlviertler Verhältnisse wirklich gut – die Männer dagegen sind sogar für Mühlviertler Verhältnisse alle miteinander ziemlich grindig. Wird die Gucki hübsch teuer kommen, wenn sie sich so einen schönsaufen will. Und dann erst das Gescheitsaufen!

Da hat der Turrini aber auch schon den Fidel Castro entdeckt und stürmt auf sein ehemaliges Adoptivkind los. Bleibt der Gucki also nix anderes über, als dass sie sich zum Mattsi setzt. Der schaltet überraschenderweise sogar sein Smartphone aus. Ergibt sich ganz von selber ein Fachgespräch zwischen alleinerziehendem Hundevater und alleinerziehender Hundemutter.

„Wie lang wird denn der Fidel Castro noch ins Haus hineinbrunzen und hineinscheißen?", will der Mattsi wissen.

„Ist allerspätestens nach vierzehn Tagen vorbei!", kann ihn die Gucki beruhigen.

Genauso geht es auch weiter. Hundehalter können im Notfall stundenlang über Hundeprobleme reden – angefangen vom richtigen Hundefutter bis hin zur falschen Hundeerziehung! Trotzdem vergisst die Gucki nicht, den Mattsi – wie versprochen – auf einen kubanischen Rum einzuladen. Wär nicht einmal notwendig gewesen, dass sie selber auch einen trinkt. Bei so einem hübschen und klugen jungen Mann hätte sie auf das Schön- und Gescheitsaufen ruhig verzichten können. Wenn er nur nicht gar so jung wär!

„Was habt's ihr denn für Berufswünsche, du und der Fidel Castro? Werdet's ihr Berufsrevolutionäre?", reißt sich die Gucki jetzt gewaltsam aus einem leicht pornografisch angehauchten Tagtraum, in dem der Mattsi die Hauptrolle spielt.

„Der Fidel Castro wird entweder Windräder basteln oder Windbäckereien. Ist ja ein Windhund. Und ich heiß Fließer: werd ich natürlich Fließbandarbeiter oder Fliesenleger."

„Witzig sind sie auch noch, die jungen Hunde!", sagt die Gucki zum Turrini. Hat ja wirklich lachen müssen.

„Und was machst du so, wenn du nicht grad in einer Bar sitzt und dir Siebzehnjährige anlachst?", möchte der Mattsi von der Gucki wissen.

„Ich lach mir Mörder an. Und die jag ich dann so lang, bis ich sie hab! Die Siebzehnjährigen brauch ich nicht jagen – die rennen mir von selber nach! Zumindest schauen sie mir schon die ganze Zeit ununterbrochen auf den Busen."

„Und? Hast Du ihn schon erwischt, deinen Beißkorb-Mörder?", fragt der Mattsi und schaut der Gucki demonstrativ nicht auf den Busen. Muss er ihr praktisch in die Augen schauen. Ist aber auch nicht ungefährlich: ein so ein tiefes Bernsteinbraun wie das Wasser von der Waldaist!

„Leider nein!", muss die Gucki zugeben. „Aber nur, weil mir der ganze technische Apparat von der Kripo fehlt!"

„Zum Beispiel?"

„Also: Ich hab ein verdächtiges Auto mit Freistädter Kennzeichen, weiß sogar das Modell und die Farbe. Aber an den Autobesitzer komm ich nicht heran. Die Kripo braucht nur bei der Kfz-Meldestelle nachfragen – und schon hat sie alle Autobesitzer, die als Mörder in Frage kommen."

„Ich bitt dich! Das bringt doch jeder Depp zusammen!", sagt der Mattsi und schaltet sein Smartphone ein. „Also: Automarke, Type, Farbe?"

„*Land Rover Defender*, Dunkelgrün!"

Der Mattsi wischt energisch auf seinem Smartphone herum, wie wenn er ganze Sanddünen aus Kokain zu schönen Linien ordnen müsste. Aber eine Minute später heißt es auch schon: „Sieben Treffer!"

Ist die Gucki natürlich baff. Der ist einfach in die Kfz-Meldestelle eingebrochen und hat wirklich herausgekriegt, wer so ein Auto hat?

„Gibst du auch Nachhilfestunden?", rutscht da der Gucki heraus.

Ist natürlich ein aufgelegter Ball für den Mattsi: „Im Fach Erotik? Aber sicher! Und verlangen tu ich auch nicht die Welt. Mit einem Kuss bist du schon dabei!"

„So ein frecher Hund!", denkt sich die Gucki. Sagen tut sie aber: „Erst die Ware – dann die Bezahlung!"

Folgsam schiebt der Mattsi sein Smartphone über den Tisch. Die Gucki kann aber die Schrift nicht entziffern. Könnte genauso gut Tschetschenisch sein. Bleibt ihr nix anderes über, als dass sie in ihrer Jackentasche herumkramt und ihre Lesebrille herausholt. Setzt sie sonst in der Öffentlichkeit nie auf. Weil sie sich damit gleich um zehn Jahre älter vorkommt.

„Sehr sexy, die Brille!", beruhigt sie der Mattsi. „Solltest du immer tragen – da täten dir alle Männer die Tür einrennen!"

Das hat er wirklich so schön gesagt, dass die Gucki auf der Stelle aufspringt und sich neben den Mattsi auf die Sitzbank fallen lässt. Dann wird er auch schon niedergeschmust, dass ihm Hören und Sehen vergeht.

Frech ist er aber trotzdem: „Ich hab noch nie einen Kuss gekriegt, der nach einer ganzen Stange *Gauloises filterlos* geschmeckt hat!"

Das überhört die Gucki aber sowieso. Weil sie natürlich auf die sieben Besitzer von einem dunkelgrünen *Land Rover Defender* neugierig ist. Gleich drei Stück gehören dem Forstgut Rosenberg, zwei gehören zwei Herren, die die Gucki eh kennt, dem Tierarzt von Gutau und dem von Blumenthal, einer gehört einer gewissen Mercedes Blum aus St. Moritz, und der siebente der Hunderesidenz *Abendfrieden*. Schreibt die Gucki alles feinsäuberlich in ihr Notizbuch. In ihr Handy schreiben geht nicht, weil sie mit ihrem Handy grad einmal telefonieren kann – und sonst gar nix. Dafür hat sie aber wirklich eine schöne Füllfeder.

„Ich ernenne dich hiermit zu meinem Kriminalassistenten und sag ab sofort nur mehr *Major Mattsi* zu dir!“, flüstert sie dem Herrn Kriminalassistenten ins Ohr, wie sie ihm sein Smartphone zurückgibt.

„Ich tät wirklich gern einmal in meinem Leben den berühmten Satz sagen: Zu mir – oder zu dir?“, flüstert der Mattsi zurück. „Geht aber leider nicht. Weil meine Mama morgen in der Früh einen Schreikrampf kriegt, wenn sie mitkriegt, dass ich eine Tussi heimgeschleppt hab, die genauso alt ist wie sie selber!“

„Dann halt zum mir!“, seufzt die Gucki. „Der Turrini wird mir zwar auch einen Vortrag über Unzucht mit Minderjährigen halten, aber das überhör ich einfach. In meinem Alter ist man ja eh schon ein bisserl schwerhörig!“

VII

„Hast du einen Pecker?“ kann man das ganze Jahr über sagen – nicht nur zu Ostern. Obwohl sich *Pecker* eindeutig auf ein Osterei bezieht, das beim Eierpecken irreparabel beschädigt worden ist. Wenn man aber den menschlichen Kopf mit einem gekochten Ei vergleicht, meint man mit *Pecker* nicht nur einen Schaden an der äußeren Hülle, sondern einen Schaden im Inneren. Nicht der Schädelknochen hat was, sondern das Hirn! Ist die Frage „Hast du einen Pecker?“ also alles andere als harmlos.

Gibt die Gucki dem Wickerl mit Hilfe der Sprache praktisch eine Fotzen, wie sie ihn jetzt fragt: „Hast du einen Pecker?“ Nur: Warum sagt sie ihm das nicht mitten ins Gesicht, sondern nur am Telefon? Ist ja sonst nicht so, dass sie einer persönlichen Beleidigung aus dem Weg geht.

Ganz einfach: Die Gucki will den Wickerl gar nimmer sehen! Einer, der aus einem herzensguten Rottweiler einen bösartigen Kampfhund macht, kommt als Vater ihres Kindes sowieso nicht mehr in Frage.

Warum hat sie dann den Wickerl überhaupt angerufen? Den Mord kann sie ihm ja nicht anhängen. Hat ja ein Alibi. Leider! War zur Tatzeit im *Frißnigl*. Geht es der Gucki also nur ums Beleidigen? Dass sie es dem Wickerl hineinsagen kann, dass er ein Arschloch ist?

Das auch, aber nicht nur! Die Gucki will den Dynamit rächen: Soll sich der Wickerl ruhig auch einmal so fürchten, wie sich der arme Rottweiler vor der Peitsche und vor dem Elektroschocker gefürchtet hat. Der Wickerl soll sich allerdings vor einer Mordanklage fürchten.

„Ich möchte dich nur darauf hinweisen, dass ich einen glaubwürdigen Zeugen hab, der deinen *Land Rover Defender* zum Tatzeitpunkt am Parkplatz neben der Kirche von St. Anton gesehen hat!", lügt die Gucki das Blaue vom Himmel herunter. „Nur dass du es weißt! Dass du dich dann nicht wunderst, wenn die Kripo bei dir auftaucht und dir Handschellen anlegt!"

Jetzt aber interessant: Der Wickerl kommt nicht mit seinem *Frißnigl*-Alibi daher – er kommt mit einer Einladung zum Abendessen daher. Natürlich in ein Nobelwirtshaus. In die *Verdi-Diele* in Linz. Da kannst du ein Vermögen verfressen, wenn du willst.

Lehnt die Gucki natürlich ab. Mit der schon erwähnten Frage: „Hast du einen Pecker?" Wirklich ein schöner Schlusssatz für ein Telefongespräch mit einem Arschloch!

Dann klopft die Gucki auch schon eine reißerische Reportage über den *Abendfrieden* in die Tastatur und spart auch beim Titel nicht mit der Bosheit:

Tierschützer
entpuppt sich
als Tierquäler

Ist der Gucki wurscht, dass heute Sonntag ist. Dass sie heute eigentlich frei hat. Diesen Arsch macht sie jetzt fertig! Wenn sich das herumgesprochen hat, dass sein Tierheim nur die Tarnung für eine Killerhundeschule ist, dann hat er ausgeschissen! Dann kann er sämtliche Spendengelder vergessen! Dann kann er zusperren, der Arsch!

Muss der Gucki wirklich nahegehen, das Thema *Tierschutz*. Sonst tät sie jetzt nicht in ihrem Büro in Freistadt sitzen, sondern beim Frühschoppen in St. Anton. Zuerst am Frühschoppen der *Chicken Hunter Union*. Das ist ein Mopedfahrer-Club, der sich im Gasthaus *Weiß* trifft. Anschließend sitzt die Gucki dann noch beim Frühschoppen im Gasthaus *Otter* in Trilling. Dort treffen sich die Jäger von St. Anton. Aber nicht, dass jetzt wer glaubt, dass die Gucki auf die Jagd geht. Zum Jäger-Stammtisch geht sie eigentlich nur zum Stänkern. „Mit so einem mickrigen Bock tät sich mein Hund gar nicht heimtrauen!", sagt sie zum Beispiel gern, wenn ein Jäger stolz seine neueste Trophäe herumzeigt. Zum Schluss landet die Gucki dann immer beim Frühschoppen in *Mandis Saustall*. Dort sitzen der Gucki ihre Nachbarbuben. Mit denen sie am Dienstag immer tarockiert. Da kann es dann schon vorkommen, dass auch am Sonntag die Tarockkarten hervorgeholt werden. Dauert der Frühschoppen halt ein bisserl länger. Praktisch bis in die Nacht hinein. Einmal hat die Gucki dann sogar ernsthaft überlegt: „War ich heut auf drei *Frühschoppen* – oder heißt es drei *Frühschöppen*?"

Aber heut ist sowieso alles anders. Heut ist die Gucki nicht aufgewacht, weil ein junger Hund sie abgeschleckt hat – heut ist sie aufgewacht, weil ein junger Mann sie abgeschleckt hat. Hat die Gucki im ersten Moment geglaubt, sie träumt das nur. Wie dann aber der junge Mann noch ganz andere Sachen mit ihr gemacht hat, ist sie ziemlich schnell munter geworden.

Beim Frühstück hat die Gucki dann mit ihrem Kriminalassistenten den Fall besprochen. Hat ihm alles erzählt, was sie weiß. Während der Mattsi alles gefressen hat, was im Kühlschrank war. Schon interessant, was so ein Siebzehnjähriger alles hinunterbringt! Trotzdem ist ihm zwischen drei Spiegeleiern und einem halben Renken Speck eine geniale Idee gekommen.

„Hast du ein Foto vom Mordopfer?", will er wissen.

„Eh klar! Aber was bringt das?"

„Wenn der Tote wirklich ein Ungar ist, muss er auf der Vermisstenliste der ungarischen Polizei stehen."

„Und die kannst du mit deinem Handy knacken?"

„Theoretisch ja – praktisch nein. Mangelnde ungarische Sprachkenntnisse. Aber ich kenn einen, der das für mich macht. Der Istvan. Hab ich am *Nova Rock* kennengelernt."

Und schon hat sich der Mattsi der Gucki ihren Fotoapparat geschnappt und ein Portraitfoto vom Mordopfer auf sein Smartphone heruntergeladen. Von dort geht es dann weiter an den Istvan. Mit der Bitte um Identifizierung. Dauert keine Minute, bis der zurückruft und dem Mattsi erklärt, dass es ein bisserl länger dauern kann, bis er im Polizeicomputer drinnen ist. Verspricht aber bis zum Mittagessen ein Ergebnis.

Ist die Gucki natürlich baff gewesen. Was die heutige Jugend so alles kann mit ihren Handys! Was für Verbindungen ins Ausland sie hat! Ist sich die Gucki auf einmal ziemlich alt vorgekommen. Dabei hat sie sich heut Nacht noch so jung gefühlt.

Wird aber höchste Zeit, dass sie den Mattsi und den Fidel Castro heimbringt. Sonst macht die Mama vom Mattsi womöglich noch eine Vermisstenanzeige. Und die Gucki hat wegen Kindes- und Hundesentführung den Arsch offen!

Leider hat der Turrini die Trennung vom Fidel Castro nicht so schnell verschmerzt wie die Gucki die Trennung vom Mattsi. Alle paar Minuten schießt er mit wildem Gebell durchs Büro und wirft sich gegen die Tür. Die übrige Zeit aber liegt er unterm Schreibtisch und winselt herzzerreißend.

Wie soll die Gucki da nachdenken können? Hat nur mehr zwei Tage bis zum Redaktionsschluss. Bis dahin will sie den Mörder nämlich gefasst haben. Bleibt ihr nix anderes über, als dass sie sich ein Bier aufmacht und eine Zigarette anzündet. So kann sie halt einmal am besten nachdenken.

Was hat die Gucki denn wirklich in der Hand? Sechs *Land-Rover-Defender*-Besitzer. Denen wird sie morgen einen Besuch abstatten. Und alle gnadenlos verhören. Ist aber leichter gesagt als getan! Weil sie noch immer völlig im Dunkeln tappt, was das Mordmotiv betrifft. Was kann sie da schon fragen? Höchstens nach dem Alibi für die Tatzeit!

Aus lauter Frust stürzt sich die Gucki jetzt auf den armen Bertl. Genauer gesagt: auf die Fotos, die sie vom Bertl und von dem Rottweiler im Tierheim Freistadt gemacht hat. Wär doch gelacht, wenn sie daraus keine nette Bildgeschichte basteln könnt!

Bundesrat auf den Hund gekommen

Bundesrat Adalbert Holzinger hat sich ganz dem Kampf gegen die Kriminalität verschrieben. Ab sofort wird er mit seinem imposanten Rottweiler jeden Samstag in den Abendstunden durch Freistadt patrouillieren.

Muss die Gucki selber lachen über diesen Blödsinn. Ist schon neugierig, wie sich der Bertl da herauswinden will. Wenn er sich bei ihr beschwert, wird sie fest und steif behaupten, dass er das so und nicht anders gesagt hat. Und eine gute Hundeschule wird sie ihm auch empfehlen.

„Das ist es! Die Hundeschulen!", zuckt es der Gucki auf einmal durch den Schädel. Der Mord hängt doch eindeutig damit zusammen, dass Billighunde aus dem Ostblock importiert werden. Ein paar von diesen Viechern werden irgendwann einmal in einer Hundeschule gelandet sein. Dort wird man die stolzen Besitzer informiert haben, dass ihr Liebling weder reinrassig noch legal ist. Braucht die Gucki nur in allen Hundeschulen nachfragen und die Besitzer der

Import-Hunde ausforschen. Dann ist sie auch schon auf der Spur zu den illegalen Hundehändlern. Und landet früher oder später beim Mörder. Früher als die Kripo auf jeden Fall!

Muss die Gucki ihren Plan für morgen über den Haufen werfen. Zuerst werden sämtliche Hundetrainer sämtlicher Hundeschulen im Bezirk Freistadt abgeklappert – dann erst knöpft sie sich die *Land-Rover-Defender*-Besitzer vor. Und anfangen tut sie mit der Serena, der Trainerin vom Turrini. Mit der hat sie sich eh auf Anhieb verstanden. Und dass der Turrini in der Hundeschule nicht recht viel gelernt hat, ist bestimmt nicht die Schuld von der Serena. Ist ganz allein die Schuld von der Gucki. Weil sie ihr Turrini-Burli hint und vorn verscheißerlt hat!

Dauert aber nicht lang, dieser Moment der Selbsterkenntnis. Weil nämlich der Mattsi anruft: „Major Mattsi am Apparat. Melde gehorsamst: Leiche identifiziert. Lajos Farkas, achtunddreißig, wohnhaft in Balatonfenyves, Jagdbegleiter und Hundezüchter, Mitglied der rechtsradikalen Jobbik."

Statt dass die Gucki jetzt „Danke, lieber Mattsi!" sagen tät, sagt sie: „Da muss ich dir leider gestehen, dass der Fidel Castro auch ein rechtsradikaler Hund aus Ungarn ist. Musst du aufpassen, dass er keinen Ausländer beißt!"

„Lieber ein ungarischer Windhund mit zweifelhafter politischer Vergangenheit als ein bayrischer Spitz, der am besten Weg zum Alkoholiker ist!", entgegnet der Mattsi.

Nur weil die Gucki gestern Abend im *Sailor's* ihrem Turrini zur Feier des Tages ein Schalerl Bier spendiert hat? Kriegt er ja immer, wenn sie in ein Wirtshaus gehen.

Beendet die Gucki das Telefongespräch mit ihrem jugendlichen Liebhaber also nicht besonders liebevoll. „Lern lieber was für die morgige Mathematikschularbeit!", sagt sie ziemlich schroff und legt auf.

Tut ihr im nächsten Moment eh schon wieder leid. Aber da ist es zu spät. Und außerdem: So ist sie hat einmal, die Gucki! Praktisch das genaue Gegenteil von *wohlüberlegt*. Wundert mich wirklich nicht, dass die keinen Mann hat. Wundert mich eher, dass es überhaupt Männer gegeben hat, die so eine Frau heiraten wollten!

Dauert nicht lang – da hat die Gucki den Mattsi eh schon komplett vergessen. Telefoniert ja schon wieder wie wild. Anscheinend interessiert sie ein Mörder hundertmal mehr als ein Liebhaber.

„Fink Serena!"

„Wurm Gucki! Kennst mich noch?"

„Eh klar! Die mit dem Turrini! Ist er noch immer so ein Sturschädel?"

Was soll die Gucki da sagen, ohne dass sie lügt? Kann man einen Hund *folgsam* nennen, wenn er nur dann folgt, wenn es ihn gerade freut? Bei einer Hundetrainerin lieber nicht! Drückt sich die Gucki also um eine Antwort und kommt gleich zur Sache: ob der Serena in der Hundeschule in letzter Zeit vermehrt Hunde mit zweifelhafter Herkunft untergekommen sind?

„Und ob! Da kommen Leute ohne Papiere und ohne Impfpass daher – und dann erwarten sie sich, dass sie nach zehn Stunden Training einen superbraven Hund haben? Dabei sind die Hunde aus dem Ostblock alle mehr oder weniger verhaltensgestört, weil sie viel zu früh von der Hundemutter weggerissen worden sind. Bei Menschen tät man sagen: frühkindliches Trauma, Behandlung eher schwierig!"

Möchte die Gucki natürlich wissen, ob sich die Serena bei den Besitzern dieser gestörten Hunde umhorchen kann: Von wem haben sie ihren Hund her? Ist ja eine heikle Angelegenheit. Weil die Viecher praktisch lauter illegale Asylanten sind.

Aber die Serena ist gleich Feuer und Flamme. Ist ganz begeistert, dass die Gucki in den *Mühlviertler Nachrichten* über dieses Thema schreiben will. Dass sie vor solchen Schnäppchenkäufen warnen will. Dass sie den illegalen Handel mit jungen Hunden eindämmen will.

„Es kann aber unter Umständen gefährlich werden!", muss die Gucki der Serena jetzt doch reinen Wein einschenken. „Hat auch schon einen Mord gegeben, der höchstwahrscheinlich damit zusammenhängt. Weißt eh: der Tote mit dem Beißkorb!"

Ist aber bei der Serena da an die Falsche geraten: „Glaubst leicht, wegen dem scheiß ich mir die Wadel voll? Weißt was? Ich frag ein bisserl herum – und spätestens übermorgen meld ich mich wieder bei dir!"

So, damit hat die Gucki für einen Sonntag aber wirklich genug gearbeitet. Hat sich den Frühschoppen jetzt ehrlich verdient. Traut sich sowieso wetten, dass noch immer drei Nachbarbuben in *Mandis Saustall* hocken und sehnsüchtig auf einen vierten Mann zum Tarockieren warten. Dieser vierte Mann ist natürlich niemand anderer als sie selber. Auch wenn sie heute dem Mattsi zu Ehren einen schwarzen Minirock und knallgelbe Strümpfe anhat.

VIII

„Hast du zu heiß gebadet?" ist von allen Möglichkeiten, den Verstand eines Menschen anzuzweifeln, noch die harmloseste. Da ist doch nix dabei, wenn einer ein bisserl durcheinander ist, weil er zu heiß gebadet hat. Deswegen ist er noch lang nicht verrückt!

Drum sagt die Gucki jetzt zur Renate: „Hast du zu heiß gebadet?" Und nix anderes. Hätt ja noch ganz andere Ausdrücke auf Lager, die Gucki. Wesentlich ärgere! Die muss sie sich aber jetzt verbeißen. Weil die Renate ja nicht nur seit siebzehn Jahren ihre Sekretärin ist, sondern sowas wie eine liebevolle Mama. Hat die Gucki in Wirklichkeit eh nie gehabt.

Dabei zweifelt die Gucki ernsthaft an der Renate ihrem Geisteszustand. Eine ältere Frau, die Sommer und Winter immer ein Kostüm anhat, eine Frau, die eine Sammlung von mindestens zweihundert Porzellanpuppen hat, für die sie putzige Kleider schneidert, eine Frau, die leidenschaftlich Frauenzeitschriften verschlingt, in denen die Freuden und Leiden des europäischen Hochadels erörtert werden – ebendiese Frau hat die Gucki grad gefragt: „Gehst du heut Abend zur Dildo-Party mit?"

Da hat sich die Gucki wirklich zusammenreißen müssen, dass sie nur „Hast du zu heiß gebadet?" gesagt hat. Ist ihr schon was ganz was anderes auf der Zunge gelegen. Was – das sag ich lieber nicht. Sonst heißt es noch, ich bin eine ordinäre Drecksau!

„Ich geh ja eh nicht wegen den Dildos hin, sondern wegen der Frau Chefin!“, erklärt die Renate jetzt. Ist ihr anscheinend nicht entgangen, dass die Gucki ein bisserl schockiert ist. „Und außerdem hat die Frau Chefin gesagt, dass eine Dildo-Party heutzutags schon genauso normal ist wie eine Tupperware-Party oder eine Putz-Party!“

Schon interessant, dass die Renate noch immer *Frau Chefin* sagt. Obwohl die Helga Hatzl schon seit zehn Jahren gar nimmer die Chefin der Freistädter Redaktion der *Mühlviertler Nachrichten* ist. Hat sie nimmer not. Ist ja mit einem erfolgreichen Geschäftsmann verheiratet, dem Dragan Vlašić. Dem das *Sputnik* gehört. Das schönste Puff von ganz Freistadt – wie der Dragan gern sagt.

Die Chefin von der Renate ist eigentlich die Gucki. Trotzdem hat die Renate noch nie *Frau Chefin* zu ihr gesagt. Immer nur *Gucki*. Höchstens einmal *Gucki-Maus*. Aber erst nach dem siebenten Glasl Prosecco oder nach einer halben Flasche Eierlikör.

„Die Frau Chefin hat gesagt, dass es recht gemütlich wird, weil keine Männer dabei sind!“, plappert die Renate munter weiter. „Und geben tut es Russische Eier und einen echten Kaviar! Und literweis Prosecco! Und wie ich die Frau Chefin kenn, gibt es auch einen selbergemachten Eierlikör!“

„Na, was sagst du, Turrini? Ist das die richtige Abendgesellschaft für uns zwei: lauter depperte Hendl, die schon aufgeregt gackern, wenn sie einen Dildo auch nur von der weiten sehen?“, fragt die Gucki.

Weil aber der Turrini das Wort *Hendl* kennt und für sein Leben gern Hendl staubt, ist er sofort einverstanden. Nicht, dass er jetzt wirklich „Ja!“ sagen tät – direkt reden kann er ja nicht. Aber er bellt so fröhlich, dass man das eindeutig als Zustimmung auffassen kann.

Trotzdem muss die Gucki vorher noch was Unangenehmes erledigen. Nämlich eine Zeitung machen. Hat ja den halberten Tag mit ihrem Mordfall verplempert und dabei völlig vergessen, dass die *Mühlviertler Nachrichten* achtundvierzig Seiten haben, die alle gefüllt werden wollen. Morgen aber ist Dienstag. Sprich: Morgen Mittag ist Redaktionsschluss. Da muss die Zeitung fertig sein. Stehen der Gucki noch ein paar Stunden Akkordarbeit bevor, bevor sie sich an der klassischen Schönheit der neuesten Dildo-Modelle erfreuen kann.

Der Vormittag war heut sowieso ein einziger Verhau! Die Gucki ist von einem *Land-Rover*-Besitzer zum anderen gerauscht und hat nach einem Alibi für die Tatzeit gefragt. Eh nicht direkt. Da hätte man sie ja gleich hinausgeschmissen. Hat behauptet, es gibt einen Preis, gestiftet vom Autohändler *Seppl* und von der Diözese Linz. Gewinnen tut der *Land Rover Defender*, der am Montag, den 2. Februar 2017, um Punkt elf Uhr möglichst nah bei der Kirche St. Michael in Oberrauhenödt war. Und auszahlen tut er sich auch, der Preis: ein Tankgutschein im Wert von zweihundert Euro!

Der Verwalter vom Gut *Rosenberg* hat wirklich brav die Fahrtenbücher hervorgeholt. Zwei Autos waren im Forst in Sandl unterwegs, das dritte ist vor der Haustür gestanden. Ist seines. Das war eigentlich gar nicht so weit weg von Oberrauhenödt. Obwohl er den Preis leider doch nicht gewonnen hat, hat er der Gucki trotzdem einen Kaffee serviert. Was ein schwarzer Minirock und gelbe Strümpfe doch ausmachen! Dabei hat die Gucki heute genau dasselbe Gewand an, mit dem sie gestern zehn Stunden in *Mandis Saustall* gesessen ist und tarockiert hat. Wird dementsprechend stinken. Aber die Gucki hat heut in der Früh auf die Gache nix anderes gefunden. Zum Schluss bedankt sie sich artig für den Kaffee und setzt den Arthur – so heißt der Herr Gutsverwalter – vorsichtshalber einmal auf die Liste der Männer, die als Vater ihres Kindes in die engere Wahl kommen.

Bei den Tierärzten war sie auch nicht erfolgreicher. Hat alle zwei daheim nicht erwischt. Nur am Telefon. Waren natürlich unterwegs. Von einer Kuh zur anderen. Bei denen hat sich die Gucki die Geschichte vom Zweihundert-Euro-Tankgutschein sowieso sparen können. Weiß ja als Hundebesitzerin nur zu gut, was ein Tierarzt so verdient. Hat behauptet, es geht um den Ausbau vom Handymasten in St. Anton. Aber erstens waren alle zwei Tierärzte an dem besagten Vormittag ganz woanders, und zweitens haben alle zwei ziemlich geflucht, weil ihnen die Gucki ihre kostbare Zeit gestohlen hat.

Ist also nur mehr die Frau übergeblieben. Der Wickerl hat ja leider ein Alibi gehabt. War dann gar nicht so leicht zum Finden, die Frau. Wohnt praktisch am

Arsch der Welt. Bleibt die Gucki mit ihrem VW-Burschi ein paarmal fast hängen.

Dann muss sie auch noch eine ganze Ewigkeit pumpern, bis die Haustür aufgeht. Vor ihr steht eine Frau in einem knöchellangen Flanellnachthemd. Genau so eines, wie es die Oma immer angehabt hat. Dabei ist diese Frau höchstens so alt wie die Gucki. Trotz der grauen Haare, die wie ein Wasserfall aus Graphit bis zum Arsch hinunterfallen.

„Servus, ich bin die Gucki!“, sagt die Gucki. Wirklich freundlich sagt sie das.

„Blum!“, sagt die Frau. Aber kein bisserl freundlich. „Ich brauch keine Lebensversicherung, und an Meinungsumfragen nehm ich grundsätzlich nicht teil!“

Wird die Gucki blass vor Wut. Nur weil sie einen Minirock und gelbe Strümpfe anhat, ist sie noch lang keine Versicherungs- oder Meinungsumfragen-Tussi! Zückt sie also kurzerhand ihren Presseausweis und hält ihn dieser arroganten Funsen unter die Nase. Aber so lässig, dass die garantiert nicht zum Lesen kommt. Dann sagt die Gucki auch schon das Sprücherl auf, das sie schon lang einmal sagen wollte: „Major Wurm, Kriminalpolizei Oberösterreich! Ich hätt ein paar Fragen!“

Wird jetzt immerhin ins Haus gelassen, die Gucki. Aber statt dass die verdächtige Frau jetzt einfach das Verhör über sich ergehen lassen tät, sucht sie nach einer Lesebrille und findet nach längerer Zeit sogar eine.

„Kann ich den Ausweis noch einmal sehen?“, fragt sie frech.

Muss die Gucki ihre Strategie ändern: „Also gut, *Wurm* ohne *Major*. Und statt der *Kriminalpolizei Oberösterreich* sind es nur die *Mühlviertler Nachrichten*. Können Sie mir trotzdem eine Frage beantworten?"

Kommt aber eine Gegenfrage: „Magst du einen Kaffee?"

Und wie die zwei dann friedlich am Kuchltisch sitzen, erzählt die Gucki die ganze Geschichte. Von vorn bis hint! Die Mercedes ist wirklich eine gute Zuhörerin und stellt ausgesprochen gescheite Fragen. Fragt zum Beispiel, wie alt der pensionierte Volksschuldirektor ist, der den *Land Rover Defender* gesehen haben will. Weil du einen *Defender* unter Umständen mit einem anderen *Land-Rover*-Modell verwechseln kannst, wenn du keine Brille aufhast.

Schon interessant: Da ist die Gucki seit einer ganzen Woche Tag und Nacht mit ihrem Mordfall beschäftigt – und dann stellt die Mercedes, für die alles neu ist, die entscheidende Frage: „Haben wir ein Mordmotiv?"

Stottert die Gucki herum: illegaler Hundehandel, Leiche als Hund verkleidet, und so weiter und so fort.

„Rache!", sagt die Mercedes kurz und bündig. „Rache an einem Mann, der schlecht zu Hunden ist! Musst du dich logischerweise in der Tierschützer-Szene umschauen! Bei mir – zum Beispiel. Bin seit Jahrzehnten *Greenpeace*-Mitglied und hab auch schon fürs Freistädter Tierheim gespendet. Willst du mir gleich Handschellen anlegen?"

„Wird leider nicht gehen!", meint die Gucki. „Weil du mir gleich ein supergutes Alibi präsentieren wirst?"

„An sich schon. Weil mir der Herr Bezirksinspektor Raffl am 19. Februar den Führerschein gezupft hat. Wie ich mit ein paar Achterl heimgefahren bin. Heißt aber nicht zwingend, dass ich am 20. Februar nicht mit dem Auto gefahren bin. Geht ja im Notfall auch ohne Führerschein!“

„Und? Warst du es?“, will die Gucki wissen.

„Leider nein! Bin leider keine schillernde Mörderin – nur eine schlichte Malerin!“ Ab diesem Zeitpunkt nimmt das Gespräch dann einen ganz einen anderen Verlauf. Wenn die Gucki schon einmal da ist, macht sie wenigstens für die *Mühlviertler Nachrichten* ein Künstlerinnen-Portrait. Während die Mercedes eine Flasche Veltliner aufmacht. Eigentlich kein Wunder, dass sich die Gucki und die Mercedes so gut verstehen. Ist nämlich gar nicht so leicht, dass du im Mühlviertel eine Gesprächspartnerin findest, mit der du auch über was anderes reden kannst als über Kochrezepte und Putzmittel.

Die Mercedes ist bescheiden und bezeichnet sich selber nicht als *Künstlerin*, sondern als *Dekorateurin*. Im Sommer verschönert sie Häuserfassaden mit farbenprächtigen Motiven aus dem Reich der Idylle. Sagen wir einmal: ein röhrender Hirsch für den Herrn Jagdleiter oder ein heiliger Florian für das Feuerwehrzeughaus.

Kommt die Gucki gar nimmer aus dem Lachen heraus, wie ihr die Mercedes jetzt Fotos von diesen Häusern zeigt. Wunderschön gemalt, aber trotzdem ein Witz! Weil ja die Hausbesitzer das Motiv selber aussuchen. Und was suchen sie sich aus? Natürlich das Allerblödeste!

Im Winter ist der Mercedes ihre Arbeit aber auch nicht viel gescheiter. Da verschönert sie Motorräder mit der Luftpistole. Und was wollen die Herren Biker auf ihren Harleys und auf den anderen Choppern sehen? Nur Totenköpfe und nackerte Weiber! Genau in der Reihenfolge: sechzig Prozent Totenköpfe, dreißig Prozent Nackerte! Die reinste Fließbandarbeit!

Fotografiert die Gucki in der Mercedes ihrer Werkstatt noch schnell ein paar schöne Totenköpfe. Dann muss sie schleunigst in die Redaktion. Verspricht aber hoch und heilig, die Mercedes auf dem Laufenden zu halten. Was den Kriminalfall betrifft. Nicht, was den Vater ihres ungeborenen Kindes betrifft. In das Projekt *Kindesvater* hat sie ja die Mercedes noch gar nicht eingeweiht. Das macht sie dann übermorgen. Am Mittwoch. Wenn sie ihre neue Freundin zum Heringsschmaus abholt.

Ist aber leider nur Zukunftsmusik. Wird noch nicht gespielt. Momentan spielt es nämlich Knochenarbeit: aus lauter völlig belanglosen Vereinsnachrichten eine Zeitung zusammenbasteln. Macht die Gucki jetzt schon seit siebzehn Jahren und kann sich noch immer nicht vorstellen, dass es auch nur einen einzigen Menschen gibt, der freiwillig so einen Schas liest!

Hat ja insgeheim den Verdacht, dass die Leser der *Mühlviertler Nachrichten* sowieso nur die Geburts- und Sterbeanzeigen anschauen. Und ein paar Sportnarrische halt die Sportseiten. Und diejenigen, die einen feschen Kreiselheuer oder eine gut funktionierende Frau suchen, noch den Anzeigenteil. Damit wird es sich aber auch schon haben. Ihren Leitartikel wird vermutlich kein Schwein lesen. Mit einer einzigen Ausnahme: der Rammer! Drum schreibt die Gucki jetzt extra für den Rammer einen wunderbar boshaften Leitartikel.

Kriminalpolizei im Winterschlaf

So nennt sie ihre Geschichte. In der sie feinsäuberlich auflistet, was die Kripo in einer Woche Ermittlungsarbeit herausgefunden hat. Nämlich gar nix! Während die *Mühlviertler Nachrichten* die Identität des Mordopfers geklärt haben, die Leser zur Mithilfe bei der Suche nach zwei verdächtigen Geländeautos aufrufen und schließlich und endlich auch noch mit einem plausiblen Mordmotiv aufwarten können: Rache an einem Tierquäler!

Dass der Mörder somit in Tierschützerkreisen zu suchen ist, schreibt die Gucki lieber nicht. Weil der Tierschutz im Mühlviertel eh schon ziemlich verschrien ist. Ich mein: Katzen oder Hunde schützen ist ja recht und schön. Wenn sich die Tierschützer aber an den Kühen oder an den Hendln vergreifen und von *nicht artgerechter Tierhaltung* daherreden, dann hört sich der Spaß auf!

Stürzt sich die Gucki also lieber auf die Kripo. Der Rammer braucht eh wieder einmal ein paar saftige

Watschen. Sonst kommt er womöglich wieder mit einem Heiratsantrag daher. Wird ihm aber sofort vergehen, wenn er ihren Leitartikel liest:

> Anscheinend hält nicht nur der Igel gerade Winterschlaf, sondern auch die Kriminalpolizei Oberösterreich. Zumindest die Abteilung *Leib und Leben* unter der Leitung von Oberstleutnant Dr. Otto Rammer.

Mit dieser schönen Parallele zur Tierwelt beendet die Gucki ihren Leitartikel. Ist durchaus zufrieden mit sich selber. Stellt sich das Gesicht vom Rammer vor, wenn die *Mühlviertler Nachrichten* übermorgen auf seinem Schreibtisch landen. Zuerst wird er blass werden, dann wird er rot werden, dann wird er herumplärren, dann wird er in seinen Antuscher-*BMW* springen und mit 200 km/h ins Mühlviertel rauschen, um die Gucki zu verhaften. Wird sie aber nicht erwischen – weder in der Redaktion in Freistadt, noch daheim in St. Anton. Weil die Gucki am Mittwoch mit der Mercedes in St. Thomas beim Heringsschmaus ist. Dort haben sie einen wirklich genialen jungen Koch, der bei der Gucki auch als Kindesvater in die engere Wahl kommen könnte.

In dem Moment kommt auch schon die Renate herein. Mit einer Flasche Prosecco. *Vorglühen* nennt man das, wenn man sich schon ein bisserl ansauft, bevor man überhaupt fortgeht. Machen normalerweise nur die Jugendlichen. Weil sie halt sparen müssen. Wenn du daheim schon einen halberten Liter Rum gesoffen hast, dann brauchst du in der Disco nur mehr zehn Bacardi-Cola– und kriegst trotzdem einen Vollrausch zusammen! Der Renate geht es aber gar nicht ums Sparen. Der geht es eher ums Mut-Antrinken. Dass sie nicht gleich vor lauter Angst in Ohnmacht fallt, wenn ihr die Frau Chefin so einen Dildo in die Hand drückt.

„Kommen eigentlich in den ganzen Liebesromanen, die du immer liest, keine Dildos vor?“, tät die Gucki jetzt interessieren. Ein bisserl pflanzen muss sie die Renate schon hie und da.

„Da kommt überhaupt nichts Hässliches vor!“, sagt die Renate ganz gelassen. „Nicht einmal hässliche Autos: *Bentley, Rolls Royce, Land Rover* – kein einziger *VW-Porsche*!“

Diese Schlagfertigkeit hätte die Gucki ihrer Sekretärin gar nicht zugetraut. Hat die womöglich schon den ganzen Nachmittag vorgeglüht? Auf jeden Fall ist der Prosecco so schnell gar, dass sie gleich noch ein Flascherl brauchen.

Dann müssen die Gucki und der Turrini aber dringend Gassi gehen. Einmal rund um die Stadt. Dauert bei einer Kleinstadt wie Freistadt trotz mehrerer Haufen und einer kleinen Rauferei mit einer Dänischen Dogge nicht mehr als eine halbe Stunde. Kommen sie noch immer pünktlich zur Dildo-Party.

Nicht, dass die Gucki jetzt erwartet hätt, dass zu so einer Party nur alleinstehende Frauen kommen. Trotzdem ist sie dann überrascht, wer da aller da ist. Bis auf die Pfarrassistentin sind nämlich alle glücklich verheiratet. Wie es so schön heißt. Außerdem sind keine Proletenweiber da, sondern ausschließlich Damen. Die Crème de la Crème von Freistadt: Geschäftsfrauen, Ärztinnen, Schuldirektorinnen. Sogar die Leiterin vom Kirchenchor ist da! Hätte genauso gut eine Versammlung der Katholischen Frauenbewegung sein können. Nur dass es dann wahrscheinlich nicht so lustig geworden wär.

Am Anfang geht es eh ziemlich steif zu. Aber nicht wegen der Dildos in allen möglichen Farben, Formen und Größen sind die Damen so schockiert. Nein, wegen dieser Wurm von den *Mühlviertler Nachrichten* sind sie wie gelähmt! Dieses Miststück ist doch nur da, um ihnen ihre Karriere zu versauen. Wenn du mit einem Dildo in der Hand in der Zeitung bist, dann hast du im Mühlviertel als Frau komplett ausgeschissen!

Wo grad noch so fröhlich gegackert wurde, breitet sich jetzt ein brütendes Schweigen aus. Da schmeckt auf einmal auch der Kaviar nimmer und auch nicht der Prosecco. Da ist die Party vorbei, bevor sie überhaupt richtig angefangen hat.

Wenn sich da die Gastgeberin nicht schnell was einfallen lasst, dann kann sie wochenlang Russische Eier essen. Die Helga hat auch schon eine Idee. Platziert einen grellpinken Dildo von wirklich monströser Größe mitten im Wohnzimmer auf dem Teppich und schaltet den Akku ein. Fangt der Dildo natürlich an zu vibrieren und wandert sogar ein Stückerl über den Teppich. Kommt aber nicht weit. Die Helga sagt nämlich: „Turrini, fass!"

Lässt sich der Turrini natürlich nicht zweimal sagen. Packt seine Beute mit einem einzigen Sprung und beutelt sie energisch. Einem Hasen hätte er schon längst das Genick gebrochen, aber ein Dildo gibt da nicht so schnell auf. Kaum hat ihn der Turrini losgelassen, fängt er wieder fröhlich an zu wandern. Muss ihn der Turrini noch einmal totbeuteln. Aber die Drecksau wird einfach nicht hin. Wirklich deprimierend für den Turrini! Für alle anderen ist es dafür umso lustiger. Müssen laut lachen über den ungleichen Kampf zwischen Hund und Dildo. Ist die Stimmung gerettet.

„Damit ist auch schon die Frage beantwortet, was so ein Dildo aushält!“, meint die Helga. „Ärger als der Turrini werdet's ihr ja euer bestes Stück nicht hernehmen!“ Und wo sie Recht hat, hat sie Recht. „Meine Freundin Gucki Wurm ist heute übrigens rein privat da: als Frau – nicht als Journalistin! Das heißt: Ihr und euer Lieblingsdildo kommt's garantiert nicht in die *Mühlviertler Nachrichten*!“

Wird es wirklich noch ein lustiger Abend. Wird zwar am Anfang hauptsächlich über Männer und Abmagerungskuren geredet, aber nach ein paar Flaschen Prosecco landet man doch glücklich beim Thema *Sex*. Und bleibt auch dabei. Zum Schluss haben bis auf die Gucki und auf die Renate alle mindestens einen Dildo bestellt. Zur großen Enttäuschung der Damen kann das Spielzeug ja erst in einer Woche geliefert werden. Nur der Turrini kriegt seinen Dildo sofort und trägt seine Beute voller Stolz zum Auto. Während sich die Gucki mit dem Ladegerät begnügen muss.

IX

„Hat es dir den Fetzen hineingedreht?“ ist ein sprachliches Bild aus der Mechanik. Man stellt sich das menschliche Hirn als komplizierte Maschine vor, bei der unzählige Zahnräder ineinandergreifen. Wird diese Maschine bei laufendem Betrieb geputzt, besteht natürlich die Gefahr, dass der Putzfetzen in die Zahnräder hineingezogen wird. Dann knirscht es, dann kracht es – dann steht die Maschine still. Sprich: Das Hirn hat aufgehört zu arbeiten.

Logischerweise wird dieses Sprachbild gern von Menschen verwendet, die es in ihrem Beruf mit Maschinen zu tun haben. Sagen wir einmal: ein Kfz-Mechaniker. Der muss ja wirklich öfter mit einem Fetzen über einen ölverschmierten Motor wischen, obwohl der Motor rennt. Und was passiert dann? Hat es ihm auch schon den Fetzten hineingedreht!

Drum ist das auch der Lieblingsspruch vom Fuzzi. Hat sich die Gucki gestern beim Tarockieren mehr als einmal anhören können: „Hat es dir den Fetzen hineingedreht?“

War aber berechtigt, die Frage. Weil die Gucki gestern wirklich einen Schmarrn zusammengespielt hat. Wie wenn sie dringend einen *Wifi*-Kurs brauchen tät. *Tarockieren für Anfänger* hat ihr der Fuzzi empfohlen.

Dabei hat der Tag gestern so gut angefangen. Die Gucki hat schon in aller Herrgottsfrüh mit dem Turrini eine romantische Winterwanderung gemacht. Hat sogar seine Lieblingsspiele mit ihm gespielt: Rehli und Hund, Hasi und Hund, Fuchsi und Hund. Als Rehli hat die Gucki nur rennen müssen, bis der Turrini sie erwischt hat, als Hasi hat sie auch noch Haken schlagen müssen. Das Fuchsi-Spielen ist allerdings anspruchsvoller. Da hat sich die Gucki im Gestrüpp verstecken müssen, bis sie der Turrini gefunden, am Ärmel von ihrer Lederjacke gepackt und herausgeschleift hat.

Dann hat die Gucki den armen Turrini mit viel Futter und Wasser und noch viel mehr schlechtem Gewissen in den eingezäunten Garten verbannt. Kann ihn ja heute beim besten Willen nicht mitnehmen. Weil Faschingsdienstag ist. Sprich: Tarockieren bis zum Gehtnimmer und dann noch Faschingskehraus im Gasthaus *Weiß*. Alles miteinander für einen kleinen Hund überhaupt nicht geeignet!

Dann ist auch schon die Anni gekommen. Die Frau vom Johnny. Der ist der einzige von allen Tarock-Spielkameraden von der Gucki, der überhaupt eine Frau hat. Drum darf die Anni am Faschingsdienstag alle Tarockierer am Vormittag abholen und spät in der Nacht wieder heimbringen.

Um Punkt elf ist die Gucki dann auch schon im Gasthaus *Frederitzky* gesessen und hat Tarockkarten und das erste Bier in der Hand gehabt. Ist auch schon wieder seit Jahren Tradition, dass am Faschingsdienstag nicht in der *Meierhansl-Hütte* tarockiert wird, sondern beim *Frederitzky*. So viele Bierflaschl gehen in den

Meierhansl-Hütten-Kühlschrank nämlich gar nicht hinein, dass man da zwölf Stunden durchspielen könnt.

Und noch was ist heute anders beim Tarockieren. Am Faschingsdienstag gibt es eine zusätzliche Spielregel: Wenn dir der XXI-er – also der zweithöchste Tarock – vom Gstüss abgestochen wird, dann musst du eine Runde zahlen. Eh klar, dass sich da keiner mehr aufs richtige Spiel konzentriert, sondern nur mehr aufs XXI-er-Abstechen!

Wenn der Gucki ihr Hirn wirklich eine Maschine wär, dann wär sie eine ziemliche Fehlkonstruktion. Weil da Zahnräder ineinandergreifen, die ganz einfach nicht zusammenpassen: ein brutaler Mord, ein Tierheim, das Killerhunde produziert, ein Gspusi mit einem Siebzehnjährigen und zum Schluss auch noch eine Dildo-Party. Kein Wunder, dass es da reibt und kracht in derana Maschine! Wird nimmer lang dauern, dann steht das ganze Werkl!

Außer, die Maschine wird so gut geschmiert, dass es sich ohne Verreiber ausgeht. Tut sie aber eh, die Gucki: schmieren. Mit einem erstklassigen Schmiermittel: *Freistädter Ratsherrentrunk*. Nach einer Stunde Tarockieren ist schon die fünfte Strafrunde fürs XXI-er-Abstechen fällig. Hat die Gucki also schon das sechste Bier in Arbeit. Sprich: Die Zahnradln in ihrem Hirn rennen jetzt schon viel runder. Wie geschmiert halt!

Jetzt weiß die Gucki auf einmal ganz genau, wie sie den Mörder erwischt: mit Geduld und Spucke! Das ist so ein Spruch vom Opa und heißt, dass man nur

Schritt für Schritt vorgehen muss – dann schafft man alles. Aber wirklich alles!

Also: Morgen zuerst einmal die Sabrina über die illegalen Hunde-Importe ausfratscheln. Dann knöpft sich die Gucki auch schon die Besitzer von diesen Ostblock-Hunden vor. Kann sich ja durchaus vorstellen, dass einer von denen der Mörder ist. Wenn sein Bullterrier-Schnäppchen nach drei Wochen eingegangen ist – zum Beispiel. Da geht es nämlich nicht um die vierhundert Euro, die der Hund gekostet hat – da geht es um das, dass sich ein Mühlviertler nicht von einem depperten Ungarn bescheißen lasst. Ein bisserl nachtragerisch sind die Leut bei uns nämlich schon.

Außerdem wird die Gucki den Major Mattsi beauftragen, dass er seine Autobesitzer-Suche auf alle dunkelgrünen Fahrzeuge der Marke *Land Rover* ausdehnt. Wird also ein starker Tag morgen. Vermutlich auch eine starke Nacht. Am Abend ist die Gucki ja zum Heringsschmaus mit der Mercedes verabredet.

Eigentlich ein interessanter Beruf, den die Mercedes da hat. Ist ja praktisch sowas wie eine Häuser- und Motorräder-Tätowiererin. Nur dass man ihre Tattoos problemlos übermalen kann, wenn sie einem nimmer gefallen. Wird auch gemacht. Hat die Mercedes von einem Häuselbesitzer in Hagenberg erzählt, der für seine Fassade eine drei Meter hohe holländische Windmühle bestellt hat. Zwei Jahre später hat er sie dann gegen eine Kokospalme mitsamt ein paar Affen ausgewechselt. Gefällt ihm mittlerweile aber auch nimmer. Ist die Mercedes schon gespannt, was ihm jetzt wieder für ein Blödsinn einfallen wird.

In dem Moment hat die Gucki blitzartig eine geniale Idee. Eine neue Fotoserie in den *Mühlviertler Nachrichten*: das Tattoo der Woche! Da kriegt sie garantiert so viele Fotos zugeschickt, dass sie für Jahre ausgesorgt hat. Und die hirnrissigsten Tätowierungen wird sie dann Woche für Woche veröffentlichen.

„Hat es dir leicht den Fetzen hineingedreht, Weiberl?“, muss jetzt der Fuzzi wieder einmal fragen. Weil die Gucki ihren Schädel überall anders hat – nur nicht beim Tarockieren! Da ist es kein Wunder, dass ihr der Johnny wieder einmal den XXI-er abgestochen hat. Hat die Gucki nicht einmal mitgekriegt!

Aber genau jetzt – beim zehnten Bier – kommt der Umschwung. Jetzt ist der Gucki ihr Hirn endlich so gut geschmiert, dass alle Gedanken, die nicht zum Tarockieren gehören, gar nimmer in ihren Schädel hineingelassen werden. Außengrenze von der Gucki ihrem Hirn praktisch vollständig abgeriegelt! Wirkt sich sofort auf den Spielverlauf aus. Da schaut er schön blöd, der kleine Fuzzi, wie ihm die Gucki drei Spiele hintereinander den XXI-er absticht!

Kurzum – für die Gucki wird das Faschingsdienstag-Tarockieren jetzt endlich genau so, wie es sein soll: unbeschwert, heiter, ausgelassen! Was das Biertrinken angeht, möglicherweise sogar rekordverdächtig. Aber die Gucki hat nach dem zehnten Bier eh zum Mitzählen aufgehört. Alles muss sie dann auch wieder nicht wissen!

Drum steht sie dann um drei in der Früh am Straßenrand und weiß nicht recht, wie sie jetzt die paar Meter bis zu ihrer Haustür schaffen soll. Noch dazu ist es stockfinster. Weil die Gucki vergessen hat, dass sie die Lampe über der Haustür aufdreht. Bleibt ihr nix anderes über, als dass sie auf gut Glück losmarschiert. Ihr Blindenhund kann sie ja leider nicht führen. Ist im Garten eingesperrt und bellt wie ein Wilder. Hat sein Frauli ja längst gerochen. Trotz Alkoholfahne! Oder hat er sie gerade an der Fahne erkannt?

Weit kommt sie nicht, die Gucki. Grad einmal ein paar Meter – dann reißt es ihr die Haxen aus. Prallt mit dem rechten Schienbein gegen ein Hindernis und liegt auch schon im Schnee. Muss mit einem gewaltigen Tier zusammengestoßen sein. Seit wann gibt es denn überhaupt Nashörner im Mühlviertel? Wie sie das Nashorn dann aber vorsichtig abtastet, stellt sie erleichtert fest, dass sie es doch nicht mit einer zoologischen Sensation zu tun hat. Nur mit dem VW-Burschi. Wie kann man denn nur so deppert sein, dass man nimmer weiß, dass in der Zufahrt das eigene Auto steht?

Dafür erlebt der Gucki ihr Denkvermögen jetzt eine wahre Sternstunde: Sie braucht ja nur eine Autotür aufmachen – dann geht die Innenbeleuchtung an und spendiert ihr zumindest so viel Licht, dass sie es bis zur Haustür schafft. Gut, dass sie den VW-Burschi nie zusperrt! Genauso wenig, wie sie ihre Haustür zusperrt. Hat sie nie das Problem, dass der Haustürschlüssel nach zehn Bier nimmer so recht ins Schloss hineinwill.

„Hat es dir den Fetzen hineingedreht?“, sagt die Gucki jetzt. Kaum dass die Innenbeleuchtung vom VW-Burschi angegangen ist. Nur: Zu wem sagt sie das? Wird doch nicht so angesoffen sein, dass sie jetzt schon mit dem VW-Burschi redet? Obwohl ich genug Leute kenn, die komplett nüchtern sind und sich trotzdem stundenlang mit ihrem Auto unterhalten.

Am ehesten glaub ich, dass die Gucki mit sich selber geredet hat. Tät sich am liebsten auch selber eine Antwort geben: „Ja, mir hat es den Fetzen ordentlich hineingedreht! Eh kein Wunder: ungefähr zwanzig Bier und dann auch noch mindestens zehn Stamperl Schnaps! Da kann man schon einmal Gespenster sehen!“

Aber leider Gottes ist das Gespenst, mit dem es die Gucki jetzt zu tun hat, ziemlich real. Wie sie nach dem Puls greift, zuckt die Gucki im ersten Moment sogar zurück. Weil die Hand von der Serena gar so eiskalt ist. Die schöne, junge Hundetrainerin sitzt splitterfasernackt am Fahrersitz vom VW-Burschi. Hundeleine um den Hals, Beißkorb umgebunden. Die eisvogelblauen Augen sind weit geöffnet und starren die Gucki vorwurfsvoll an.

Ist ja wirklich schuld an der Serena ihrem Tod, die Gucki. Weil sie das Mädel zum Herumschnüffeln im Hundehändler-Milieu angestiftet hat. Das weiß aber auch der Mörder ganz genau – sonst hätte er die Leiche nicht akkurat der Gucki vor die Haustür gelegt.

„Siehst du, das hast du jetzt davon, du neugierige Journalisten-Tussi!“, will ihr der Mörder damit sagen.

„Jetzt hat es die arme Serena erwischt – und du bist schuld!“

Kriegt die Gucki eine so eine derartige Wut, dass sie schlagartig nüchtern wird. Kann auf einmal sogar wieder halbwegs gerade gehen. Befreit sie zuerst einmal den Turrini aus seinem Garten-Gefängnis und bringt ihm schonend bei, was seiner Hundetrainerin zugestoßen ist. Jetzt, wo der Turrini dabei ist, schafft es die Gucki sogar, sich die Leiche ein bisserl genauer anzuschauen. Dass der Turrini die Sabrina dabei ausgiebig abschleckt, ist ihr völlig wurscht. Über solcherne Kleinigkeiten regen sich höchstens die Beamten von der Spurensicherung auf. Aber die sind eh frühestens in einer Stunde da.

Hätt sich die Gucki auch nie gedacht, dass sie eines Tages noch einmal froh sein wird, dass es eine Kriminalpolizei gibt. Die man im Notfall anrufen kann. Wenn einem ein Kriminalfall über den Kopf gewachsen ist. Wenn einem einfach alles zu viel ist.

„Du kannst sagen, was du willst – scheiden lass ich mich trotzdem!“, plärrt der Karli zur Begrüßung ins Telefon. Aber schon mit ein bisserl einem Zungenschlag.

„Bist du im Dienst?“, will die Gucki wissen.

„Und wie ich im Dienst bin!“, antwortet der Karli. Aber dann beichtet er der Gucki doch, dass er am Faschingssonntag daheim ausgezogen ist und seither beim Otto wohnt. Mit dem er seither sauft. Aber dienstlich. Sprich: Der Otto hat – praktisch als Lockvogel - eine fesche Polizeischülerin in einen Minirock gesteckt und hofft, dass sich in der Linzer Altstadt ein paar depperte Asylanten zu sexuellen Übergriffen verleiten lassen, die man dann als Sexualmordversuch interpretieren wird. Für reine Sexualdelikte sind ja der Otto und er gar nicht zuständig. Obwohl der Polizei-Has wirklich nuttig daherkommt, gibt es bis dato keinen nennenswerten Erfolg. Der einzige, der ihren Lockvogel bisher belästigt hat, war ausgerechnet der Zahnarzt vom Otto. Mit dem hat sich aber nicht einmal der Herr Oberstleutnant anlegen wollen.

„Gib mir den Otto!“, verlangt die Gucki.

„Hallo, Puppi! Hast endlich eingesehen, dass ich der Mann deines Lebens bin?“, versprüht der Herr Oberleutnant auch um vier in der Früh seinen umwerfenden Charme.

„Jetzt pass einmal gut auf, du Heubodentürl-Depp! Der Beißkorb-Mörder hat wieder zugeschlagen. Ist gleich: Wir haben es mit einem Serienmörder zu tun! Wenn du in einer Stunde nicht da bist und brav deine Arbeit machst, dann werf ich die Geschichte meinen lieben Kollegen von der *Kronen Zeitung* und *Österreich* zum Fraß vor. Die machen dich dann so zur Sau, dass du nächste Woche wieder den Verkehr regelst!“

Wirkt tatsächlich. Der Rammer lässt seinen Whiskey Whiskey sein und telefoniert herum wie ein Wilder. Ist gar nicht so leicht, dass du in der Nacht von Faschingsdienstag auf Aschermittwoch eine komplette Kripo-Mannschaft mit Spurensicherung und allem Drum und Dran zusammenbringst. Ich mein: eine, die wenigstens halbwegs nüchtern ist.

Dabei hat die Gucki nur geblufft. Nie und nimmer tät sie mit den Arschwichsern von den Massenzeitungen zusammenarbeiten. Genauso wenig wie mit der Kripo. Den Rammer hat sie ja auch schon wieder auf eine falsche Fährte gelockt. Mit dem Wort *Serienmörder*. Kennt heutzutags ein jedes Kind, dieses Wort. Weil der Serienmörder in Fernsehkrimis noch öfter auftaucht als wie der Löwe in Tierfilmen über Afrika. Wünscht sich also ein extrem ehrgeiziger Kripo-Beamter wie der Rammer nichts auf der Welt mehr wie einen Serienmörder. Da kann er dann endlich zeigen, was er draufhat!

Dabei ist der Gucki ihr Mörder alles andere als ein Serienmörder. Sicher, er zieht seine Opfer nackert aus und verziert sie mit Hundeleine und Beißkorb. Das hat er schon mit einem Serienmörder gemeinsam. Jetzt kommt aber der wesentliche Unterschied: Im Gegensatz zum Serienmörder bringt der Gucki ihr Mörder seine Opfer nicht wahllos um. Er beseitigt sie nur deswegen, weil sie zu viel wissen. Hundeleine und Beißkorb aber sind nichts anderes als eine Warnung an diejenigen, die ihm unter Umständen auch noch gefährlich werden könnten. Muss die Gucki also auf der richtigen Spur sein. Sonst hätte ihr der Mörder die Warnung nicht persönlich frei Haus geliefert!

X

„Bist wo ang'rennt?" ist nur auf den ersten Blick eine mitleidige Frage. Ob einer womöglich gegen ein Hindernis gerannt ist. „Bist wo ang'rennt?" ist vielmehr eine hinterfotzige Frage, die es als gesicherte Tatsache ansieht, dass der Betreffende gegen ein Hindernis gerannt ist. Und zwar mit dem Kopf. Und zwar ordentlich! Sonst wär er ja nicht so deppert.

Ist aber wirklich berechtigt, der Mercedes ihre Frage: „Bist wo ang'rennt?" Weil die Gucki jetzt einen total depperten Vorschlag gemacht hat. Da sitzen sie grad saugemütlich beim Heringsschmaus in St. Thomas – und dann will die Gucki auf einmal einen Einbruch machen? Sozusagen als krönenden Abschluss des Abends.

„Nicht, dass du jetzt glaubst, dass der Einbruch von Anfang an geplant war! Dass ich dich nur deswegen zum Essen eingeladen hab!", muss die Gucki jetzt klarstellen. „Das mit dem Einbruch ist mir erst in dem Moment eingefallen. Wegen der Cremeschnitten!"

„Hnn?"

Muss die Gucki zuerst einmal erklären, wie sie von einer harmlosen Cremeschnitte auf einen Einbruch in das Vereinshaus der Hundeschule Freistadt kommt. Weil dieser Verein seine Kundenkartei nicht in einem Computer gespeichert hat, sondern in einem altmodischen Karteikasten. Da hat jeder Hundebesitzer eine eigene Karteikarte. Alphabetisch geordnet. Dieser Karteikasten schaut im Prinzip genauso aus wie eine Cremeschnitte. Nur dass sich da nicht eine Schicht Teig mit einer Schicht Creme abwechselt, sondern eine Karteikarte mit der anderen.

Leuchtet der Mercedes sogar ein, dieser doch etwas weit hergeholte Vergleich. Hat aber auch schon ein bisserl was getrunken. Genauer gesagt hat sie mit der Gucki schon die dritte Flasche Veltliner weggeputzt. Wirkt sich natürlich positiv auf die Vorstellungskraft aus. Was der Mercedes aber trotzdem noch immer nicht einleuchtet, ist, warum der Einbruch jetzt mitten in der Nacht sein muss.

Kann die Gucki aber ganz souverän erklären: Einbrecher arbeiten halt einmal in der Nacht. Wenn sie einen Kollektivvertrag hätten, tät garantiert *Nachtarbeit* drinnenstehen. Der sogenannte *Dämmerungseinbrecher* ist erstens die Ausnahme von der Regel und zweitens nur eine reine Erfindung der Sensationspresse. Weil *Dämmerung* halt einmal entrischer klingt als *Nacht*.

Während die Gucki und die Mercedes jetzt auch noch eine zweite Cremeschnitte verdrücken, liefert die Gucki sogar sowas wie eine logische Erklärung. Also: Warum der Einbruch notwendig ist! Zwischen dem toten Hundehändler Lajos und der toten Hundetrainerin Serena gibt es nur eine einzige Verbindung. Und das sind halt einmal die Besitzer von illegal importierten Hunden. Die müssen sie aufspüren – dann landen sie früher oder später beim Mörder! Brauchen sie also nur schnell in die Hundeschule einbrechen und die Kundendatei mitgehen lassen! Ist die Mercedes auch schon überredet. Warum denn nicht? Bei so einem kleinen Einbruch ist doch nix dabei!

Ist aber dann doch eine halberte Weltreise, die Fahrt von St. Thomas nach Freistadt. Praktisch nur Kurven! Noch dazu ist die Gucki vom vielen guten Essen angenehm müde. War eigentlich schon den ganzen Tag müde. Nur dass es keine angenehme Müdigkeit war. Wie man halt beinand ist, wenn man fast nix geschlafen hat, dafür aber umso mehr gesoffen.

Nach dem Anruf bei der Kripo hat sich die Gucki nicht ins Bett gelegt. Ist lieber mit dem Turrini spazieren gegangen. In ihrem Zustand hätt sie sowieso nicht schlafen können. Dann hat sie einen ganzen *VW-Bus* voller Kripo-Beamter mit Kaffee versorgen müssen. War ja kein einziger dabei, der auch nur annähernd nüchtern war. Der Vernünftigste von allen war überraschenderweise der Rammer. Hat kein Wort über die tschetschenische Mafia verloren, sondern alles, was die Gucki gesagt hat, brav in sein Smartphone getippt.

Ich mein: Alles hat ihm die Gucki eh nicht erzählt. Ist ja nicht deppert! Will ja den Fall selber lösen. Das mit dem dunkelgrünen *Land Rover* hat sie natürlich verschwiegen. Dafür hat der Rammer den schwarzen *Jeep Cherokee* mit dem ungarischen Kennzeichen gekriegt. Hat er wenigstens was zu tun. Und weil ihm die Gucki sogar verrät, dass das erste Mordopfer ein Hundezüchter war, wird er auch ohne ihre Hilfe irgendwann einmal beim Lajos Farkas landen.

Die Gucki tät wirklich gern wissen, was man da bei der Ausbildung zum Kriminalpolizisten lernt. Viel nicht! Weil der Rammer nicht einmal auf die Idee kommt, dass er auch nur ein einziges Mal nachfragt: Woher die Gucki das alles weiß?

Dafür hat er aber jetzt eine geniale Idee: Er nimmt die Gucki in Schutzhaft! Dass die tote Serena als Warnung für die Gucki gedacht ist – das hat ja sogar er überrissen. Außerdem denkt er ja schon weiter: Wenn er die Gucki jeden Tag in der Zelle besucht und ihr Blumen und Bonbons bringt – wer weiß? Vielleicht heiratet sie ihn dann doch?

Plötzlich wird der Rammer jäh aus seinen Hochzeitsträumen gerissen: Der Karli braucht seine Hilfe! Hat eh die ganze Amtshandlung verschlafen, aber jetzt muss er aus dem Auto torkeln und Stunk machen!

„Morgen kauf ich mir eine Hundeleine und einen Beißkorb – und dann gnade Gott der Sybille!", sagt der Karli ganz ruhig. So ruhig, dass es direkt beängstigend ist.

Muss der Rammer den Karli irgendwie herausreden. Für den Fall, dass die Gucki das ernstnimmt und eine Anzeige macht: „Ab drei Promille ist es keine *gefährliche Drohung* mehr – ab drei Promille ist es nur mehr ein *blödes Gerede*!"

Trotzdem kann der Rammer jetzt keinen Konflikt mit der Gucki riskieren. Muss er die Schutzhaft-Idee schweren Herzens wieder fallenlassen. Obwohl ihm ganz heiß wird, wenn er sich die Gucki in Handschellen vorstellt: in Handschellen – und sonst gar nix! Muss er halt auf eine andere Gelegenheit warten. Und mit dem Karli muss er möglichst schnell verschwinden.

Wie dann schön langsam auch die Spurensicherung mit der Arbeit fertiggeworden ist und der Leichenwagen da war, hat sich die Gucki einen kleinen Spaß erlaubt und hat am Polizeiposten Blumenthal angerufen. Hat dem Bezirksinspektor Raffl entrüstet mitgeteilt, dass eine ganze Horde stockbesoffener Linzer von St. Anton in Richtung St. Moritz unterwegs ist. In einem weißen *VW-Bus* und einem schwarzen *BMW*.

Sowas lasst sich der Herr Bezirksinspektor natürlich nicht entgehen. Abgefahrene Reifen sind ihm wurscht, eine gestohlene Motorsäge ist ihm wurscht – ihn interessieren nur Alkoholdelikte. Führerscheine sind halt einmal seine große Leidenschaft. Drum war er auch in den letzten zehn Jahren fünfmal Spitzenreiter im Führerschein-Kassieren in ganz Oberösterreich. Zumindest unter den ersten Drei war er aber immer. Springt der Raffl also ins Auto und gibt Gas. Zwei Führerscheine sind zwei Führerscheine – und am Jahresende wird abgerechnet!

Ist aber nicht gut ausgegangen für den Raffl. Ist genauso ausgegangen, wie sich die Gucki das vorgestellt hat. Weil sie den Rammer doch ziemlich gut kennt. Hätte sich wetten getraut, dass der Herr Oberstleutnant bei einer Alkoholkontrolle ein bisserl durchdreht. Und was war? Komplett hat er durchgedreht!

Erzählt hat ihr das ganze übrigens der Karli. Am späten Nachmittag. Am Telefon. Trotzdem hat sich die Gucki eingebildet, dass sie die Fahne vom Karli durchs Telefon riechen kann. Hat anscheinend schon wieder was getrunken. Weil er den Rammer zum Rächer aller Autolenker hochstilisiert hat, die halt ein bisserl zu viel erwischt haben.

Genau so hat die Gucki die Geschichte aber dann nacherzählt. Der Mercedes nämlich. Beim Heringsschmaus. Sozusagen als Vorspeise. Hat der Mercedes sogar noch besser geschmeckt als wie der Tintenfisch im Schlafrock. Weil sie ja wegen dem Führerschein-Zupfen mit dem Raffl eh noch ein Hühnchen zu rupfen gehabt hat.

Also: Die Kriminalpolizei ist am Heimweg. Natürlich flott. Ein Hunderter im Ortsgebiet von Ammersdorf. Vorn der Rammer und der Karli im *BMW*, dahinter der *VW-Bus*. Da springt auf einmal ein Hampelmann in einer blauen Uniform auf die Straße. Grad dass sie es noch mit Ach und Krach derbremsen. Genauer gesagt: Der Rammer derbremst es, der *VW-Bus* von der Spurensicherung aber nur fast. Hat es auch schon getuscht!

Ich mein: Viel ist eh nicht passiert! Grad einmal die Stoßstange vom *BMW* ist ein bisserl verdepscht. Nur dass der Rammer halt einmal ziemlich heikel auf sein Dienstauto ist. Kriegt extreme Zuckungen, wie er die Stoßstange inspiziert. Wer den Rammer kennt, weiß: Jetzt geht es um Leben und Tod!

Springen also sämtliche Kriminalpolizisten aus dem *VW-Bus* und kesseln den Herrn Bezirksinspektor ein. Nehmen ihn praktisch in Schutzhaft: dass ihn der Rammer nicht gleich derschlagt! Dann wird der depperte Dorfpolizist mit Handschellen an eine Vorrang-Tafel gefesselt. Praktisch symbolischer Akt: Die Kripo hat immer Vorrang! Blöd ist halt nur, dass er noch immer „Alkoholkontrolle!“ plärrt. Soll man ihn knebeln auch noch?

Da hat der Rammer aber auch schon eine geniale Idee. Im Erste-Hilfe-Koffer von seinem *BMW* muss ja noch eine Flasche Wodka sein! Und schon hält der Rammer dem Dorfdeppen die Nase zu und steckt ihm den Flaschenhals in den Mund. Der muss zwar öfter husten und spucken, das meiste schluckt er aber brav hinunter. Ist also durchaus gerechtfertigt, dass der Herr Oberstleutnant Rammer am Polizeiposten Freistadt anruft und sich über den Raffl beschwert. Über dieses schwarze Schaf in den Reihen der Polizei: „Alkohol im Dienst! Wo kommen wir denn da hin?“

Und wie der Karli von den Freistädter Kollegen weiß, ist der Raffl nach einer tätlichen Auseinandersetzung mit einer ganzen Streifenwagenbesatzung in der Landesnervenklinik Wagner-Jauregg gelandet. Weil er aber den behandelnden Arzt gleich einmal blasen lassen wollte, wird er wahrscheinlich ein bisserl länger dortbleiben. Macht aber nix! Mit den Alkoholkontrollen ist es in nächster Zeit sowieso vorbei. Hat ja keinen Führerschein mehr, der Raffl. Was muss er sich auch mit zwei Komma drei Promille erwischen lassen?

Hat die Mercedes natürlich Tränen gelacht bei derana Geschichte. Hat sogar ein auffälliges Interesse am Helden der Geschichte gezeigt. Also am Rammer.

„Groß und fesch ist er eh, aber halt leider brunzdumm!“, ist die wenig ermutigende Auskunft, die sie von der Gucki kriegt.

Aber anscheinend ist die Mercedes nicht so heikel: „Immer noch gescheiter als brunzdumm und noch dazu klein und schiach!“

Muss man vielleicht dazusagen, dass die Mercedes eine wunderschöne Frau ist. Nicht zaundürr, sondern gertenschlank! Schaut ein bisserl so aus, wie man sich eine Fee vorstellt: arschlange graue Haare, Augen so grün wie der Teich im Tanner Moor, und bewegen tut sie sich mindestens so elegant wie ein Reh! Dass die einen Deppen wie den Rammer überhaupt in Betracht zieht?

Oder geht es der Mercedes zum Schluss auch nicht anders als wie der Gucki? Dass sie eigentlich gar keinen Mann sucht, sondern nur einen Erzeuger für das Kind, das sie noch immer nicht hat? Ist ja noch dazu um ein Jahr älter als die Gucki. Sprich: Torschluss-Panik! Womöglich nimmt die Gucki im nächsten Jahr dann auch einen jeden?

Mit diesem traurigen Thema kommt die Gucki jetzt lieber nicht daher. Passt einfach nicht! Schließlich sind sie grad zu einem Einbruch unterwegs. Da erzählt sie lieber noch eine lustige Geschichte. Fallt ihr auch auf Anhieb eine ein. Also: Den heutigen Vormittag haben die Gucki und der Turrini verschlafen. Kennen sich alle zwei nicht aus, wie sie zu Mittag von einem fröhlichen Bellen geweckt werden. Die Gucki hält das Ganze für einen Traum und schläft einfach weiter. Der Turrini aber saust aufgeregt zur Haustür. Endlich kriegt er einmal Besuch von einem Hund. Besser gesagt: von einer Hundedame! Hat er sofort gerochen.

Was dann passiert ist, hat sich die Gucki vom Bertl erzählen lassen müssen. Bis sie es geschafft hat aufzustehen und wenigstens ein bisserl was anzuziehen, war ja alles schon wieder vorbei. Also: Der Hotzenplotz, der freudlose Monate im Freistädter Tierheim hinter sich hat, hat heute, an diesem Aschermittwoch, das große Los gezogen. Zuerst kriegt er ein braves Herrli mitsamt Halsband und Leine! Dann darf er im *Mercedes* vom Herrli am Beifahrersitz knotzen und sich die große weite Welt anschauen! Und dann bringt ihn sein Herrli auch noch zu einem jugendlichen Liebhaber!

Der Bertl hat leider nicht gewusst, dass der Hotzenplotz ein Weiberl ist. Ist ja alles so schnell gegangen im Tierheim. Da hat er gar nicht so genau geschaut. Sonst hätte er den Hund ja nicht Hotzenplotz getauft. Noch weniger hat er aber gewusst, dass der Hotzenplotz grad läufig ist. Dabei hätt er sich nur einmal den Beifahrersitz anschauen müssen: eine schöne Sauerei! Am allerwenigstens aber hat der Bertl gewusst, dass der Hotzenplotz Türen aufmachen kann. So ein gescheiter Hund!

Hat also die Haustür ruck-zuck aufgemacht, der Hotzenplotz. Und hat sich auch schon brav auf den Boden gelegt. Sonst hätt der Turrini ja eine Leiter gebraucht. Ist alles genauso ruck, zuck gegangen wie das Tür-Aufmachen. Hat der Bertl nur mehr zuschauen können.

„Mein Gott, der Bertl?“, hat die Gucki gesagt, wie sie es dann doch aus dem Bett geschafft hat. Hat ja bei dem ganzen Jaulen und Bellen beim besten Willen nimmer schlafen können.

„Dein Hund hat meinen Hund --!“, sagt der Bertl völlig verdattert.

Kennt sich die Gucki natürlich nicht aus. Die Hunde spielen ja eh ganz friedlich. „Der Turrini beißt nicht!“, sagt sie also.

„Das eh nicht! Aber geschnackselt hat er ihn, meinen kleinen Hotzenplotz!“, jammert der Bertl. Und drückt der Gucki einen riesigen Blumenstrauß in die Hand. Aber so geistesabwesend, wie wenn die Blumen ein lästiges Trum wären, das er selber nimmer in der Hand halten will.

„Für was sind die?“, will die Gucki wissen. Weiß ja, dass es bei einem Politiker nix umsonst gibt.

„Weil du mich auf die Idee mit dem Hund gebracht hast. Den ganzen Vormittag hat mein Telefon gescheppert. Wegen der Hunde-Geschichte in den *Mühlviertler* Nachrichten. Haben mir alle zu meinem Recht-und-Ordnung-Hund gratuliert. Sogar der Sekretär vom Herrn Landeshauptmann hat mich gelobt. Hab ich den Hund halt in Gottes Namen aus dem Tierheim geholt. Sogar einen Namen hab ich ihm gegeben: Hotzenplotz!“

„Wieso eigentlich *Hotzenplotz*?“

„Weil er so groß und stark ist wie der Räuber Hotzenplotz!“

„Ist das leicht das einzige Buch, das du gelesen hast, Bertl?“

„Na und! Der Pröll hat auch nur *Der Schatz im Silbersee* gelesen – und war trotzdem vierundzwanzig Jahre lang Landeshauptmann!“

„Und warum lasst du dann jetzt den Kopf so hängen, wenn du eh so einen lieben Hund hast?“

„Weil er schwul ist, der Hotzenplotz! Schau dir das an: lasst sich schon wieder in den Arsch pudern!“

Tatsächlich! Der Rottweiler liegt ganz brav da und lässt sich vom Turrini bespringen.

„Sag einmal, Bertl, haben sie dir leicht in Wien unten das letzte bisserl Hausverstand ausgezuzelt? Dein Hotzenplotz ist eine wunderschöne Rottweilerdame. Und der Turrini pudert sie nicht in den Arsch, sondern eh knapp daneben!

Ist dem Bertl wirklich ein Stein von Herzen gefallen. Hat ja schon befürchtet, dass er mit einem schwulen Hund im Bundesrat nicht mehr tragbar ist. Zumindest nicht bei der ÖVP. Hätt er womöglich noch zu den Grünen gehen müssen.

Ist der Bertl so erleichtert, dass er der Gucki sogar gesteht, dass er sich schon als Kind immer einen Hund gewünscht hat. Aber nie einen gekriegt. Dass er jetzt aber trotzdem nicht weiß, was er mit dem Hotzenplotz tun soll, wenn er heute Nachmittag zu einer Bundesratssitzung nach Wien muss.

„Na, mitnehmen natürlich!“, erklärt ihm die Gucki. „Und wenn sich wer über den Hund aufregt, dann sagst du einfach, dass die Grünen schon vor zwanzig Jahren Babys ins Parlament mitgenommen und sogar gestillt haben. Statt dem Stillen fütterst du halt den Hotzenplotz mit einem Mühlviertler Speck. Du wirst sehen: Die Fernsehkameras werden sich um euch zwei reißen! Ihr werdet's berühmt! Und bei der nächsten Nationalratswahl kriegst du von allen Hundebesitzern eine Vorzugsstimme!"

Dann schmeißt die Gucki den Bertl aber auch schon hinaus. Damit er und der Hotzenplotz nur ja nicht zur Bundesratssitzung zu spät kommen. Außerdem schaut sie der Bertl schon wieder so wunderlich an, wie wenn er ihr gleich einen Heiratsantrag machen tät. Weil er ja wirklich eine Frau brauchen tät, die ihm sagt, was er tun soll.

Bei so einer herzigen Tiergeschichte vergeht die Zeit natürlich wie im Flug. Und schon sind die Gucki und die Mercedes in Freistadt und stehen auf dem Parkplatz vor dem Hundevereinshaus. Jetzt wird es ernst.

Die Mercedes tut so, wie wenn sie mit dem Turrini Gassi gehen tät. Wenn wer kommt, pfeift sie. Kann wirklich gut pfeifen: mit zwei Fingern. Und so laut, dass einen Fußballschiedsrichter mitsamt seinem Pfeiferl der Neid fressen tät.

Die Gucki hat ihr Einbruchswerkzeug sowieso immer in ihrer Lederjacke: in der linken Tasche ein Schweizer Messer für die Feinarbeit, in der rechten das Messer mit dem Hirschhorngriff fürs Grobe. Und wenn das alles nix nutzt, haut sie halt ein Fenster ein. Hat ja eh eine massive Taschenlampe im Handschuhfach.

Tät mich schon interessieren, was sich die Mercedes da gedacht haben wird: wie die Gucki den Weg zum Vereinshaus hinauf gestapft ist und dabei lauthals gelacht hat. Höchstwahrscheinlich, dass die Gucki wo ang'rennt ist. Hat ja nicht wissen können, dass die Gucki deswegen gelacht hat, weil sie die Form und die Größe der Taschenlampe an die Dildo-Party erinnern.

Lacht ja noch immer, wie sie bei der Haustür ankommt. Ist eindeutig ein Fall fürs große Messer. Die Klinge passt genau in den Spalt zwischen Türstock und Tür. Muss die Gucki nicht einmal besonders viel Kraft aufwenden – und schon ist die Tür offen.

„Vielleicht sollt' ich bei den *Mühlviertler Nachrichten* kündigen und mit der Mercedes eine kleine, feine Einbrecher-Firma gründen? *Panzerknacker-Sisters* wär eh ein lässiger Firmenname", geht es der Gucki durch den Kopf.

Muss sich dann aber wieder auf das Handwerkliche konzentrieren. Bei der Bürotür richtet sie mit roher Gewalt nix aus. Hat aber mit einem Blick erkannt, wie es geht: braucht nur die Verkleidung vom Schloss abschrauben und dann mit der Spitzzange einmal umdrehen! Da wär jetzt eine Stirnlampe gefragt. Hat sie aber nicht! Bleibt ihr nichts anderes über, als die Taschenlampe in den Mund zu nehmen. Spuckt sie aber sofort wieder aus. Vor lauter Lachen. Hat ja schon wieder an die Dildo-Party denken müssen.

Im nächsten Moment ist der Gucki das Lachen aber vergangen. Kriegt keine Luft mehr. Trotzdem kann sie völlig klar denken. Das, was ihr die Kehle zuschnürt, ist eindeutig eine Hundeleine. Wie beim

Lajos, wie bei der Serena! Wenn ihr nicht schnell was Gescheites einfällt, wird ihr der Beißkorb auch nicht erspart bleiben!

Leider hat sie momentan nur das Schweizer Messer in der Hand. Und nur den Kreuzschraubenzieher ausgeklappt. Tut aber vermutlich auch weh, wenn du den in einen Oberschenkel rammst und dann umdrehst.

Und wirklich! Der Mörder stöhnt nicht nur laut auf, er lockert die Hundeleine so weit, dass die Gucki beide Hände zwischen Leine und Hals bringt. Trotzdem hat sie keine Chance. Wenn der Mörder halbwegs ein Schmalz hat, wird er sie erdrosseln wie nix!

Probiert es die Gucki mit Schreien. Bringt aber nur ein heiseres Krächzen heraus. Ist ihr Kehlkopf leicht schon zerquetscht? Aber vielleicht funktioniert Pfeifen noch? Ja, einwandfrei!

Der Mörder hat sich jetzt wieder derfangen und zieht mit aller Kraft zu. Die Gucki hält mit aller Kraft dagegen. Wenn das so weitergeht, bricht womöglich noch ihr Genick, bevor sie erstickt ist! Im nächsten Moment hört die Gucki ein heiseres Knurren. Dann hat sich der Turrini aber auch schon in einen Arm des Angreifers verbissen. Sonst tät der nicht schlagartig die Hundeleine auslassen.

Am liebsten tät die Gucki jetzt nur atmen, atmen, atmen. Geht aber nicht! Weil der Mörder ein großer, starker Mann ist, der jetzt bestimmt bös auf den Turrini ist. Reißt sie also das Taschenmesser mit dem Hirschhorngriff aus der Jacke und klappt es auf. Traut sich aber in der Finstern dann doch nicht zustechen: könnt ja den Turrini erwischen!

Ist aber gar nimmer notwendig. Der Mörder hat anscheinend für heute genug und schaut, dass er weiterkommt. Rennt nicht zur Straße hinunter, sondern zum Wald hinauf. Muss die Gucki jetzt ganz scharf „Sitz!“ sagen. Weil der Turrini natürlich die Verfolgung aufnehmen will. Ist aber zu gefährlich. Einem, der schon zwei Menschen auf dem Gewissen hat und noch dazu nach Zigaretten, Zwetschkenschnaps und Hund riecht, traut die Gucki alles zu.

Für heute muss sie den Mörder leider entkommen lassen. Sieht ihn nur noch davonhumpeln und in einen dunklen Geländewagen springen. Dann ist er auch schon in einem Waldweg verschwunden. Braucht du mit einem *VW-Porsche* an eine Verfolgung nicht einmal denken!

XI

„Hast du Sprung in die Schüssel?“ ist eigentlich nicht einmal eine richtige Beleidigung. Fällt eher in die Kategorie *harmlose Frechheit.*

Hätte die Gucki wirklich nicht so überreagieren müssen. Hätte die arme Adriana also nicht gleich schnappen und auf das Förderband bei der Kassa setzen müssen.

„Erstens heißt das: Hast du *einen* Sprung in *der* Schüssel!“, sagt sie Gucki streng. Und zweitens ist das ein Spruch, den es bei uns gar nicht gibt. Nur bei den Deutschen! Ist der Satz also grammatikalisch falsch – und geographisch auch!“

„Ich schrei!“, sagt die Adriana jetzt. Vorsichtshalber aber eh leise. Weil die Verrückte das Hals von die Adriana in die Hand hat. Bis Kollegin kommt von Lager, die Adriana ist kaputt!

Jetzt macht die Adriana seit eine halbe Jahr Lehre als Einzelhandelskauffrau. Sind in *Frißnigl* schon viel Verrückte kommen. Wer kauft Tierfutter, Tierzubehör und Tierspielzeug? Nur Verrückte! Aber so verrückte Frau war noch nie da!

Die Gucki wiederholt jetzt ganz langsam – praktisch zum Mitschreiben –, was sie von der Adriana will: eh nur eine Rechnung! Eine Rechnung über fünfzig Säcke Hundefutter. Vom 20. Februar. Braucht ja nur in den Computer hineinschauen, die Adriana.

Wird ja nicht so schwer zum Finden sein. Wird ja nicht jeden Tag wer fünfzig Säcke Hundefutter kaufen!

„Du gibst mir diese Rechnung – ich geb dir einen Hunderter!“, sagt die Gucki. Hat jetzt die Strategie gewechselt und wedelt mit einem Hundert-Euro-Schein vor der Adriana ihrer Nase herum.

„Musst du sagen gleich – dann alle zwei keine Stress!“, seufzt die Adriana. Und schüttelt den Kopf über so viel soziale Inkompetenz. Dann steht sie auch schon hinter der Kassa. Mit Tierfutter sie kennt nicht aus, mit Tierzubehör sie kennt nicht aus, und mit Tierspielzeug auch nicht. Aber mit Computer – mit Computer die Adriana kennt voll super aus!

Dauert nicht einmal eine Minute – da hat sie die Rechnung ausgedruckt. So schnell hat sie noch nie hundert Euro verdient. Aber die Gucki zahlt nicht – sie rechnet: Wenn du um 8:51 die Rechnung zahlst und um neun in Linz wegfährst, bist du um zehn in St. Rupert und hast dann noch eine ganze Stunde Zeit, um einen Hundezüchter zu erwürgen. Und dann noch eine halbe Stunde, um nach St. Anton zu fahren und dort in aller Ruhe eine Leiche und dreizehn junge Hunde zu entsorgen. Damit ist dem Mirko sein Alibi zerbröselt!

„Musst noch viel lernen, Mäderl!“, sagt die Gucki zur Adriana und steckt nicht nur die Rechnung, sondern auch den Hunderter wieder in ihr Geldtaschl. „Merk dir eins, du geldgieriges Luder: Nie fremden Menschen trauen!“

Wie ist die Gucki aber jetzt auf den Mirko gekommen? Durch Nachdenken natürlich. Hat ja nur die Teile von ihrem Puzzle zusammensetzen müssen – und was ist dabei herausgekommen? Eh klar: der Mirko! Nur hat dieser Arsch leider ein Alibi. Was jetzt? Natürlich Alibi überprüfen! Und hat es gehalten? Nein!

Der erste Puzzleteil war ein Stückerl Stoff. Hat der Turrini dem nächtlichen Angreifer aus dem Jackenärmel gefetzt. Hat er nach dem Kampf noch immer im Maul gehabt und stolz seinem Frauli gezeigt. Eindeutig der Stoff von einem militärischen Kampfanzug! Ist der Gucki natürlich gleich der Mirko eingefallen.

Den zweiten Puzzleteil hat die Mercedes geliefert. Hat ja den Beinahe-Mörder von der Gucki ins Auto humpeln sehen. Hat auch ohne Brille sagen können, dass es ein dunkler *Land Rover Defender* war. Fährt ja selber einen *Defender*, wenn sie nicht grad keinen Führerschein hat.

Der dritte Teil von der Gucki ihrem Puzzle aber ist ein Geruch: Die Gucki kniet im Hundevereinshaus vor der Bürotür, der Mörder kommt von hinten und legt ihr die Hundeleine um den Hals. Spürt die Gucki sozusagen seinen heißen Atem. Vor allem aber riecht sie ihn. Eine ganz eine eigene Mischung: nach Zigaretten, nach Zwetschkenschnaps und nach Hund.

Dass der Mirko nach Hund riecht, liegt bei einem Hundetrainer auf der Hand. Dass er raucht, hat die Gucki selber gesehen. Dass er aber Zwetschkenschnaps trinkt – davon kann sie mit Sicherheit ausgehen. Alle Männer vom Balkan trinken bei jeder Gelegenheit Zwetschkenschnaps. Wie wenn Slibowitz in den Balkanländern ein anerkanntes Herrenparfum wär.

Beim Puzzle-Spielen ist die Gucki aber längst nimmer im Hundeverein gewesen, sondern daheim. Aber nicht wirklich daheim, sondern daheim bei der Mercedes. Weil die zu Recht darauf hingewiesen hat, dass der Mörder früher oder später bei der Gucki aufkreuzen wird. Ist garantiert sein nächstes Opfer, die Gucki. Wenn er sie in der Hundeschule nicht erkannt hat, weil es finster war, dann hat er zumindest den Turrini erkannt. Für was ist er denn sonst ein Hundetrainer?

Natürlich hat die Gucki den Kampfplatz nicht verlassen, ohne dass sie zuerst noch die Bürotür aufgemacht hat. Weil die Kundenkartei wirklich wichtig sein muss. Sonst hätt der Mörder ja nicht eingebrochen. Anscheinend ist er grad ein paar Minuten vor der Gucki gekommen und hat die Haustür mit einem Brecheisen aufgemacht. Drum hat sich die Gucki dann so leicht getan. Gottseidank hat er der Gucki nicht das Brecheisen über den Schädel gezogen. Da hätt sie dann nimmer pfeifen können – nicht einmal aus dem letzten Loch! Muss der Mörder wirklich einen gewaltigen Huscher haben, wenn er ein schweres Brecheisen aus der Hand gibt und zum Morden extra eine Hundeleine nimmt! Ist das zum Schluss eine eigene Krankheit: Hundeleinen-Fetischismus?

„Es gibt nix, was es nicht gibt!“, wird die Gucki von der Mercedes unterbrochen. „Ich hab derzeit einen Kunden – dem muss ich auf den Tank von seiner

Harley ein Schaf malen, das grad von einem Wolf geschnackselt wird. Ist ja noch ein halbwegs ein normaler Kundenwunsch. Aber jetzt wird's pervers! Der Wolf muss eine Krawatte umhaben: goldene Paragraphen auf rotem Grund. Hat mir sogar seine Krawatte dagelassen – praktisch als Vorlage. Und dann hat er noch nebenbei erwähnt, dass er Leitender Staatsanwalt am Landesgericht Linz ist."

Muss die Gucki natürlich furchtbar lachen, wie die Mercedes – quasi als Beweis – eine rote Krawatte anschleppt, die so dicht mit Paragraphen-Zeichen übersät ist, das man das Ganze im ersten Augenblick für ein arabisches Muster hält. Weil aber die Mercedes außerdem noch eine Flasche Weißwein nach der anderen anschleppt, hat die Gucki den ärgsten Schock bald überwunden.

Ein bisserl ein ungutes Gefühl bleibt natürlich schon zurück, wenn du um ein Haar erdrosselt worden wärst. Schmeckt dir der Veltliner aber umso besser. Nur das Rauchen haut noch nicht ganz hin. Immer wenn die Gucki einen tiefen Lungenzug macht, glaubt sie für einen Moment, der Mörder steht hinter ihr und würgt sie.

Am nächsten Tag in der Früh geht es der Gucki aber schon wieder tipptopp. Abgesehen von einem leichten Kater und einem rot-violetten Striemen um den Hals. Gut, dass die Mercedes so eine Art erotische Trophäensammlung hat. Kassiert von jedem Mann, der bei ihr übernachtet, ein Kleidungsstück ein. Hauptsächlich Unterhosen. Wenn aber einer seine

Unterhose unbedingt behalten will, muss er halt was anderes hergeben. So hat ein gewisser Franz einen schwarzen Rollkragenpulli aus feinstem Kaschmir dagelassen. Ist der Mercedes sowieso viel zu groß – der Gucki passt er dafür wie angegossen!

Nach dem Frühstück gehen die Gucki und die Mercedes mit dem Turrini spazieren. Aber ausgiebig: praktisch schon wandern! Rennt ihnen ja nix davon. Bei der Mercedes ist es komplett wurscht, wann sie den Wolf mit der roten Krawatte malt – bei der Gucki ist es komplett wurscht, wann sie in der Redaktion sitzt und über den Hotzenplotz schreibt. Das Einzige, was die Gucki heut noch erledigen muss, ist zum *Frißnigl* fahren. Erstens braucht der Turrini ein Fressi, und zweitens muss die Gucki das Alibi vom Mirko überprüfen.

Und da ist sie jetzt, die Gucki. Im *Frißnigl*. Dem Mirko sein Alibi hat sich grad in Luft aufgelöst – jetzt muss sie nur noch für den Turrini was Gutes einkaufen. Schnappt sich also ein Einkaufswagerl und zieht los. Auf eine Beratung durch die Adriana kann sie verzichten.

Den Turrini hat sie lieber bei der Mercedes gelassen. Weil er im *Frißnigl* immer so tut, wie wenn er kurz vorm Verhungern wär. Während die Gucki die Preise vergleicht, hat er auch schon wieder ein Loch in den nächstbesten Hundefuttersack gebissen. Oder er schnappt sich irgendein Spielzeug und zerbeißt es in Rekordzeit. Ist die Gucki praktisch nur zum Zahlen mit. Aussuchen tut sich der Turrini alles selber.

Heute ist der Turrini aber kein schlimmer Hund, sondern der Gucki ihr Lebensretter. Kriegt daher nicht nur das teuerste Hundefutter, sondern auch ein wunderschönes Spielzeug. Ein schneeweißes Stoff-Schaf, das quietscht, wenn man hineinbeißt. Damit er sich auch ein bisserl wie ein Wolf fühlen kann. Obwohl es leider keine roten Krawatten für Hunde gibt.

Kommt der Gucki auf einmal der Verdacht, dass der Staatsanwalt mit der Harley seine Krawatte gar nicht zum Abmalen dagelassen hat. Sondern nur, weil er seine Unterhose nicht hergeben wollte. Muss sie die Mercedes bei der nächsten Gelegenheit knallhart verhören und ihr im Notfall die Daumenschrauben anziehen. Lachen muss sie aber auf jeden Fall.

Glaubt der Bertl natürlich, die Gucki lacht ihn an. Grad wie sie zur Kassa will, kommt nämlich der Bertl bei der Tür herein. Mitsamt dem Hotzenplotz. Und alle zwei begrüßen die Gucki überschwänglich. Der Hotzenplotz, weil sie nach Turrini riecht – der Bertl, weil der Gucki ihr Busen in diesem engen Rollkragenpulli noch appetitlicher ausschaut wie sonst. Und dankbar – dankbar ist der Bertl der Gucki natürlich auch! So ein geiles Weib – und dann auch noch blitzgescheit!

Gestern war er nämlich das erste Mal mit dem Hotzenplotz bei einer Bundesratssitzung. Und was war? Der Hotzenplotz war die Sensation des Tages! Dabei ist gestern sogar ausnahmsweis einmal was Interessantes auf der Tagesordnung gestanden. Irgendein Polizeigesetz, von dem der Bertl nur gewusst hat, dass er mit *Ja* stimmen muss. Hat aber keinen mehr interessiert, das Polizeigesetz! Wie die Journalisten den Hotzenplotz entdeckt haben, war ihnen alles andere wurscht.

Gestern in der Früh war der Hotzenplotz nur irgendein ein trauriger Hund im Tierheim – heute lacht er von sämtlichen Titelseiten! Und ganz Österreich hat sich gestern Abend bei *Zeit im Bild* herzlich darüber gefreut, wie der Hotzenplotz so einer vorlauten Journalistin ihr ORF-Mikrofon einfach weggenommen und zerbissen hat.

Die Gucki, die von dem ganzen Theater nix mitgekriegt hat, kriegt jetzt mitten im *Frißnigl* alles feinsäuberlich erzählt. Den Bertl zerreißt es ja fast vor lauter Stolz auf den Hotzenplotz. Muss die Gucki so lachen, dass sie dem Bertl nicht nur ein Hotzenplotz-Foto auf der nächsten Titelseite der *Mühlviertler Nachrichten* verspricht, sondern auch ein gemeinsames Abendessen im *Freistädter Bräuhaus*. Der Turrini ist natürlich auch eingeladen. Aber nur, wenn er den Hotzenplotz nicht mitten im Wirtshaus schnackselt! Schließlich ist der Hotzenplotz jetzt in der Politik und muss daher auf seinen Ruf schauen.

Das muss die Gucki unbedingt dem Turrini erzählen. Der wird schön schauen! Gibt die Gucki dem VW-Burschi also ordentlich Gas und rauscht mit 220 km/h über die Mühlkreisautobahn. Bevor sie sich aber mit dem Turrini und mit der Mercedes einen schönen Tag machen kann, muss sie noch schnell daheim vorbeischauen und ein paar Sachen holen: das Lieblingspolsterl und den Fressnapf vom Turrini und ein Zahnbürstl und ein frisches Gewand für sein Frauli.

Wie die Gucki aber nach Steining kommt, bremst sie so scharf ab, dass der VW-Burschi ordentlich ins Rutschen kommt. Grad, dass er nicht im Straßengraben landet! Direkt vor der Gucki ihrem Haus stehen zwei Streifenwagen und ein schwarzer *BMW*. Kann nur dem Rammer gehören. Nimmt der bei seinen Heiratsanträgen jetzt leicht schon Verstärkung mit? Dass die Gucki nicht *Nein* sagen kann?

Sagt eh nicht „Nein!" zum Rammer, die Gucki. Sagt vielmehr: „Hast du Sprung in die Schüssel, Otto?" Eh nicht von Angesicht zu Angesicht – nur am Telefon.

Trotzdem fühlt sich der Rammer ertappt. Schaut sich ja grad die Höschen und die BHs von der Gucki an. Warum sind die alle akkurat schwarz oder gelb?

„Soll das vielleicht eine Beamtenbeleidigung werden?", fragt der Rammer also recht forsch zurück. Hat ja die Stimme von der Gucki sofort erkannt.

„Wieso stellst du mein Haus auf den Kopf?"

„Wegen dringendem Mordverdacht!"

„Beweise?"

„Massenhaft Fingerabdrücke! Bei einem Einbruch im Hundeverein Freistadt. Dieselben Fingerabdrücke wie auf den Beißkörben von den zwei Mordopfern! Und es sind eindeutig deine Fingerabdrücke, du Miststück, du kriminelles! Haben wir nämlich gespeichert. Gell, da sagst du nix mehr?"

„Was suchst du dann noch in meinem Haus? Die Tatwaffen – die zwei Hundeleinen – hast du ja eh schon.

Und ein schriftliches Geständnis werd ich vermutlich nicht im Nachtkastl-Ladl liegen lassen. Wie ich dich kenn, schaust du dir grad meine Unterwäsche an. Wehe dir, du lasst ein Höschen oder einen BH mitgehen! Die sind abgezählt!"

„Woher weißt du eigentlich, dass ich grad bei dir eine Hausdurchsuchung mach?", kommt dem Rammer jetzt aus. Dann reißt er sich aber auch schon gewaltsam von den verstörenden Höschen und BHs los und sprintet zu seinem *BMW*. Tatsächlich: Nicht einmal fünfhundert Meter trennen ihn von diesem geilen Miststück! Direkt am Hügel oben glänzt ihr verficktes Auto in der Sonne: schwarz und gelb!

Die Gucki dreht vorsichtshalber einmal um. Dann steigt sie aus dem Auto, zündet sich eine Zigarette an und wartet in aller Ruhe auf den Rammer. Der hat natürlich keine Ahnung, wie man auf Eis fährt, und gibt viel zu viel Gas. Bei der ersten Kurve geht es grad halt noch gut – bei der zweiten nimmer. Hängt er auch schon im Straßengraben! So gern die Gucki den Rammer jetzt mit dem Abschleppseil herausgerissen hätte – auf diese Demütigung muss sie heute leider verzichten. Dann halt ein anderes Mal!

XII

„Hast du einen kompletten Drisch?“ ist schon eine Beleidigung. Aber nicht nur. Gleichzeitig bringt dieser Satz die Fassungslosigkeit des Fragenden zum Ausdruck: Wie kann man denn nur so deppert sein?

Nebenbei gesagt könnte man das Wort *Drisch* sogar als ernstzunehmendes Argument gegen die althergebrachte Watschen- Pädagogik hernehmen. Kommt ja von *dreschen. Einen Drisch haben* aber heißt nix anderes, als dass einer deswegen so deppert ist, weil man ihm zu fest auf den Kopf gehaut hat. Steht damit völlig im Widerspruch zur *gesunden Watschen,* die im Mühlviertel noch immer zu den Grundpfeilern der Pädagogik gehört.

Wie dem auch sei – der Dragan denkt weder an sprachliche Phänomene noch an pädagogische Grundsätze, wie er zur Gucki jetzt sagt: „Hast du einen kompletten Drisch?“ Denkt eigentlich nur: „ Das Weib spinnt!“ Gefühlsmäßig hat er ja immer schon gewusst, dass die beste Freundin seiner Frau einen Drisch hat – jetzt kann er das sogar beweisen.

Erstens ist die Gucki zu einer extrem unchristlichen Zeit angetanzt. Um zwei am Nachmittag. Da sitzt der Dragan grad beim Frühstück und will seine Ruh. Hat ja Nachtdienst gehabt und ist daher noch nicht ansprechbar. Genauer gesagt ist er sogar *grantig.*

Zweitens aber ist die obergescheite Frau Journalistin komplett desinformiert. Kennt nicht einmal den Unterschied zwischen *Waffenbesitzkarte* und *Waffenschein.* Mit einer Waffenbesitzkarte darfst du daheim eine Schießwaffe verwahren und im Notfall auch abfeuern. Hat der Dragan schon öfter machen müssen. Grad erst vor kurzem. Am 5. Dezember war es. Da hat er zwei tschetschenischen Halbstarken das halberte Magazin von seiner Glock in die Haxen ballern müssen. Weil diese Vollidioten mitten im *Sputnik* mit einer Maschinenpistole herumgefuchtelt haben.

War dazu auch berechtigt, der Dragan. In seinen eigenen vier Wänden darf er jeden über den Haufen schießen. Solange es wenigstens ein bisserl nach Notwehr ausschaut. Was er aber nicht darf, ist: mit seiner Puffen durch das halberte Mühlviertel fahren und auswärts Leute abknallen. Für sowas tät er einen Waffenschein brauchen. Hat er aber nicht! Muss er der Gucki erst einmal lang und breit erklären. Unter Zuhilfenahme aller kroatischer Schimpfwörter, die er auf Lager hat. *Pička* kommt sogar mehrmals vor. Damit ihn diese verfickte Pička nie wieder um diese Zeit stört!

Muss man dazusagen, dass der Dragan außer besagten Schimpfwörtern kaum ein Wort Kroatisch spricht. Seine Mama hat zwar Zeit ihres Lebens furchtbar Heimweh nach Novigrad und nach dem Meer gehabt – mit dem kleinen Dragan hat sie aber trotzdem so gut wie nie Kroatisch geredet. Eigentlich nur im Suff. Praktisch nur alle heiligen Zeiten. Weil die Mama eine wirklich eine pflichtbewusste Hure war und außerdem ziemlich viel vertragen hat.

Ist der Dragan also mit dem Mühlviertler Dialekt aufgewachsen und hat sich mit Händen und Füßen dagegen gewehrt, andere Sprachen zu lernen. Bei ihm war sogar die Gastgewerbeschule in Bad Gstetten umsonst: Englisch oder Französisch oder gar Hochdeutsch wirst du den Dragan nie reden hören. Dafür kennt er so viele Mühlviertler Schimpfwörter, dass jeden Mundartforscher der Neid fressen tät.

Umso bemerkenswerter, dass der Dragan gleich nach dem Begräbnis von seinem Papa das Familienunternehmen umgetauft hat. Da hat dieses Puff jahrzehntelang ganz traditionell *Rote Laterne* geheißen – und dann gibt ihm der Dragan auf einmal einen russischen Namen? Leicht wegen den vielen russischen Nutten?

Aber nein! Der Dragan hat den Betrieb ja Mitte der Achtziger Jahre übernommen. Da hat es noch gar keine ausländischen Nutten gegeben. Höchstens einmal eine Jugoslawin. Und einmal für kurze Zeit eine Thailänderin. Die hat Eier legen können. Sind die Bauern von weit und breit ins *Sputnik* gekommen. Haben sich natürlich fürs Eierlegen interessiert. Waren dann furchtbar enttäuscht, weil es keine richtigen Eier waren, sondern nur Tischtennisbälle. Und mehr als drei Eier hat das blöde Hendl eh nie gelegt!

„Was interessiert denn uns die Lebensgeschichte von diesem komischen Dragan?“, wird man jetzt aufschreien. „Was will denn die Gucki überhaupt von diesem Typ?“

„Nur ein bisserl Geduld, Leut'ln!", sag ich da. „Kommt ja eh schon! Ich hab ja zuerst einmal die Voraussetzungen für der Gucki ihre Gesprächsstrategie erklären müssen: Der Dragan ist ein absoluter Fremdsprachenignorant – trotzdem nennt er sein Puff *Sputnik*. Bei diesem Widerspruch packt ihn die Gucki nämlich – und hat ihn auch schon bei den Eiern!"

Fragt die Gucki also ganz scheinheilig: „Was heißt denn eigentlich *Sputnik*?"

„Das erste Raumschiff, das die Erde umkreist hat!", antwortet der Dragan wie aus der Pistole geschossen. Wollte als Kind ja nicht Bordellbesitzer werden, sondern Kosmonaut. Wieder einer mehr, der sein hochgestecktes Berufsziel nicht erreicht hat!

„Und wo ist das Raumschiff hergekommen?", fragt die Gucki weiter.

„Aus Russland natürlich! Damals waren die Russen den Amis haushoch überlegen."

„Und was heißt *Sputnik* auf Deutsch?

„*Sputnik* heißt Sputnik – und aus!"

„Irrtum, mein lieber Dragan! *Sputnik* heißt *Reisebegleiter*. Weil das Raumschiff die Erde umkreist – also: begleitet – hat. Genau das will ich von dir: Ich brauch keinen Leibwächter und auch keinen Totschläger – ich brauch nur einen netten Reisebegleiter, wenn ich meinen Mörder verhafte! Ich bin praktisch die Erde – und du der Sputnik. Wenn du verstehst, was ich mein."

„Hurerei, elendige!", seufzt der Dragan entnervt. „Du bist ein so ein gerissenes Luder, dass du sogar meinen abgefucktesten Huren noch Nachhilfe geben könntest!“

„Außerdem geht es um das Wohl und Wehe von zahllosen armen Hunden, die in diesem Tierheim wie die Schwerverbrecher eingesperrt sind!“, legt die Gucki noch ein Schäuferl nach. Ist zwar gelogen, aber: was soll's? Helfen muss es! Der Dragan ist ja kein normaler Hundebesitzer, sondern ganz vernarrt in seinen kleinen Ivo. Ein hochintelligenter Zwergpudel, der beim Ehepaar Hatzl-Vlašić praktisch das Kind ersetzt. Wobei ihnen bei so einem entzückenden Pudel ein Kind gar nicht abgeht.

„Also – von mir aus!“, schnauft der Dragan schicksalsergeben. „Nur heute nicht! Und auch nicht am Wochenend! Ich kann ja das Geschäft nicht einfach zusperren. Aber am Montag haben wir Sperrtag – da schnappen wir uns diesen verfickten Serben! Und noch was: Der Schurli kommt auch mit!“

Bleibt mir gar nichts anderes über, als dass ich auch noch erklär, wer der Schurli ist. Also: Schreiben tut er sich *Georg Doppler*. Und so schaut er auch aus: wie ein *Doppler*! So hat man früher im Volksmund die Doppelliterflasche Wein genannt. Ist aber heute fast schon ausgestorben, der Doppler. Weil ja keiner mehr was vertragt und sich schon mit einer Sieben-Zehntel-Flasche Wein schwertut.

Aber beim Schurli waren wir! Ist zwei Meter fünf groß und hat so gut seine zweihundertzwanzig Kilo. Jetzt im Winter eher zweihundertvierzig. Weil sich beim Schurli die Weihnachtskeks halt so anlegen. Seine Lebensgeschichte erspar ich euch eh: Wichtig ist nur, dass er schon fast zehn Jahre im Sputnik arbeitet. Gehört aber nicht zum Inventar, sondern zur Familie. Der Dragan ist nicht nur sein Chef, sondern sein bester Freund. Kurzum: Der Schurli lebt und stirbt für das *Sputnik*! Und wenn ihn der Dragan einmal auf Urlaub schickt, dann fährt er nicht in die Berge und auch nicht ans Meer, sondern besucht ein Puff nach dem anderen. Weil er das mit der lebenslänglichen Fortbildung ernst nimmt.

Am Montag geht es also los. Nur: Was macht die Gucki jetzt bis Montag? Für sie steht der Mörder ja fest. Eindeutig der Mirko! Fehlt nur noch sein Geständnis. Und er wird gestehen! Erstens hat die Gucki erdrückende Beweise, und zweitens schaut der Schurli wirklich zum Fürchten aus, wenn man ihn nicht näher kennt.

Bleibt der Gucki nix anderes über, als dass sie bis Montag abtaucht. Kann sich ja nirgends mehr blicken lassen. Genauso wenig wie der Turrini. Sind ja heute in allen Zeitungen, die zwei. Mit Foto! Und nach dem VW-Burschi wird natürlich auch gefahndet.

Drum hat die Gucki ja den Dragan mit dem *Land Rover* von der Mercedes besucht. Und hat sich vorsichtshalber auch noch ein Kopftuch umgebunden. Hat sie der Dragan zuerst einmal ordentlich zusammengeschissen, weil er geglaubt hat, seine türkische Putzfrau ist zwei Stunden zu früh da.

Gestern – da hat die Gucki noch wesentlich mehr Bewegungsspielraum gehabt. Da haben sie die lieben Kollegen von der Sensationspresse aber auch noch nicht in der Luft zerfetzt gehabt. Wobei die heutige *Kronen Zeitung* eigentlich vergleichsweise dezent ist:

Tierschützerin als Doppelmörderin

Österreich ist da natürlich schon ein wenig deutlicher und auch wesentlich romantischer:

Eiskalte Killerin aus Hundeliebe

Ist die Gucki schon neugierig auf die morgigen Schlagzeilen. Wenn die Schmutzfinken von *Kronen Zeitung* und *Österreich* über das Abendessen der Doppelmörderin mit dem Herrn Bundesrat Adalbert Holzinger berichten. Na, die werden vielleicht einen Zirkus aufführen!

Also: Der Bertl und der Hotzenplotz sitzen schon im *Bräugasthof*, wie die Gucki anrauscht. Hat den Turrini extra bei der Mercedes gelassen, um dem Bertl seine politische Karriere nicht durch Hunde-Sex-Szenen mitten im *Bräugasthof* zu gefährden. Wird ja noch immer läufig sein, der Hotzenplotz.

Dafür hat sie die Gucki zusammengerichtet, wie wenn sie läufig wär. Aber nicht, weil sie den Bertl in den Wahnsinn treiben will – nur, weil sie kein anderes Gewand hat. Hat sie halt Sachen von der Mercedes anziehen müssen, die ihr zu kurz und viel zu eng sind. Sprich: Dem Bertl sind die Augen herausgefallen!

Noch dazu war er nimmer ganz nüchtern, der Bertl. Hat ja auch heute wieder in der Dämmerung seinen Recht-und-Ordnung-Spaziergang durch Freistadt gemacht. Praktisch wie ein Sheriff, der mit klirrenden Sporen über die Hauptstraße schlurft. Nur halt ohne Colt. Dem Bertl sein Colt ist ja der Hotzenplotz.

Bisher hatten ihn die Freistädter bei seinen Rundgängen nur blöd angeschaut und im besten Fall flüchtig gegrüßt. Heut war alles anders! Kaum sind der Bertl und der Hotzenplotz beim Linzer Tor hineinspaziert, schießt auch schon ein Fleischhacker aus seinem Geschäft heraus und spendiert dem Hotzenplotz einen Kranz Knacker. Bei der darauffolgenden politischen Debatte hat sich dann aber leider herausgestellt, dass der Fleischhacker kein bisserl Angst vor den Asylanten hat. Hat nur eine Wut, weil die Türken bei ihm kein Rindfleisch kaufen, weil es im Geschäft direkt neben dem Schweinefleisch hängt. Die Fleischhacker-Vorzugsstimme kriegt der Bertl aber trotzdem.

Da ist es dann aber erst so richtig losgegangen: endlich einmal ein Politiker, der nicht nur blöd redet, sondern auch was tut gegen die Ausländer! Da sind die Leute natürlich dankbar. Die eine Hälfte aus Angst vor den Ausländern – die andere Hälfte aus Wut auf die Ausländer. Auf jeden Fall sind alle mit Geschenken dahergekommen.

Der Hotzenplotz hat im Lauf der abendlichen Runde zwei kalte Speckknödel, ein großes Stück gekochtes Rindfleisch, ungefähr zwanzig Würste aller Art, circa ein Kilo Aufschnitt, einen Tupperware-Napf voll

Grammeln und einen Herrenschuh gekriegt. Wobei ihn der Schuh am allermeisten gefreut hat. Eh klar: alles andere hat er sofort gefressen – am Schuh kaut er jetzt noch immer herum, während er im *Bräugasthof* unterm Tisch liegt. Hat ihm übrigens ein pensionierter Schuster geschenkt, den Schuh. Dem war es direkt zu blöd, dass er dem Bertl nicht seine Vorzugsstimme versprechen hat können. Hat aber erklärt, warum es nicht geht: „Unsere Ehre heißt Treue!"

Der Bertl hat aber auch Geschenke gekriegt. Genug – wenn nicht sogar zu viel! Angefangen hat es mit einem Achterl Schilcher. Ist eine Frau aus einer Vinothek herausgestürzt und hat dem Bertl ein Glas in die Hand gedrückt. Und dann auch noch einen ziemlich feuchten Kuss auf die Wange. So ist es dann auch weitergegangen. Da ein Eierlikör – dort ein Flaschl Bier. Sogar zu einem zwanzig Jahre alten Whiskey ist der Bertl gekommen. Hat ihm eh nicht geschmeckt. Hat sich aber nicht fragen getraut, ob er ein Cola dazuhaben kann.

Auf jeden Fall war der Hotzenplotz zum Schluss dann ziemlich überfressen, der Bertl aber ziemlich angesoffen. Wenn sie bis zur nächsten Nationalratswahl so weitertun, schaut der Hotzenplotz aus wie ein Schweinderl – und der Bertl kann direkt von der Alkoholikerheilanstalt Kalksburg zur Angelobung in den Nationalrat fahren.

Aber die Gucki amüsiert sich königlich, wie ihr der Bertl im *Bräugasthof* seine ganzen politischen und alkoholischen Abenteuer erzählt. Für diese Frau tät er alles aushalten – im Notfall sogar jeden Tag einen Vollrausch! Und außerdem geht es ihm eh schon besser. Beim ersten Bier ist ihm noch schlecht – beim zweiten schmeckt es ihm schon wieder. Ein, zwei Bier noch – dann traut er sich, der Bertl: dann schüttet er der Gucki sein Herz aus!

Aber nicht dass jetzt wer glaubt, dass der Bertl mit der Gucki ins Bett hupfen will. Für sowas hätt er momentan gar nicht die Nerven. Weil er fast stirbt vor lauter Angst. Und warum? Weil er eine Rede halten soll. Im Bundesrat! Er – und eine Rede? Der Bertl ist doch jahrelang im Landtag und später dann im Bundesrat gesessen – und hat keine einzige Rede gehalten. Also: eine offizielle Rede. Inoffizielle Reden hat er schon öfter gehalten. Wenn die Mandatare der ÖVP nach einer Landes- oder Bundesratssitzung noch ein bisserl zusammengesessen sind, hat er immer ein Fassl *Freistädter Bier* angeschlagen und eine kurze prägnante Rede gehalten:

Prost, Prost!
dass die Gurgel
net verrost'!

Und was war? Begeisterter Applaus! Drum hat er sich dann beim zweiten Fassl manchmal sogar zu einer politischen Rede hinreißen lassen:

Hopfen und Malz –
Gott erhalt's!
Grüne, Sozi und Nazi
san lauter Bazi!

Und was war? Wieherndes Gelächter! Aber da hat er das gute *Freistädter Bier* als Verbündeten gehabt. Er kann doch nicht zehn Fassl Bier nach Wien hinunterschleppen und dem ganzen Bundesrat einen Rausch anhängen, bevor er seine Rede hält? Soviel bringt er in seinen Dienstwagen gar nicht hinein!

Gestern am Abend – eigentlich schon in der Nacht – ist auf einmal von der Bundesparteileitung ein Anruf gekommen. Direkt aus dem Büro vom Herrn Vizekanzler. Sonst hätt der Bertl eh nicht abgehoben. Ist ja mit dem Hotzenplotz grad ganz gemütlich im Dorfwirtshaus gehockt. Daheim in Blumenthal. Praktisch nicht als Bundesrat, sondern als Bürgermeister. Hat sich blendend mit seinen politischen Gegnern unterhalten. Völlig wurscht, dass der Karli ein Sozi-Betriebsrat ist und der Edi ein alter Nazi. Geredet haben sie sowieso nur übers Schifahren und übers Schispringen: da sind sie alle drei nicht Politiker – da sind sie nur Österreicher!

Während der Bertl also insgeheim schon gehofft hat, er wird in den Nationalrat befördert, hat ihm irgendein depperter Sekretär erklärt, dass er nächste Woche am Mittwoch eine Rede halten muss. Thema: Gleichberechtigung. Wenn er sich nicht auskennt, soll er halt die Frauenbeauftragte der ÖVP fragen. Und dann noch einen schönen Gruß vom Herrn Vizekanzler. Genaugenommen ist es eine Warnung. „Blamier das Mühlviertel nicht, Bertl!“, lässt ihm der Herr Vizekanzler nämlich ausrichten.

Jetzt weiß die Gucki also, was es geschlagen hat. Warum sie der Bertl zum Essen eingeladen hat. Nicht wegen ihrer schönen Augen und auch nicht wegen ihrem prachtvollen Arsch – nein, nur weil er einen Depperten braucht, der ihm seine Rede schreibt!

Was macht die Gucki jetzt? Schüttet sie dem Bertl ihr Bier ins Gesicht? Aber nein, keinen einzigen Tropfen! Erstens wär schad um das gute Bier, zweitens aber hat sie sich insgeheim schon lange gewünscht, endlich einmal eine Rede für den Herrn Bundesrat zu schreiben. Und zum Thema *Gleichberechtigung* fällt ihr natürlich auch so einiges ein.

„Du nimmst auf jeden Fall den Hotzenplotz mit zum Rednerpult. Musst ihm halt einen großen Knochen mitnehmen: dass er brav neben dir liegenbleibt!", beginnt die Gucki.

„Eine Super-Idee, das mit dem Knochen! Aber was ist jetzt mit der Gleichberechtigung?", will der Bertl trotzdem wissen.

„Kommt ja schon! Der Hotzenplotz ist ja ein Weiberl. Kannst du praktisch die ganze Gleichberechtigung am Beispiel vom Hotzenplotz erklären. Nehmen wir nur einmal das Binnen-I: Fragst du also die Bundesratsabgeordneten ganz unschuldig, ob es weiterhin *Hund* und *Hündin* heißen soll – oder ob sie für *HundInnen* mit Binnen-I sind?

„Das leuchtet einem jeden sofort ein! Das leuchtet ja sogar mir ein, dass *HundInnen* ein kompletter Schmarrn ist!"

„Kommen wir gleich zum nächsten Thema: die Quotenregelung! Stellst du wieder eine ganz persönliche Frage: Soll sich jeder im Tierheim selber einen

Hund aussuchen – oder muss man eine Quotenregelung einführen: Wenn der letzte Hund, der aus dem Heim geholt worden ist, ein Manderl war, muss der nächste dann ein Weiberl sein?“

Wieder kapiert der Bertl trotz erheblicher Berauschung den Witz an der Sache sofort: Aus der Sicht eines Hundebesitzers ist die ganze Gleichberechtigung nur ein Witz! Noch dazu ist das auch seine eigene Meinung. In seiner bisherigen Karriere hat er ja immer die Meinung vom Herrn Landeshauptmann oder vom Herrn Vizekanzler vertreten müssen. Jetzt vertritt er zum ersten Mal seine eigene Meinung. Das erste Mal, seit er in der Politik ist!

Wenn ihm die Gucki alle Reden schreiben tät, dann wär er nächstes Jahr nicht nur im Nationalrat – dann wäre er Minister! Vielleicht könnte man sogar ein eigenes Hundeministerium einführen?

Trotzdem hat der Bertl noch eine Gleichberechtigungsfrage an die Gucki. Aber nicht als Politiker, sondern sozusagen privat: „Wie soll ich jetzt eigentlich zum Hotzenplotz sagen? *Er* oder *sie*?“

„*Es* natürlich: *das* Fräulein Hotzenplotz!“, lautet die Antwort. Eigentlich watscheneinfach? Nur draufkommen muss man!

Wie es dann weitergegangen ist, können wir uns jetzt aber wirklich sparen! Erstens ist das alles gestern am Abend passiert, und zweitens schaut der Dragan die Gucki schon die längste Zeit scharf an. Weil sie nicht und nicht geht, sondern ins Narrenkastl schaut und dabei unergründlich vor sich hin lächelt. Dabei will der Dragan endlich in Ruhe frühstücken. Nur: Wie sollen dir denn die Schoko-Flips schmecken, wenn die beste Freundin von deiner Frau in einem extrem nuttigen Outfit vor dir sitzt und dich aufreizend anlächelt?

„Pfui – und aus!", sagt der Dragan jetzt energisch. Hat beim Ivo noch immer funktioniert – wird es bei der Gucki auch funktionieren. Intelligenter als wie sein kleiner Ivo kann eine Frau auch nicht sein!

Und wie es funktioniert! Im nächsten Moment ist die Gucki auch schon auf und davon. Grad dass sie noch sagt: „Also – am Montag um 18 Uhr im *Sputnik*. Schöne Grüße an die Helga! Und an den Schurli auch! Und natürlich an den Ivo! Wo ist der eigentlich heute?"

„Im Bett natürlich! Glaubst du vielleicht, der ist so blöd wie ich, dass er wegen einem depperten Weib mitten in der Nacht aufsteht?"

XIII

„Hat es dir jetzt den Vogel herausgehaut?“ ist eine eher boshafte Doppelbotschaft. Heißt nix anderes als: Erstens hast du schon immer einen Vogel gehabt, zweitens aber ist dieser Vogel jetzt ans Tageslicht gekommen. Sprich: Deppert bist du eh schon immer gewesen, aber jetzt bist du so saudeppert, dass man es nimmer übersehen kann!

Trotzdem kann die Gucki dem armen Karli diese Frage nicht ersparen: „Hat es dir jetzt den Vogel herausgehaut?“

Erstens will sich der Karli wirklich scheiden lassen, zweitens aber will er der Gucki die Ermittlungsergebnisse der Kripo im Serienmörder-Fall nicht und nicht verraten. Dabei hat ihm die Gucki als Gegengeschäft ihre eigenen Erkenntnisse angeboten, die sicher hundertmal mehr wert sind.

Hat ja gestern am Nachmittag die Kartei der Hundeschule durchgeackert und unzählige Hundebesitzer angerufen. Einigen hat sie sogar herauslocken können, dass sie ihren kleinen Liebling ziemlich preisgünstig von einem Jugo erworben haben. Wer soll denn das sein, wenn nicht der Mirko?

Aber der Karli hat auf stur geschaltet. Richtiggehend bockig ist er! Dabei war er immer so ein guter Latsch. Wer diesen Mühlviertler Ausdruck nicht kennt:

Ein *Latsch* ist ein Mensch mit einem letscherten Willen: gutmütig aus Mangel an innerer Festigkeit.

Momentan fehlt dem Karli aber auch die äußere Festigkeit. Hat sich nimmer rasiert, seit er die Sybille verlassen hat. Womöglich auch nimmer gewaschen. Das bleiche Gesicht aufgedunsen wie der Vollmond. Und zittern tut er so arg, dass er den halberten Kaffee verschüttet. Ein einziges Bild des Jammers!

Muss die Gucki dem Karli schnell ein Bier bestellen. Sonst zuckt er noch ganz aus. Sonst ruft noch wer die Polizei an. Weil der Karli heute wirklich genauso ausschaut, wie man sich im Mühlviertel einen tschetschenischen Berufsverbrecher vorstellt.

Wegen der Gucki ruft garantiert keiner die Polizei an. Hat ihre Haare heut in der Früh gefärbt: auf gachblond. Ist eh ihre natürliche Haarfarbe. Trotzdem hat sie der Karli zuerst nicht derkennt. Erstens: weil er die Gucki mit schwarzen Haaren gewohnt ist. Zweitens: weil er die Gucki mit schwarzem Hund gewohnt ist. Ohne Turrini hat er die Gucki noch gar nie gesehen. War sogar mit am Standesamt, der Turrini. Wie der Karli geheiratet hat. Und hat furchtbar traurig gewinselt, wie der Karli „Ja!“ gesagt hat.

Im Übrigen hat die Gucki heut in der Früh ihre ganze Überredungskunst gebraucht, dass sie den Karli zu einem konspirativen Treffen bewegen hat können. Hat ihm sogar drohen müssen, dass er die kleine Gucki bis zur Scheidung nimmer sieht, wenn er nicht brav im *Kurcafé* in Bad Zell antanzt.

Und da sitzen sie jetzt, der Karli und die Gucki. Weil es dort die besten Schaumrollen im ganzen Mühlviertel gibt. Der Karli hat nach einer halberten Schaumrolle speiben gehen müssen, die Gucki beißt grad genüsslich in ihre dritte und bestellt gleich noch einmal drei. Sowas von geil! Darf die Gucki nicht vergessen, dass sie der Mercedes ein paar von diesen Wahnsinns-Schaumrollen mitnimmt. Ihre neue Freundin ist ja auch fantasiebegabt. Wird bei so einer Schaumrolle ja auch an ganz was anderes denken: einen Dildo aus Schaum und Blätterteig!

Während sich der Karli am Scheißhaus die Seele aus dem Leib kotzt, analysiert die Gucki blitzschnell die Lage. Ihr Verhandlungspartner ist ja nur deswegen so stur, weil er mit zwei Verhandlungsgegenständen ganz einfach überfordert ist. Muss sie also zuerst einmal seine Ehe retten – dann erst kann man sich in Ruhe über den Doppelmord unterhalten.

Von selber wär die Gucki ja nie auf die Idee gekommen, dass man diese Ehe noch einmal reparieren könnte. Ja, nicht einmal, dass man sie reparieren sollte. Der Gucki ihrer Meinung nach ist eine Scheidung sowieso die beste Lösung für alle Beteiligten: Der Karli wird nimmer ununterbrochen beschissen, die Sybille aber kann endlich herumschnackseln, wie sie will.

Nur sieht das die Sybille halt ganz anders. Wie die Gucki gestern nach dem Besuch beim Dragan ins Büro gekommen ist, hat sich die Renate zuerst einmal beschwert, dass die Polizei da war und die Gucki verhaften wollte. Dann hat sie aber auch schon erwähnt, dass die Sybille sieben Mal angerufen und jedes Mal herzzerreißend ins Telefon geplärrt hat.

Weil die Sybille schon seit ihrer Kindheit ihre beste Freundin ist, hat die Gucki natürlich gleich zurückgerufen. Eh von der Renate ihrem Handy. Das von der Gucki wird ja mit Sicherheit überwacht. Das von der Sybille unter Umständen auch. Hätt der Karli der Gucki ihrer Meinung nach ja schon viel früher machen sollen: lückenlose Telefonüberwachung gleich ab dem Tag der Eheschließung!

Kaum hat es einmal geläutet, nimmt die Sybille das Gespräch auch schon an. Wie wenn sie die ganze Zeit nur dagesessen und auf den Anruf von der Gucki gewartet hätte. Genauso ist es auch! Die Sybille, die ihre ganze Ehe lang fröhlich in fremden Betten herumgekugelt ist, kugelt seit einer Woche nur mehr flennend auf dem Sofa herum. Aber ohne fremde Männer! Kaum ist der Karli bei der Tür hinausmarschiert, ist auch schon eine abgrundtiefe Depression bei derselben Tür hereinspaziert.

„Was soll ich denn der kleinen Gucki sagen, warum der Papa weg ist?“, schluchzt die Sybille so jämmerlich ins Telefon, dass die Gucki froh ist, dass sie ein Handy in der Hand hat. Bei einem Festnetztelefon wären die Tränen nur so bei den Löchern herausgespritzt. Wie bei einer Brause!

„Sag einfach, dass du eine Schlampen bist, die es mit jedem, aber wirklich mit jedem getrieben hat, der ihr über den Weg g'rennt ist!", kann die Gucki nicht gut sagen. Sagt man nicht zu seiner besten Freundin.

Sagt sie halt: „Erklärst du ihr einfach, dass der Papa Polizist ist und einen bösen Mann fangen muss, der Hunde haut!"

„Apropos Polizist: Der Rammer sucht dich!", fällt der Sybille ein. „Gestern war er mit einem Durchsuchungsbefehl da und hat das ganze Haus auf den Kopf gestellt. Und das Ärgste war das: Der Karli ist nicht einmal hereingegangen, sondern hat draußen im Auto gewartet. Nur damit er mir nicht in die Augen schauen muss, der herzlose Mann!"

Da sagt die Gucki lieber nix – von wegen, wer von den beiden Ehepartnern eher als *herzlos* bezeichnet werden müsste. Die Sybille hat ja ihre Ehe nicht einmal *halbherzig* geführt. Sagt sie halt: „Und was willst du von mir? Soll ich den Karli fesseln, knebeln und wieder heimbringen?"

Wär der Sybille wirklich am liebsten gewesen, kann sie aber natürlich nicht zugeben. „Red mit ihm!", sagt sie daher. „Mit mir redet er ja nimmer. Mach ihm ein Angebot, das er nicht ausschlagen kann!"

„Und was soll ich ihm anbieten? Dass er jetzt zehn Jahre lang ungeniert in der Gegend herumschnackseln darf? Praktisch als Ausgleich? Soll ich mich gleich selber als erste Seitensprung-Gelegenheit anbieten?"

„Du nimmst mich nicht ernst! Dabei ist das mein heiliger Ernst: Wenn der Karli wieder heimkommt, dann ist es aus und vorbei mit dem außerehelichen Sex! In Gedanken, Worten und Werken!"

Muss die Gucki natürlich lachen. Weil das mit den *in Gedanken, Worten und Werken* aus dem Beichtspiegel von dem Gebetbuch ihrer gemeinsamen Schulzeit stammt. Praktisch aus einer Auflistung aller Sünden, die möglich sind. Außer, man erfindet selber noch welche. So hat die Gucki einmal Unzucht mit Hunden gebeichtet, die Sybille aber Unzucht mit einer ganzen Fußballmannschaft. In der vierten Klasse Kreuzschwesternschule ist das gewesen. Weiß die Gucki noch ganz genau. Weil der Opa dann zur Frau Direktor kommen hat müssen. Gut, dass ihn die Gucki vorgewarnt hat.

Momentan darf die Gucki aber auf keinen Fall lachen. Muss ja dem Karli ganz ernsthaft der Sybille ihr Angebot unterbreiten. Zehn Angebote sogar:

1. Die Sybille geht nimmer fremd.
2. Die Sybille zieht keine kurzen oder sonst irgendwie aufreizenden Kleider mehr an.
3. Die Sybille schließt ihre Privatpraxis.
4. Die Sybille arbeitet nimmer als Notärztin.
5. Die Sybille macht im Krankenhaus weniger Überstunden.
6. Die Sybille macht dafür mit der kleinen Gucki die Hausübung.
7. Die Sybille beteiligt sich dafür an der Hausarbeit.
8. Die Sybille macht mindestens einmal in der Woche die Lieblingsspeise vom Karli. Ist gleich: Blunzen mit gerösteten Erdäpfeln und Krautsalat.

9. Die Sybille macht heuer im Sommer mit ihrer Familie vierzehn Tage Urlaub in Lignano.
10. Die Sybille wird ihren Karli immer lieben, achten und ehren und ihn nie wieder auf etwaige Bildungslücken hinweisen.

Und was sagt der Karli zu diesen Zehn Geboten für ein gelungenes Eheleben? Gar nix! Der Karli ist so baff, dass er den Mund nicht aufbringt. Erst nach einer halberten Ewigkeit und nach einem ganzen Bier sagt er dann doch was. Aber auch nur ein einziges Wort: „Warum?"

„Warum dich die Sybille jahrelang hint und vorn verarscht hat – oder warum sie das ab sofort nimmer tun will?", kann die Gucki nicht gut fragen. Will ja den Karli nicht überfordern.

„Weil die Sybille jetzt – zugegebenermaßen ein bisserl spät – eingesehen hat, dass du ein guter Mann und ein braver Papa bist. Dass sie nie und nimmer einen Besseren finden wird als dich! Und natürlich auch, weil ihr das bis jetzt nicht so richtig aufgefallen ist, weil sie ja praktisch nie daheim war."

Damit hat die Gucki ihre Aufgabe als beste Freundin erfüllt. Hat dem Karli brav ausgerichtet, was ihr die Sybille angeschafft hat. Trotzdem muss sie dem depperten Karli jetzt einmal hineinsagen, dass er selber schon auch maßgeblich beteiligt war an dieser hint und vorn vermurksten Ehe. Weil er halt gar so ein Waschlappen gewesen ist!

Will die Gucki also schon mit einer ordentlichen Strafpredigt loslegen – da kommt ihr der Karli zuvor und legt ein bemerkenswert hellsichtiges Geständnis ab: „Ich weiß eh selber, dass ich mindestens genauso viel Schuld hab! Weil ich immer nur weggeschaut hab, weil ich zu allem *Ja und Amen* gesagt hab, weil ich nie auf den Tisch gehaut hab! Weil ich halt einmal ein Latsch bin!"

„Und?", will die Gucki wissen. „Wie soll es jetzt weitergehen? Willst du nicht heim zu Frau und Kind?"

„Ich hab ja noch meine ganzen Sachen beim Otto!", wendet der Karli ein. Aber eh nur halbherzig.

Trotzdem hat die Gucki Angst, dass der Rammer dem Karli die Rückkehr ins eheliche Glück wieder ausredet. Sagt daher schnell; „Weißt du was? Du gibst mir den Wohnungsschlüssel vom Otto – und ich bring dir heut Abend dein Klumpert vorbei!"

„Aber der Otto verhaftet dich doch in dem Moment, in dem du bei der Tür hineinkommst! Der ist heut sowieso saugrantig. Weil wir die ganze Nacht gesoffen haben."

„Ah, was! Den Otto pack ich mit links!", sagt die Gucki übermütig. „Ich weiß nämlich, wer der Mörder ist!"

„Wer denn?", erwacht auf einmal doch noch der Kriminalist im Karli.

„Das geht dich einen Scheißdreck an! Du nimmst jetzt einmal vierzehn Tage Urlaub und schaust, dass du deine Ehe in den Griff kriegst!"

Damit ist der Karli auch schon entlassen. Sogar seine Rechnung übernimmt die Gucki. Nur dass er möglichst schnell zu seiner Sybille kommt.

Die Gucki steigt dann aber auch ordentlich aufs Gas. Dass dem armen *Land Rover* in jeder Kurve angst und bang wird. Will ja die Geschichte mit dem Rammer möglichst schnell hinter sich bringen. Damit sie endlich wieder heim kann. Braucht ja dringend ein frisches Gewand. Eines, das ihr nicht um zwei Nummern zu klein ist. Und in ihr Büro muss sie auch, ohne dass sie gleich verhaftet wird. Wie soll sie denn sonst bis Dienstag eine Zeitung zusammenbringen?

Wie die Gucki den Schlüssel in der Wohnungstür umdreht, liegt der Rammer noch immer im Bett. Freut sich schon auf ein kleschkaltes Bier. Gut, dass der Karli endlich mit Nachschub daherkommt! Hat eh ziemlich lang gebraucht. So weit ist es doch gar nicht bis zur Tankstelle! Im nächsten Moment steht aber nicht der Karli im Schlafzimmer, sondern eine Frau. Wie die heute wieder zusammengerichtet ist? Da siehst du durch den hautengen Rollkragenpulli nicht nur die Brustwarzen – da siehst du ein jedes Muttermal! Wenn es nur ein Traum ist, wird er jetzt gleich mit einer pitschnassen Steppdecke aufwachen – wenn es aber kein Traum ist, verhaftet er jetzt eine Doppelmörderin.

Weder – noch! Die Doppelmörderin sitzt nämlich im nächsten Moment auf seinem Bett und hat blöderweise seine Glock in der Hand. Auf diese Distanz kann nicht einmal ein Weib danebenschießen. Wenn sie wenigstens auf sein Herz oder auf seinen Kopf zielen tät. Aber nein, dieses geile Luder zielt akkurat auf seinen Schwanz!

„Lieber Herr Oberstleutnant!“, beginnt die Gucki überraschend förmlich, biegt aber eh gleich in die Niederungen der Respektlosigkeit ab. „Du hältst jetzt einmal ausnahmsweis drei Minuten deine Goschen und lasst mich reden! Also: Ich hab für alle zwei Morde ein wasserdichtes Alibi. Wie der ungarische Hundezüchter ermordet worden ist, am 20. Februar am Vormittag, war ich die ganze Zeit im Büro und hab mit allen möglichen Leuten telefoniert. Ist gleich: Zeugen über Zeugen! Und wie die Leiche in der Kirche von St. Anton entsorgt worden ist, hab ich grad mit dem depperten Fräulein Aistleitner telefoniert. Wird dir die Telekom alles bestätigen. Jetzt zum Mord Nummer zwei: Wie die Hundetrainerin erwürgt worden ist, vermutlich am frühen Abend vom 28. Februar, war ich Kartenspielen und am Faschingskehraus. Sprich: Zeugen Ende nie! Was können wir aber daraus schließen? Hnn? Dass ich als Doppelmörderin leider nicht in Frage komm!“

Der Otto hört schon zu. Versteht sogar im Großen und Ganzen, was die Gucki sagt. Ist aber trotzdem abgelenkt. Da sitzt eine Frau mit einem atemberaubenden Busen auf seinem Bett und zielt mit seiner Dienstwaffe auf seinen Schwanz. Und was ist? Der wird steif und immer steifer!

„Dafür liefer ich dir jetzt den wirklichen Doppelmörder!“, fährt die Gucki fort, wirft aber dann doch einen befremdeten Blick auf die Steppdecke. „Sag einmal, Otto, spinnst du jetzt eh schon komplett? Ich bin grad dabei, dir meine Ermittlungsergebnisse zu enthüllen – und dir fällt nix Besseres ein, als einen Ständer zu kriegen?“

Was hätt der Otto da sagen sollen? Dass es ihn aufgeilt, wenn eine Tussi mit dicken Titten mit einer Puffen auf seinen Schwanz zielt? Ist doch pervers! Dass er die Gucki heiraten will? Wird in der jetzigen Situation eher lachhaft klingen! Dass er im Bett halt einmal keine Unterhose anhat und dass sein Schwanz nur deswegen die Bettdecke gar so aufbauscht? Ist zu technisch für eine Frau! Sagt der Otto halt gar nix.

„Na, dann halt nicht!“, meint die Gucki achselzuckend. „Dann erzähl ich dir halt nicht, wer der Doppelmörder ist!“ Und packt in Ruhe die Sachen vom Karli zusammen. „Der Karli nimmt übrigens vierzehn Tag Urlaub und schaut, ob er seine Ehe noch retten kann“, sagt die Gucki zum Abschied. „Und dir tät ich auch raten, dass du dir endlich eine Frau suchst! Sonst landest du früher oder später in Kalksburg oder im Wagner-Jauregg. Oder eine Nutte auf Koks schießt dir mit deiner eigenen Dienstwaffe zum Schluss noch die Eier weg!“

Da ist die Gucki schon längst auf der Mühlkreisautobahn, wie es der Otto endlich schafft, seine fürchterliche Erektion loszuwerden. Aber auch nur mit Hilfe von einem Fahndungsfoto von der Gucki. Ist nachher nimmer brauchbar, das Foto. Komplett versaut!

XIV

„Tickst du nicht ganz richtig?“ ist noch eine der höflicheren Formulierungen, mit denen man die Denkfähigkeit eines Menschen in Zweifel ziehen kann. Auf den zweiten Blick steckt hinter dieser Frage aber ein durch und durch mechanistisches Bild vom menschlichen Gehirn. Funktioniert praktisch wie eine Uhr: tickt richtig – oder eben nicht richtig. Wie wenn wir Menschen nur Zahnradeln im Schädel hätten. Wie wenn wir praktisch die Billigausgabe von einem Roboter wären!

Hätt ich der Renate gar nicht zugetraut, dass sie so ein banales Sprachbild in den Mund nimmt. Dass sie jetzt tatsächlich zur Gucki sagt: „Tickst du nicht ganz richtig?“

Kann ich mir nur so erklären, dass der Renate momentan alles zu viel ist. Zuerst wird die Gucki als Doppelmörderin gesucht und kommt nimmer in die Arbeit – und dann soll auf einmal die Arbeit einer ganzen Woche an einem einzigen Tag erledigt werden? Ausgerechnet heute, an einem Sonntag? Da geht die Renate normalerweise in die Kirchen und macht dann im Pfarrcafé den Kaffee. Eh klar, dass heute die Erni oder die Hanni das Kaffeemachen an sich reißen wird. Und alle zwei werden heute ihre Chance wittern und werden sich auf den Herrn Hochwürden stürzen. Kein Wunder bei so einem jungen Pfarrer! Jung --?

Na ja, für einen Pfarrer ist er mit einundsechzig sogar blutjung. Der letzte war achtundachtzig, wie er in Pension gegangen ist.

Mit einem Arsch kann man bekanntlich nicht auf mehreren Kirtagen tanzen. Ist die Renate also in einem seelischen Zwiespalt gesteckt: Kirche – oder Zeitung? Was ist ihr wichtiger? Eh klar, dass sie sich für den *Mühlviertler Nachrichten*-Kirtag entschieden hat! Wegen der Gucki. Die ist ja nicht ihre Chefin – die ist ihre Familie! So jung und fesch kann ein Pfarrer gar nicht sein, dass die Renate nicht weiß, wo sie hingehört!

„Tickst du nicht ganz richtig?“, sagt sie natürlich nicht zu ihrer Chefin, sondern zu ihrer heißgeliebten Gucki, die mit vierundvierzig Jahren noch immer so ein wildes Kind ist, dass man sich ununterbrochen Sorgen um sie machen muss. Momentan hat die Renate aber keine Sorgen um die Gucki – momentan hat sie wirklich Angst um sie. Will die doch tatsächlich den Doppelmörder eigenhändig verhaften? Kein Wunder, dass der Renate da herausrutscht: „Tickst du nicht ganz richtig?“

„Goldrichtig sogar, meine liebe Renate!“, antwortet die Gucki mit einem grimmigen Lächeln. „Morgen in der Nacht schnapp ich mir den Mörder, spätestens in der Früh hab ich ein Geständnis, am Vormittag bastel ich eine schaurig-schöne Mordgeschichte – und am Mittwoch bringen die *Mühlviertler Nachrichten* die Story exklusiv! Und alle anderen Zeitungen können scheißen gehen!“

Was soll die Renate da noch sagen? Sagt sie halt: „Magst ein Bier?“

„Eh klar! Wenn ich schon alle meine drei Frühschoppen versäum, dann muss ich zumindest bei der Arbeit ein Bier trinken!“

„Du trinkst bei der Arbeit sowieso immer ein Bier – auch wenn nicht Sonntag ist!“, sagt die Renate natürlich nicht. Schließlich ist die Gucki alt genug, dass sie weiß, was sie tut. Und außerdem ist die Arbeit wirklich so stumpfsinnig, dass man ein bisserl was trinken muss, dass man den ganzen Schwachsinn aushaltet.

Eigentlich bestehen die *Mühlviertler Nachrichten* zu neunzig Prozent nur aus Selbstbeweihräucherungs-Geschichten, die der Gucki von Politikern, Vereinen und Firmen zugeschickt werden. Wobei die Firmen wenigstens dafür zahlen. Diese Woche ist es aber noch schlimmer als sonst. Weil die Gucki so gut wie nix selber recherchiert hat. Weil sie untergetaucht war – wie es so schön heißt.

Die einzige selbergestrickte Geschichte, die die Gucki hat, ist der Mord an der Serena. Nur: Was soll sie schreiben über die Serena? Eine wunderschöne junge Frau mit einem Gespür für Hunde. Der irgendwann am Faschingsdienstag ein Mörder aufgelauert hat. Aber wo? Beim Gassigehen sicher nicht! Die Gucki kennt der Serena ihren Hund: ein kraftstrotzender Belgischer Schäfer! Der schaut sicher nicht zu, wenn einer sein Frauli erdrosselt.

Die Serena war Trainerin beim Hundeverein Freistadt. Mit dem VW-Burschi ist die Gucki in fünf

Minuten dort. Nur: Ob da heute an einem Sonntag überhaupt wer da ist? Und ob da wer da ist! Bummvoll ist es, das Vereinshaus. Alle trauern um die Serena. Und alle miteinander haben so eine Wut auf die Zeitungen, dass keiner mit einer Journalistin geredet hätt. Mit der Gucki redet die Angie schon. Praktisch von Hundehalterin zu Hundehalterin. Weil der Turrini auch mit ist und grad den gutmütigen Berner Sennenhund von der Angie bis aufs Blut sekkiert. Muss ich vielleicht erklären, warum Journalisten beim Hundeverein Freistadt gar so schlecht angeschrieben sind. Weil sie alle miteinander wie die Aasgeier über die tote Serena hergefallen sind. Alles, was sie geschrieben haben: erstunken und erlogen!

Da war die Serena Zeit ihres Lebens eine leidenschaftliche Verfechterin der gewaltlosen Hundeerziehung. Und was hat die *Kronen Zeitung* daraus gemacht?

Mordopfer trainiert Mafia-Killerhunde

Die bunte-Bilderl-Zeitung *Österreich* hat es aber sogar geschafft, die Wahrheit noch ärger zu verdrehen und hat die arme Serena mit der Sodomie-Pornoszene im Internet in Verbindung gebracht:

Sex mit Hunden ist kein Hundetraining!

Hat das Ganze mit einem Foto untermauert, auf dem die Serena beim Training mit ihrem Schäferhund zu sehen ist. In einem knappen Bikini in Türkis. Wirklich fesch sind sie, die Serena und ihr Excalibur! Kannst du die Harmonie zwischen Hund und Mensch richtiggehend sehen! Wie ist diese geschissene Zeitung aber zu diesem ganz privaten Foto gekommen? Durch die depperte Angie! Hat das Foto deswegen herausgerückt, weil man da so schön sehen kann, wie gut die Serena mit Hunden umgehen hat können.

Zur Wiedergutmachung ihres Fehlers drückt die Angie der Gucki jetzt so eine bittersüße Geschichte hinein, dass man draus locker einen ganzen Herz-Schmerz-Roman machen könnt. Ein Titel tät der Gucki auch gleich einfallen: *Hunde waren ihr Leben*. Weil sich die Serena im Ernstfall immer für ihren Excalibur entschieden hat – und damit gegen alle Dominiks, Patricks und Kevins, die sich zwischen die zwei hineindrängen wollten.

Obwohl die Gucki in dieser Geschichte auch ein bisserl ihr eigenes Leben wiedererkennt, lässt sie sich von der Angie nix einreden. Eifersucht auf einen Hund ist kein Mordmotiv – auch wenn der Hund Excalibur heißt! Fratschelt sie die Angie lieber nach jungen Hunden mit unklarer Herkunft aus.

Werden wirklich immer mehr in den letzten Jahren. Dass sie nicht gar so reinrassig sind, ist der Angie eh wurscht. Aber dass die meisten komplett verhaltensgestört sind, weil sie nicht lang genug bei ihrer Mama und bei ihren Geschwistern waren – das ist der

Angie nimmer wurscht. Und dass sie in viel zu kleinen Transportboxen durch halb Europa geschleppt werden – das schreit eigentlich nach der Todesstrafe für illegale Hundehändler.

Muss die Gucki dieses Gespräch schnell beenden. Militanten Tierschützern, die Menschenopfer fordern, will sie in den *Mühlviertler Nachrichten* lieber keine Plattform geben. Und außerdem hat sie sich diesen Schwachsinn eh schon oft genug anhören können. Ab dem sechsten Viertel Rot fordert ihr lieber Freund Leo grundsätzlich: „Tod allen Tierquälern!"

Fährt die Gucki also ins Büro zurück. Muss sich ja noch die Leserbriefe der letzten Woche anschauen. Ein paar Leser-E-Mails sind zwar schon dabei, die meisten Leser schicken aber noch immer richtige Briefe mit richtigen Briefmarken. Weil halt der durchschnittliche Leser der *Mühlviertler Nachrichten* siebzig Jahre alt ist und mit dem Computer auf Kriegsfuß steht.

Sticht der Gucki natürlich sofort der Brief vom Fräulein Aistleitner ins Aug. Worüber wird sich die wieder beschweren? Haben die *Mühlviertler Nachrichten* womöglich ein weltbewegendes Treffen der Goldhaubenfrauen unterschlagen?

Sg. Frl. Wurm!
Heute muss ich Sie ausnahmsweise einmal loben. Ihre Berichterstattung über den Hotzenplotz ist wirklich brav. Nur haben Sie leider das Privatleben vom Hrn. Bundesrat Holzinger außer Acht gelassen. Der hat als Bürgermeister jahrelang ein Verhältnis mit der Gemeindesekretärin unterhalten und

war auch sonst kein Kostverächter. Drum ist er ja auch schuldig geschieden. Meiner Meinung nach sollte so eine moralisch fragwürdige Person gar keinen Hund haben dürfen. Wird nur eine Frage der Zeit sein, bis der Hotzenplotz von seinem Herrl diese lockere Moral übernimmt und sämtliche Hündinnen im Bezirk Freistadt sexuell belästigt.
Mit besorgten Grüßen
Frl. Aistleitner

Kommt natürlich ungekürzt in die Zeitung, dieser Brief. Da ändert die Gucki keinen einzigen Buchstaben. Nur eine kleine Anmerkung kann sie sich nicht verkneifen:

Der Hotzenplotz ist ein Frl. Hotzenplotz.
(Anmerkung der Redaktion)

Wenigstens ist der Gucki jetzt im letzten Moment eingefallen, dass sie ja noch dem Bertl seine Rede schreiben muss. Der hat ja am Mittwoch seinen großen Auftritt im Bundesrat. Die Gucki aber hat ihm die Feministen-Rede für heute Abend versprochen. Punkt fünf vor dem *Bräugasthof*.

Wär doch gelacht, wenn ihr da nicht so ein Schwachsinn einfallen tät, dass dem Bertl seine politische Karriere mit seiner allerersten Rede im Bundesrat nicht auch schon zu Ende wär! Und wirklich – in kürzester Zeit hat die Gucki eine Rede zusammengeschustert, die den Bertl vom Rednerpult direkt ins Narrenhaus bringen wird, wenn ihn nicht die weiblichen Abgeordneten des Bundesrates mit einem nassen Fetzen derschlagen.

Wie sich die Gucki dann auf leserbriefliche Anregung einer Pfarrersköchin noch das hochinteressante Thema *Abnehmen in der Fastenzeit* vornehmen will, gibt es auf einmal eine Revolution. Der Turrini revoltiert. Winselt so jämmerlich, wie wenn er Zahnweh und Heimweh auf einmal hätt. Dabei muss er nur Gassi.

Schadet der Gucki eh nicht – so ein bisserl den Kopf auslüften. Und ihre Lunge wird auch dankbar sein, wenn sie Gassi gehen kann. Weil die Gucki in ihrem Büro so derartig viel raucht, dass du sie auf den ersten Blick gar nicht siehst, wenn du bei der Tür hineinkommst.

„Wie Nebelschwaden über der Themse!", sagt die Renate gern zu diesem Thema. Liest nämlich manchmal auch so Krimis, die in London spielen. Liebesgeschichten, die in Cornwall spielen, liest sie aber schon tausendmal lieber.

„In meinem Leben kommen Liebesgeschichten ziemlich selten vor. Dafür gibt es massenhaft Morde. Was sagt das über mich aus?", fragt sich die Gucki, während sie hinter dem Turrini hertrottet. Da hat er sie schon in den Freistädter Stadtgraben gelockt, ohne dass sie es überhaupt mitgekriegt hat.

Aber da ist der Turrini eigen: Er scheißt halt einmal nicht auf Asphalt und auch nicht auf ein Kopfsteinpflaster – er scheißt grundsätzlich nur auf eine Wiese. Auch bei Schnee. Weiß anscheinend auch bei einer

Schneedecke ganz genau, was drunter ist. Scheißt auch nicht irgendwo auf die Wiese – nein, er sucht sich die Stelle gut aus. So wie jetzt. Nimmt auch schon Haltung an. Extreme Rückenlage. Erinnert die Gucki an einen Schispringer beim Anlauf.

„Na, was is? Putzen weg Dreck?“, ist auf einmal eine schrille Stimme zu hören.

Gleich drauf aber ein ganzer Kinderchor: „Sacki fir Gacki! Sacki fir Gacki!“

Bleibt der Gucki nix anderes über, als aus ihrer eigenen Gedankenwelt aufzutauchen und die Umgebung in Augenschein zu nehmen: drei wuzeldicke Türkinnen auf einer Bank, daneben zwei Kinderwagen, ringsherum eine Horde übergewichtiger Kinder.

„Bist du Drecksau – oder was?“, will jetzt eine von den drei kugelrunden Türkinnen wissen. Weil die Gucki noch immer keine Anstalten macht, dem Turrini sein Gacki in ein Sacki zu befördern.

„Du zu deppert fir Putzen? Missen zeigen, wie geht?“, möchte eine andere Mitbürgerin mit Migrationshintergrund wissen.

Stört die Gucki beim Nachdenken: ob sie den drei Grazien die Hundescheiße in die Haare schmieren soll – oder ob sie einfach kommentarlos einer jeden eine Fotzen geben soll? Der Turrini kriegt natürlich mit, was in seinem Frauli vorgeht und stellt sich mit kehligem Knurren kampfbereit neben die Gucki. Zu zweit mischen sie eine ganze Fußballmannschat auf – nicht nur drei blade Türkenweiber mit ihren noch bladeren Kindern!

Dann macht es auf einmal *Klick* in der Gucki ihrem Schädel – und sie tickt wieder richtig. Wenn sie jetzt zuhaut, dann wird sie ernsthafte Probleme mit ihrer Glaubwürdigkeit kriegen. Wenn sie in den *Mühlviertler Nachrichten* wieder einmal um Verständnis für die Ausländer wirbt, wird sie sich selber nimmer glauben.

Holt sie also brav ein Sackerl aus ihrer Jackentasche und lässt den Haufen vom Turrini verschwinden. Dann geht sie auf die drei Walrösser mit Kopftuch zu. Denen wird langsam klar, dass eine Frau, die einen Meter fünfundachtzig groß ist und in einer abgewetzten Lederjacke und in schweren Stiefeln steckt, niemand ist, den man so ohne weiteres beschimpfen kann. Springen also von der Bank auf und beginnen zu jammern, wie wenn man sie windelweich geprügelt hätte.

„Gusch!", sagt die Gucki. Nicht einmal besonders laut. Trotzdem wird es sofort mucksmäuschenstill.

„Ich gratuliere Ihnen zu Ihrer gelungenen Integration in Österreich. Sie sprechen ausgezeichnet Deutsch – zumindest die wichtigsten Schimpfwörter. Und auch die abgrundtiefe Bosheit, mit der Sie auf die Einhaltung eines Gesetzes pochen, weist Sie als mustergültige Staatsbürgerinnen aus", sagt die Gucki und geht hoheitsvoll ab.

Hört sie gar nimmer, was ihr die Türkenweiber nachschreien, sobald sie so weit weg ist, dass sie sich trauen. „Schiache Fut" zum Beispiel. Eine plärrt interessanterweise sogar „Ausländа-Hur!" Weil die Sprache, in der die Gucki zu ihnen gesprochen hat, so gar nix mit dem Mühlviertler Dialekt zu tun hat, den sie kennen.

Wie die Gucki und der Turrini ins Büro zurückkommen, berichtet die Renate, dass ein Herr Marković in der letzten halben Stunde dreimal angerufen hat. Dann läutet eh schon wieder das Telefon.

„Wurm, *Mühlviertler Nachrichten*!"

„Mirko Marković, Hundetrainer von die *Abendfrieden*!"

„Wir hatten bereits das Vergnügen!", sagt die Gucki, die in dem Moment beschlossen hat, mit allen Ausländern nur mehr das allerschönste Hochdeutsch zu sprechen.

„Missen reden mit Zeitung! Persenlich! Heite!"

„Verehrter Herr Marković, heute ist Sonntag. Da wird in Österreich nicht gearbeitet."

„Aber ich wissen Merda von Ungar-Mann und Merda von die Frau, was ist Trainer von die Hund!"

„Und ich weiß, dass ich heute frei hab!"

„Wir treffen morgen?", bettelt der Mirko.

„Meinetwegen. Kennen Sie die Kirche St. Michael? Wenn sie von St. Rupert kommen: ungefähr fünf Kilometer vor Freistadt."

Ich wissen: Kirche nicht groß, aber serr alt!"

„Schön! Passt Ihnen zwölf Uhr?"

„Ich alles verstehen: Kirche Michel, zwölf Uhr! Aber nix Polizei! Wenn Polizei, ich nix sagen! Ich wissen serr viel – du alles schreiben in Zeitung!"

„Noch einen schönen Sonntag!", sagt die Gucki und legt schnell auf, damit sie nicht zum Schluss noch zum Lachen anfangt.

Ist das eine Falle? Na, sicher ist das eine Falle! Schließlich hat sie gerade mit einem Doppelmörder telefoniert. Andererseits hat er so verzweifelt geklungen, wie wenn er wirklich Angst hätt. Aber nicht Angst vor der Polizei, sondern Angst vor dem richtigen Mörder!

Wie dem auch sei – die Gucki schaut auf jeden Fall hin. Natürlich ohne Polizei! Und für den Notfall borgt sie sich halt vom Leo eine Puffen aus. Der hat in seinem Keller eh eine so eine große Waffensammlung, dass ihm eine *Luger* oder eine *Mauser* gar nicht abgeht. Und wie man damit umgeht, hat er der Gucki auch schon vor Jahren beigebracht.

Bastelt die Gucki also noch ein bisserl an der Zeitung herum. Dann ist es aber auch schon höchste Zeit für ihr Date mit dem Bertl. Stopft sie also die Gleichberechtigungsrede in ein Kuvert und verabschiedet sich von der Renate, die wie immer den größten Teil der *Mühlviertler Nachrichten* ganz allein macht.

Wie die Gucki aber zum *Bräugasthof* kommt, steht dort schon eine gewaltige Menschenmenge. Genauer gesagt: eine gewaltige Menschen- und Hundemenge. Wahrscheinlich sogar mehr Hunde als Menschen. Mittendrin aber der Bertl und der Hotzenplotz. Werden sozusagen umschwärmt. Der Bertl, weil er ein Held ist – der Hotzenplotz, weil er noch immer läufig ist. Alle Hunde-Manderl wollen was von ihm. Da geht es vielleicht zu! Wie wenn in Freistadt die Revolution ausgebrochen wär!

Ist ja auch der Fall! Zumindest im kleinen Maßstab. Im Vergleich zum Bertl seinen harmlosen Spaziergängen durch Freistadt ist der für heute geplante Marsch durch Freistadt eine machtvolle und lautstarke Kampfansage gegen das Verbrechen:

Österreichische Hunde gegen kriminelle Ausländer

Steht wirklich auf einem Transparent. Kann man aber eh nicht gescheit lesen. Weil die Transparent-Träger alle zwei mit ihren Hunden raufen, die alle zwei den Hotzenplotz schnackseln wollen. Selbstverständlich beteiligt sich auch der Turrini gleich an der Rauferei um den Hotzenplotz. Hat schließlich die älteren Rechte!

Kann die Gucki dem Bertl das Kuvert mit der Rede nur mit Müh und Not zustecken. Dann schaut sie aber, dass sie mit dem Turrini aus diesem Wirbelsturm des Wahnsinns so schnell wie möglich herauskommt. Da müssen sie wirklich nicht dabei sein, wenn bei diesem Marsch durch Freistadt die gesamte Altstadt von hundert Hunden zugeschissen wird!

Der Turrini ist natürlich schwer beleidigt, dass er an der Leine neben der Gucki hertrotten muss. Da gibt es endlich einmal eine Hetz in Freistadt – und dann versteht sein Frauli keinen Spaß? Muss ihm die Gucki halt in Gottesnamen ein Bier in *Mandis Saustall* versprechen, dass er wieder gut ist. Hat dabei aber einen Hintergedanken, sein Frauli: Wenn sie

Glück hat, dann sitzen in *Mandis Saustall* um die Zeit noch ein paar Nachbarbuben. Wär ja nicht das erste Mal, dass sie beim Frühschoppen hängengeblieben sind. Dann kommt die Gucki heute doch noch zum Tarockieren!

XV

„Bist du plemplem?“ ist keine richtige Beleidigung, sondern eher ein Scherz. Kommt ja aus der Kindersprache. Praktisch wie *Lu-Lu* oder *Ga-Ga*. Gemeint ist damit aber trotzdem, dass einer nicht ganz richtig im Kopf ist. Hat außerdem schon auch eine gewisse lautmalerische Qualität. Brauchst du nur einmal das Wort *plemplem* laut aussprechen – dann kannst du die Dummheit direkt hören!

So wie jetzt. Wie die Gucki laut und deutlich zum Schurli sagt: „Bist du plemplem?“

Weil der Schurli aber auch immer übertreiben muss. Dass er den vergoldeten Schlagring mitnimmt, den er vom Dragan zum Christkind gekriegt hat, ist ja noch okay. Dass er die abgesägte Pumpgun mitnimmt, ist auch noch okay. Aber dass er dann auch noch einen Raketenwerfer mitnehmen will, ist wirklich übertrieben.

„Das ist doch nur ein Souvenir von meinem Urlaub in der Ostukraine!“, verteidigt sich der Schurli.

„Pfui!“, sagt die Gucki da ganz energisch.

Und wirklich – der Schurli folgt und lässt den Raketenwerfer verschwinden. Besser gesagt: Er bettet ihn so behutsam in seinen Koffer, wie wenn er ein kleines Kind ins Bett bringen tät. Grad, dass er dem kleinen Raketenwerfer keine Gute-Nacht-Geschichte erzählt.

Der Dragan sagt nix dazu. Weil er noch gar nicht da ist. Ist sonst nicht seine Art, dass er zu spät kommt. Aber heute hat er einen guten Grund. Er wird gerade verhört. Von seiner lieben Gattin. „Hast du eh warme Socken an?", wird er gefragt. „Hast du eh die Angora-Unterwäsche an?", wird er auch gefragt. „Hast du eh die Glock im Schulterholster? Ist das Magazin eh voll? Hast du eh das Messer nicht vergessen?"

Ein anderer Mann hätt da längst die Nerven verloren. Der Dragan nicht. Weiß ja, was er an seiner Frau hat. Erst wie die Helga eine Thermoskanne Tee anschleppt und dann auch noch wissen will, ob sie ihm lieber ein Wurstbrot oder ein Speckbrot einpacken soll, platzt ihm dann doch der Kragen.

„Ich fahr zu einem bewaffneten Einbruch mit Menschenraub – und nicht zu einem Jungscharlager!", erklärt er seiner Frau.

„Wenn das wirklich gefährlich ist, dann bleibt der Ivo aber daheim!"

Ist ja das Kind von der Helga und vom Dragan, der Ivo. Also kein richtiges Kind, sondern ein schneeweißer Zwergpudel. Aber um Häuser gescheiter als wie die meisten Kinder im schulpflichtigen Alter. Benannt ist er nach dem Ivica Vastić, einem genialen Fußballer mit kroatischer Abstammung und österreichischer Staatsbürgerschaft. Praktisch wie der Dragan: stammt auch aus Kroatien, ist aber Österreicher mit Leib und Seele. Nur dass er halt nicht Fußballer ist, sondern Bordellbesitzer.

Dabei hat sich der kleine Ivo schon so auf den Ausflug gefreut. In ein Tierheim mit vielen Hunden. Genau genommen hat sein Herrli sogar von einem Hundepuff mit lauter scharfen Hündinnen gesprochen. Ist der Ivo jetzt so enttäuscht, dass er sogar das Speckbrot verschmäht, das im der Dragan überlassen hat. Praktisch als Trostpflaster. Genauer gesagt: Das Brot verschmäht er – den Speck kletzelt er eh heraus. Kann der Kummer nicht so groß sein!

Kommt der Dragan also mit einer ziemlichen Verspätung ins *Sputnik*. Hat er sich leicht im Tag vertan? Ist heute leicht gar nicht Einbruch angesagt, sondern Party? Der Schurli sitzt gemütlich da und zuzelt an einem Flaschl Bier, aus den Lautsprechern verkündet der gute alte Joe Cocker lautstark „*You Can Leave Your Hat On*", und an der Table-Dance-Stange turnt die Gucki in einer knallgelben Unterwäsche herum. Bleibt dem Dragan nix anderes über, als dass er ihr schnell seinen *Borsalino* zuwirft. Ohne Hut ist die ganze Nummer ja witzlos!

Mein Gott, die Gucki! Die hat doch wirklich total den Beruf verfehlt! Die wär trotz ihrer vierundvierzig Jahre die Nummer Eins im *Sputnik*. Wenn der Dragan nur drei so lebenslustige Nutten hätt wie die Gucki, dann hätt er ausgesorgt! Und was hat er? Lauter schwerdepressive Ostblock-Nutten mit Heimweh und Suchtgiftproblemen!

Muss sich der Dragan schnell ein Bier aufmachen, bevor er auch noch depressiv wird. Heimweh hat er sowieso kein bisserl. Im Gegenteil! Er freut sich schon wie ein kleines Kind auf den Abenteuerurlaub, der ihnen jetzt bevorsteht. Endlich wieder einmal ein bisserl Nervenkitzel, endlich wieder einmal der kühle Hauch des Todes! Und nicht immer nur depperte Nutten und besoffene Freier!

Zum Schluss kriegt die Gucki sogar einen Applaus für ihren Striptease. Das heißt was bei Branchenkennern wie beim Dragan und beim Schurli. Hat sie sich aber auch verdient, den Applaus. Hat sich wirklich punktgenau ausgezogen: Genau in dem Moment, in dem die Musik aufhört, hat die Gucki nix mehr an. Drum ist es auch nicht besonders sinnvoll, dass der Schurli jetzt „Zugabe!" plärrt. Mehr als pudelnackert geht halt einmal nicht.

Und außerdem wird es jetzt schön langsam ernst. Die Gucki muss ihren Spielkameraden ja die Spielregeln für den heutigen Abend erklären. Zieht sie sich lieber ein bisserl was an. Sonst sind die zwei womöglich abgelenkt und dermerken sich nix.

„Erstens: Gewalt nur im äußersten Notfall!", beginnt die Gucki und zieht sich ihr Höschen an. „Zweitens: Die Zielperson muss vernehmungsfähig bleiben!", setzt sie fort und hat auch schon ihren BH an. „Drittens: Die Handys bleiben daheim – sonst kann uns die Kripo orten!" Jetzt hat sie auch schon Socken und Hose an. „Viertens: Niemand und nix ohne Handschuhe angreifen!" Ist beim Anziehen genauso punktgenau wie beim Ausziehen. Bei *angreifen* hat sie auch schon ihren schwarzen Rollkragenpulli an und schaut wieder aus wie eine Journalistin – und nicht wie eine Nobelhur.

„Ich hab seit der dritten Klasse Hauptschule keine Handschuhe!", sagt der Schurli nach längerem Nachdenken. „So große Handschuhe gibt's gar nicht, dass die mir passen!"

Und wirklich: Die Bierflasche, die der Schurli in der Hand hält, schaut in seiner Pranke so winzig aus, wie wenn es ein *Jägermeister*-Flascherl wär.

„Wir könnten vorher ja noch schnell in einen Baumarkt einbrechen?", schlägt der Dragan vor. „Vielleicht gibt es da Arbeitshandschuhe, die dem Schurli passen? Und auf einen Einbruch mehr oder weniger kommt es heut auch nimmer an!"

„Arbeitshandschuhe zieh ich grundsätzlich nicht an!", protestiert der Schurli. „Da hab ich kein Gefühl in den Fingern!"

Der Gucki ist klar, dass ihr die Situation jetzt entgleitet, wenn sie nicht schnell reagiert. Tut sie auch: „Der Schurli kann sich die Handschuhe sparen. Dafür wischt er alles, was er angegriffen hat, nachher wieder ab!"

Dann geht es auch schon ohne weitere Diskussionen zum Auto, das direkt vor dem *Sputnik* im Halteverbot steht. Dem Dragan sein Firmenauto ist übrigens auch nimmer das, was es einmal war. Wie der Dragan als Bordellbesitzer angefangen hat, ist er grundsätzlich nur in einem Ami-Schlitten durch die Gegend gefahren, der mindestens fünfundzwanzig Liter auf hundert Kilometer gebraucht hat. Jetzt hat er einen unscheinbaren *VW-Bus*. Dafür aber mit Allrad. Kann er seine Nutten aus Kirgisien oder Usbekistan auch im allerärgsten Winter vom heimatlichen Bergbauernhof abholen. Außerdem kannst du in einem *VW-Bus* die mittlere Sitzbank mit ein paar Handgriffen herausnehmen. Kann also der Schurli auf der hinteren Sitzbank wirklich bequem sitzen.

Weil aber die Fahrt nach St. Rupert sowieso länger dauert, werden der Gucki ihre Komplizen umfassend über die Zielperson informiert. Also: Mirko Marković heißt er, aus Serbien ist er. Ist er dem Dragan und dem Schurli gleich unsympathisch. Dem Dragan, weil er als halberter Kroate die Serben nicht mag – dem Schurli, weil er als echter Mühlviertler die Ausländer nicht mag. Wobei für den Schurli aber auch schon die Linzer zu den Ausländern gehören.

Was kann die Gucki noch über den Mirko erzählen? Ganz ungefährlich wird er als Doppelmörder nicht sein. Und kaltblütig ist er noch dazu! Hat zwei Leichen praktisch aus Jux durchs halberte Mühlviertel spazierengeführt. Außerdem traut sich die Gucki wetten, dass er bewaffnet ist. Weil nach dem jugoslawischen Bürgerkrieg so viele Waffen übergeblieben sind, dass du in Serbien leichter eine Pistole kriegst als eine Kaffeemaschine. Und billiger auch!

Im Übrigen ist dieser Mirko eine total widersprüchliche Persönlichkeit. Gestern noch hat er die Gucki am Telefon angefleht, dass sie mit ihm redet. Und was war, wie die Gucki heute Mittag zum verabredeten Treffpunkt in die Kirche St. Michael gekommen ist? Der liebe Mirko war nicht da! Das Einzige, was da war, war ein Briefkuvert auf dem Altar.

Sg. Frau
Mag. Gudrun Wurm
Mühlviertler Nachrichten

Hat sich die Gucki eigentlich schon ein detailliertes Geständnis des Doppelmörders erhofft. Aber nein, wieder nur die Ankündigung von einem Geständnis!

Sehr geehrte Frau Magister Wurm!
Kommen heite 21 Uhr in die Abendfrieden.
Ich wissen alles. Ich sagen alles.
Mirko Marković

Was für ein schöner Zufall? Da hat die Gucki schon die längste Zeit für heute Abend einen Besuch im *Abendfrieden* geplant. Und was ist? Jetzt kriegt sie auch noch eine schriftliche Einladung!

Trotzdem glaubt die Gucki dem Mirko kein Wort. Ich mein: Das *alles wissen* glaubt sie ihm schon – nur das *alles sagen* kauft sie ihm nicht ab. Der will heut Abend bestimmt nicht sein Gewissen erleichtern – der wartet mit Hundeleine und Beißkorb auf sein drittes Opfer. Weil die Gucki zu viel weiß. So wie der Lajos und die Serena zu viel gewusst haben.

Drum hat die Gucki ja auch den Turrini vor dem Einbruch lieber heimgebracht. Viel zu gefährlich für einen kleinen Hund! Vielleicht, wenn er einmal größer ist? Der Dragan und der Schurli sind zwar nicht annähernd so intelligent wie der Turrini, halten dafür aber mehr aus. Und eine Freud macht sie den zwei alten Deppen noch dazu. Führen sich auf wie zwei Buben, die endlich wieder einmal Indianer spielen dürfen. Hoffentlich skalpieren sie den Mirko nicht gleich!

Die Gucki hat eh lang überlegt, ob sie statt dem Dragan und dem Schurli nicht lieber den Leo mitnehmen soll. Der ist zwar schon fast siebzig, nimmt es aber immer noch mit jedem Doppelmörder auf. Hat sich dann aber doch dagegen entschieden. Weil ja der Leo eine noch eine ärgere Abneigung gegen die Serben hat als wie der Dragan. Kommt bei ihm ja nicht vom jugoslawischen Bürgerkrieg, diese Serbenphobie, sondern vom Zweiten Weltkrieg. Da haben die serbischen Partisanen nämlich die Frechheit besessen, die Deutsche Wehrmacht blöd ausschauen zu lassen. Hat die Gucki natürlich fürchten müssen, dass sie den Mirko nimmer verhören kann. Weil der Leo Partisanen grundsätzlich nicht gefangen nimmt.

Ist außerdem sowieso sinnlos, darüber nachzudenken. Ist normalerweis auch nicht der Gucki ihre Art. Wenn sie einmal eine Entscheidung getroffen hat, dann wird das so und nicht anders gemacht. Punkt! Kommt wahrscheinlich von der Musik, dass die Gucki bei dieser nächtlichen Autofahrt ins Sinnieren gekommen ist. Weil die Texte von dieser Helene Fischer wirklich ein jedes Hirn zerrütten. Noch dazu, wenn sie vom Dragan und vom Schurli aus voller Kehle mitgegrölt werden!

Ist die Gucki heilfroh, wie sie endlich nach St. Rupert kommen und nimmer *Atemlos durch die Nacht* fahren müssen. Dirigiert sie den Dragan auf die Gemeindestraße nach Witzersdorf und dann arschlings in einen Forstweg. Dort wird der *VW-Bus* so geparkt, dass man ihn von der Straße aus nimmer sehen kann. Endstation!

Da muss man jetzt dazusagen, dass sich der Dragan und der Schurli ihre Taktik komplett anders vorgestellt haben: Mit dem *VW-Bus* direkt vor die Haustür, dann hinein mit Karacho – dann sitzt der depperte Serbe auch schon in Handschellen da! Wenn sich die feige Sau aber irgendwo im Haus verkrochen hat, dann wird er im Notfall ausgeräuchert. Gut, dass der Schurli der Gucki seine ukrainischen Nebelgranaten nicht gezeigt hat! Hätt sie ihm wahrscheinlich auch nicht erlaubt.

Haben die Herren Komplizen natürlich keine Freud mit der Angriffstaktik, die ihnen die Gucki jetzt feinsäuberlich erklärt: Der Dragan wartet solange bei der Haustür, der Schurli aber solange beim Hoftor, bis die Gucki pfeift. Erst dann Tür und Tor aufbrechen und vorrücken. Keine Sekunde früher! Nicht, wenn ein Kauz schreit, und auch nicht, wenn ein Hund bellt. Erst auf Pfiff! Ist das klar?

„Klar!", sagt der Dragan und lässt das Brecheisen ein paarmal spielerisch in seine linke Handfläche klatschen. Wenn die Gucki seine Körpersprache richtig übersetzt hat, dann heißt das nix anderes als: „Mehr als fünf Minuten wart ich sicher nicht vor der depperten Tür!"

„Klar!", sagt der Schurli und entsichert seine Pumpgun. Heißt vermutlich: „Ich brauch für das Tor gar kein

Brecheisen! Das renn ich mit links ein!“ Heißt außerdem: „Sobald der Dragan losschlagt, bin ich auch drinnen. Kann ja den Chef nicht alleinlassen!“

Wird der Gucki also nicht viel Zeit bleiben, wenn sie den Mirko vor den anderen erwischen will. Wo sie ihn findet, weiß sie auch schon. Brennt ja nur in einem einzigen Fenster ein Licht. Im ersten Stock oben. Beeilen muss sie sich trotzdem. Schwingt sich also auch schon über den Maschendrahtzaun in den Hundezwinger. Fast geräuschlos. Aber halt nur fast. Und ein Hund hört halt einmal ziemlich gut. Noch besser aber riecht er. Bin ich mir sicher, dass der Dynamit die Gucki schon gerochen hat, bevor er sie noch gehört hat. Auf jeden Fall kommt er jetzt wie eine Rakete aus seiner Box herausgeschossen.

Schön ist das nicht – so ein Rottweiler-Gebiss im Mondschein! Muss sich die Gucki zusammenreißen, dass sie ruhig stehenbleibt. Was tut sie jetzt? Zupft anscheinend an ihrem Schal herum. Will die wirklich einen ausgewachsenen Killerhund mit einem Schal erwürgen? Kann ich mir nicht vorstellen. Ist ja tierliebend, die Gucki! Drum hat sie ja auch einen ganzen Kranz Knacker wie einen Schal um den Hals.

Die Gucki steht da und hält eine einzelne Knackwurst mit ausgestreckter Hand in die Höhe. Werden gut zwei Meter sein. Alle anderen Knacker hat sie um den Hals: eigentlich für einen Hund viel leichter zu kriegen. Da muss ich ausnahmsweis einmal schimpfen mit der Gucki: Intelligent ist das wirklich nicht!

Aber gottseidank ist der Dynamit ein Hund mit Sportsgeist und stürzt sich eh auf die Knacker, die die Gucki in der Hand hat. Und geschickt ist er auch: schnappt sich die Wurst, ohne dass seine zehn Zentimeter langen Fangzähne der Gucki ihren Handschuh auch nur berühren. Wirklich ein eleganter Sprung ist ihm da gelungen! Braucht er beim Fressen nimmer so auf die Eleganz schauen und kann die Knacker ruhig auf einen Sitz hinunterschlingen.

Dann macht er auch schon artig *Sitz* und schaut die Gucki erwartungsvoll an. Von ihm aus können sie dieses spannende und nahrhafte Spiel die ganze Nacht spielen. Leider hat aber die Gucki jetzt beim besten Willen keine Zeit für Spiel und Spaß. Lobt sie den Hund also leise und überreicht ihm feierlich den ganzen Kranz Knacker. Die schmecken dem Dynamit bestimmt nicht so gut wie die erste Wurst. Weil die selber verdient war.

Während unser braver Rottweiler also über den Zusammenhang zwischen Leistung und Geschmack nachdenkt, kraxelt die Gucki durch die Hundeklappe in den Stadel hinein, in dem die Hundeboxen untergebracht sind. Dass sie eine Taschenlampe dabei hat, versteht sich eh von selber. Der Dragan und der Schurli haben leider nicht so weit gedacht und können bei Nacht und Wind mit ihrem Feuerzeug herumfuchteln.

Vorausschauend wie die Gucki ist, hat sie jetzt eine ganze Packung Welpen-Leckerli bei der Hand, um die fünf Kampfhunde-Babys ruhigzustellen. Kann sie aber höchstens dem Mirko zum Knabbern anbieten. Alle Boxen sind leer! Der Wickerl ist wirklich ein Teufelskerl. Hat alle Hundsviecher in Rekordzeit angebracht.

Das Schloss vom Dynamit seiner Box hat die Gucki im Handumdrehen offen. Da genügt ihr Schweizer Messer. Aber dann hapert es mit der Orientierung. Ist ja ein großes verwinkeltes Bauernhaus. Landet die Gucki bei ihrer Suche nach einem Eingang nicht im Haus, sondern im Innenhof. Trotzdem interessant! Da steht doch glatt ein schwarzer *Jeep Cherokee* mit ungarischem Kennzeichen. Und daneben ein hellblauer *VW Tiguan*. Mit umgelegter Rückbank und einer großen Hundebox hinter der Heckklappe. Da hat die Serena ihren Excalibur drinnen gehabt.

Damit hat die Gucki den endgültigen Beweis, dass der Mirko der Mörder ist. Verhören muss sie ihn aber trotzdem. Ist ja schon gespannt auf das Mordmotiv. Muss irgendeine größere kriminelle Geschichte sein. Weil: Wegen ein bisserl illegalem Hundehandel bringst du nicht zwei Menschen um! Die Gucki hat sogar schon einen Verdacht. Womöglich füttert man die kleinen Kampfhunde irgendwo im Ostblock mit allen möglichen Drogen, die in Plastikkugerl verpackt sind? Kaum sind sie aber in Österreich, müssen die kleinen Scheißer die ganzen schönen Drogen wieder hergeben.

Leider hat die Gucki bei ihrem letzten Besuch im *Abendfrieden* ein bisserl einen Rausch gehabt. Wenn sie ehrlich ist: sogar einen Vollrausch. Sprich: Erinnerung gleich Null! Braucht sie also eine halbe Ewigkeit, bis sie ins Haus hinein- und die Stiegen hinauffindet. Da ist er endlich, der schmale Lichtstreifen, der durch den Türspalt fällt!

„Selbst ist die Frau!“, sagt sich die Gucki und holt die *Luger* aus der Jackentasche. Hat sie heut in der Früh dem Leo abgebettelt. Sollen sich der Dragan und der Schurli ruhig noch ein bisserl die Beine vertreten. Sind eh alle zwei viel zu wenig an der frischen Luft. Pfeift die Gucki also nicht, sondern entsichert die Pistole.

Wie soll sie es angehen? Die Gucki entscheidet sich für die Überrumpelungstaktik. Also nicht anklopfen und auf ein *Herein* warten, sondern Anlauf nehmen und die Tür mit einem Fußtritt aufbrechen. Funktioniert einwandfrei. Wie im Lehrbuch. Jetzt hat sie ihn, den Mörder!

Trotzdem gibt es jetzt kein Verhör, sondern einen Pfiff. Die Gucki steckt zwei Finger zwischen die Zähne und pfeift. So laut sie nur kann. Kann sie wirklich gut. Hat sie vom Opa gelernt. Ein gellender Pfiff, der durch Mark und Bein geht. Hätten der Dragan und der Schurli sogar gehört, wenn sie eingeschlafen wären.

Wer diesen Pfiff nicht hört, ist der Mirko. Ist aber nicht schwerhörig, sondern tot. Baumelt an einer Hundeleine von der Decke. *Zwetschkenblau* fällt der Gucki noch zu seiner Gesichtsfarbe ein – dann wird ihr auch schon ein bisserl schlecht. Reißt sich aber sofort zusammen und fotografiert den Tatort. Sie muss jetzt scharf nachdenken, bevor der Dragan und der

Schurli antanzen und sämtliche Spuren verwischen. Sind ja längst im Haus und plärren: „Gucki, Gucki!“ Wird nimmer lang dauern, bis sie die Stiegen heraufpoltern.

Direkt unter dem Mirko liegt ein wunderschöner Biedermeiersessel mit einer Sitzpolsterung aus grünbeige-gestreiftem Brokat. Kein Fuzzerl Dreck auf dem Stoff! Der Mirko aber hat völlig verdreckte Springerstiefel an. Kann also nie und nimmer auf diesem Sessel gestanden sein. Was heißt das jetzt? Die Gucki hat es nur mit einem vorgetäuschten Selbstmord zu tun, in Wirklichkeit aber mit dem dritten Mord.

Will die Gucki natürlich wissen, wann der Mirko ermordet worden ist. Da muss sie jetzt aber was tun, was sie dem Dragan und dem Schurli streng verboten hat. Nämlich einen Handschuh ausziehen und die Leiche angreifen. Grausen tut ihr natürlich auch. Muss aber sein. Dem Mirko seine Hand ist so eiskalt, dass die Gucki im ersten Moment zurückzuckt. Dann schnauft sie tief durch und greift zu. Wirklich kalt!

„Nix ohne Handschuhe angreifen!“, sagt der Schurli und schnauft dabei wie ein Walfisch. Weil die Hurnsstiegen für sein Gewicht doch ein bisserl steil war.

„Hast du die serbische Drecksau erledigt?“, will hingegen der Dragan wissen. Anscheinend traut er der Gucki das zu.

Bevor sich da noch ein interessantes Gespräch entwickeln kann, dreht sich die ganze Situation auch schon um hundertachtzig Grad. Vor dem Haus fährt ein Auto mit Sirene und Blaulicht vor. Ist aber garantiert nicht die Rettung. Weil es keinem Rettungssanitäter einfallen tät, dass er in ein Megaphon plärrt.

„Hier spricht die Kriminalpolizei!", knurrt der Rammer. „Das Haus ist umstellt, jeder Widerstand ist zwecklos! Wenn ihr nicht spätestens in einer Minute mit erhobenen Händen herauskommt's, dann spielt's Granada!"

„Ich hab dir ja gesagt, dass wir den Raketenwerfer brauchen!", sagt da der Schurli zur Gucki. Aber eh nicht vorwurfsvoll, sondern mehr so mit Genugtuung: Frauen sollen beim Thema *Waffen* lieber die Goschen halten!

XVI

„Bist du krank im Hirn?" ist durchaus als Beleidigung geeignet. Ist aber eigentlich eine Diagnose: geisteskrank. Mit *krank im Hirn* ist aber keine harmlose Geisteskrankheit wie der Sportfanatismus oder das Vegetariertum gemeint, sondern eine wirklich schlimme. Da muss einer schon komplett abartig sein, dass man ihn fragt: „Bist du krank im Hirn?"

Ist jetzt aber wirklich berechtigt, die Frage. Die Gucki wüsst gar nicht, was sie zu diesem kaputten Typen sonst sagen sollt. Schreit also in den Telefonhörer: „Bist du krank im Hirn?" Ist ihr gleich ein bisserl leichter, wie das heraußen ist. Fällt ihr gleich noch was ein, was sie diesem kranken Arschloch unbedingt sagen muss: „Wenn du dem Turrini auch nur ein Haar krümmst, dann schneid ich dir eigenhändig die Eier ab, du Drecksau, du elendige!"

„Hnn? Wie bitte? Was ist denn da auf einmal los? Ist der krank im Hirn?", hör ich jetzt ein vielstimmiges Murren.

Leider zu Recht. Weil mir im Eifer des Gefechts wirklich ein kleines Malheur passiert ist. Hab total vergessen, dass man in einer Geschichte nicht einfach so herumspringen kann wie ein Rössel auf dem Schachbrett. Dass sich die richtige Reihenfolge der Ereignisse schon positiv auf die Nachvollziehbarkeit einer Geschichte auswirkt.

Am gescheitesten ist es, ich tu jetzt einfach da weiter, wo wir stehengeblieben sind. Im *Abendfrieden* nämlich. Werden eh schon alle neugierig sein, wie die Gucki mit dem Thema *Kriminalpolizei vor der Tür* umgeht.

Souverän – kann ich da nur sagen. Hat sofort einen Einfall, die Gucki: einen Ausfall. Muss ich vielleicht erklären, das Wort *Ausfall.* Also: Wenn eine Burg belagert wird, gibt es zwei grundsätzliche Möglichkeiten. Man bleibt drinnen und vertraut darauf, dass die Feinde draußen leichter zu treffen sind als man selber herinnen. Oder aber – das ist jetzt die Möglichkeit Zwei – man überrumpelt die Feinde, indem man aus der Burg hinausstürmt. Mit dem rechnet nämlich keiner!

Da ist die eine Minute, die ihnen der Rammer gegeben hat, noch gar nicht vorbei, prescht auch schon ein schwarzer *Jeep Cherokee* mit aufheulendem Motor aus dem Hof und rast direkt auf den Herrn Oberstleutnant zu. Kommt der Rammer gar nimmer zum Schießen. Entgeht nur haarscharf einem Verkehrsunfall. Mit einem wirklich sehenswerten Hechtsprung. Sein heißgeliebter *BMW* beherrscht den Hechtsprung leider nicht und ist im nächsten Moment nur mehr ein Totalschaden.

„Ducken!“, schreit die Gucki und duckt sich selber auch. Soweit das halt möglich ist, wenn man gleichzeitig ein Auto lenken muss. Rechnet ja jede Sekunde mit den Scharfschützen der *Cobra.* Wird ihr *Jeep* jetzt von unzähligen Kugeln durchsiebt? Aber nein, kein einziger Schuss fällt! Hat also der Rammer mit seinem Das-Haus-ist-umstellt nur geblufft. Ist in Wahrheit ganz allein angerückt und muss erst telefonisch Verstärkung anfordern. Vor einer Polizeikontrolle brauchen sie eigentlich auch keine Angst haben. Weil nach einem schwarzen *Jeep* gefahndet wird, während sie nach einem flotten Autotausch längst wieder in einem weißen *VW-Bus* sitzen. Hätten sie die Waffen gar nicht verstecken und das Reserverad gar nicht wegschmeißen müssen.

Trotzdem ist unseren drei Abenteurern heute nimmer zum Feiern zumute. Müssen die zehn Flaschen Champagner, die der Dragan eingekühlt hat, auf bessere Zeiten warten. Für heute haben alle genug. Wollen nur mehr heim.

Der Schurli hat es da leicht. Der ist schon daheim. Wohnt ja im *Sputnik*. Der Dragan hat auch nur fünf Minuten. Bei der Gucki dauert es länger. Weil es im ganzen Bezirk Freistadt nur so wimmelt vor lauter Polizeistreifen, die einen schwarzen *Jeep* suchen. Kann die Gucki natürlich nicht so fahren wie normal: 100 km/h im Ortsgebiet und sonst halt, was geht.

Dabei hat sie es grad heut extrem drawig. Hat ja ein schlechtes Gewissen. Heut wird ja nicht *Turrini allein zuhause* gespielt, sondern *Turrini allein im Garten.* Damit das liebe Hundi nicht hineinscheißt, wenn das Frauli nächtelang Mörder verhört. Zum Schluss fürchtet sich der kleine Turrini zu Tode in Kälte und Finsternis? Im nächsten Moment muss die Gucki dann aber eh über sich selber lachen. Weil sie schon genauso deppert ist wie die depperten Weiber, die auf ihren Kindern draufhocken wie Bruthennen. Ihr Turrini-Burli ist ein erwachsener Hund, der wirklich einmal ein paar Stunden alleinbleiben kann, ohne dass er gleich ein Trauma kriegt!

Wie sie dann endlich daheim ankommt, merkt sie sofort, dass was nicht stimmt. Normalerweise hört sie ein freudiges Begrüßungsgebell, sobald sie die Autotür aufmacht. Ist der Turrini beleidigt, weil sie ihn so lang alleingelassen hat? Oder hat sich dieses Miststück unter dem Zaun durchgegraben und spielt jetzt mit den Hasen Nachlaufen? Dabei hat sie ihm doch seit seiner frühesten Kindheit eingeschärft, dass Graben entlang vom Zaun streng verboten ist. Hat einmal sogar über die ganze Zaunlänge Chilipulver gestreut: dass ihm das Graben ein für alle Mal vergeht. Hat ihr dann eine saftige Tierarztrechnung eingetragen. Weil der arme Turrini so viel Chili gefressen hat, dass er eine Darmlähmung gekriegt hat und nimmer scheißen hat können.

Rennt die Gucki also ins Haus hinein und dann gleich in den Garten, der hinter dem Haus liegt. Kein Turrini! Vielleicht hat er sich nur versteckt? Spielen ja öfter Verstecken, die zwei. Da versteckt sich dann einmal die Gucki hinter der Birke – und einmal der Turrini. Und der andere muss suchen. Aber heute ist kein Turrini da! Sucht die Gucki mit der Taschenlampe den ganzen Zaun ab: ob das Mistviech vielleicht einen Fluchtweg gegraben hat? Nein, hat er nicht. Ist eh ein braves Hundi! Zum Schluss ist die Gucki schon so verzweifelt, dass sie sich an einen jeden Strohhalm klammert: Vielleicht ist sie schon so dement, dass sie sich nur einbildet, dass sie den Turrini im Garten gelassen hat? Vielleicht war er eh die ganze Zeit drinnen und liegt brettelbreit in ihrem Bett?

Dort ist er aber genauso wenig wie in allen anderen Zimmern. Sogar am Klo schaut die Gucki nach! Im Kühlschrank sucht sie ihn dann aber doch nicht. Den Kühlschrank macht sie nur auf, weil dort gleich mehrere Flaschl *Freistädter Bier* drauf warten, dass sie wer trinkt. Wenn du wirklich nimmer weißt, wie es weitergehen soll, dann ist es sowieso am gescheitesten, du trinkst einmal ein Bier.

Wirkt auch sofort. Kaum hat die Gucki mit einem einzigen Zug das halberte Bierflaschl geleert, sticht ihr auch schon ein Briefkuvert ins Aug. Am Kuchltisch. Gehört da nicht hin! Genauso wenig wie der Strauß Schneerosen in einem Whiskeyglasl! Schon interessant: Wenn du ganz fest an was denkst – in dem Fall hat die Gucki an den Turrini gedacht –, dann bist du für alles andere blind.

„Mein Gott, war ich blind?“, zuckt es der Gucki durch den Schädel, wie sie den Brief aus dem Kuvert nimmt. „Wie hätt denn der grindige Mirko zu so einem noblen Briefpapier kommen sollen? Und zu so einem klaren Schriftbild?“

Muss sich die Gucki ordentlich zusammenreißen, dass sie nicht aus lauter Wut auf sich selber den Brief in tausend Fetzen zerreißt. Hat einen unverzeihlichen Fehler begangen, die Frau Hobby-Kommissarin. Hat sich voreilig auf einen Verdächtigen festgelegt und hat dabei den wirklichen Mörder komplett übersehen!

Jetzt kriegt sie die Rechnung für ihre Blödheit serviert. Diesmal nicht mit Kugelschreiber und mit verstellter Schrift, sondern mit einer erstklassigen Füllfeder und in einer wirklich eleganten Handschrift:

Sehr geehrte Frau Magister,
liebste Gucki!
Du bist bei mir eingebrochen – ich bei Dir – sind wir also quitt. Deine Haustür war übrigens nicht versperrt. Wenn ich Dir einen Rat geben darf: So vertrauensselig solltest Du in Zeiten wie diesen nicht sein!
Jetzt aber zu dem, was Dich am meisten interessiert: Deinem Turrini geht es gut! Macht gerade Urlaub in einer der schönsten Gegenden Österreichs und kommt schon bald wohlbehalten zurück.
Vorausgesetzt, Du berichtest in den Mühlviertler Nachrichten die Wahrheit – und nichts als die Wahrheit – über den Herrn Marković. Dass er seinen gutgläubigen Arbeitgeber ruchlos hintergangen und illegale Geschäfte mit Hunden gemacht hat. Dass er seine Mittäter aus Habgier kaltblütig ermordet hat. Dass er sich schließlich selber gerichtet hat.
Ich bin mir sicher, dass sich die Kriminalpolizei deiner Sichtweise anschließen und den Fall abschließen wird. Dann kommt auch der Turrini aus dem Urlaub zurück. Gibt es sozusagen ein Happy End für alle Beteiligten.
Mit herzlichen Grüßen
Dein verlässlicher Hundesitter

P.S. Wer weiß – vielleicht wird es sogar noch was mit uns beiden, wenn alles vorbei ist? Ich könnte mir eine Frau von Deinem Format durchaus an meiner Seite vorstellen. Nur beim Trinken solltest Du vielleicht etwas zurückhaltender sein!

„Verfickte Drecksau!“, presst die Gucki zwischen den Zähnen hervor. Und holt sich zu Fleiß noch ein Bier aus dem Kühlschrank. Bleibt auch nicht das letzte. Weil die Gucki die Nacht nicht im Bett, sondern am Kuchltisch verbringt. Wenn du dir verzweifelt das Hirn zermarterst, wie du einen Hunde-Kidnapper finden sollst, dann brauchst du keinen Schlaf!

Je öfter sie den Brief liest, umso bösartiger kommt er ihr vor. Kann man wirklich so zynisch sein – oder ist der Briefschreiber nur geisteskrank? Der kann doch nicht glauben, dass er so einfach davonkommt? Sobald sie den Turrini wieder in ihren Armen hat, weist sie ihm doch alle drei Morde locker nach?

Nein, so dumm ist die Drecksau sicher nicht! Die ganze Erpressung ist nur eine Hinhaltetaktik! Der will nur Zeit schinden: dass die Gucki nicht gleich alles ausplaudert! Früher oder später muss er sie genauso umbringen wie den Lajos, die Serena und den Mirko.

Was soll die Gucki jetzt machen? Die Kripo rufen? Interessant eigentlich! Das hat die Drecksau im Erpresserbrief mit keinem einzigen Wort erwähnt: dass die Gucki nicht die Polizei einschalten darf. Weil das Entführungsopfer sonst sofort stirbt. Ist doch eigentlich Standard, so eine Drohung! Warum hat dieser kranke Typ dann darauf verzichtet?

Die Antwort liegt eigentlich auf der Hand. Dieser Arschwichser weiß nur zu gut, dass die Gucki nie und nimmer nach der Polizei schreien wird. Erstens aus Sorge um den Turrini, zweitens aber, weil sie von der Polizei nix hält. Zu Recht. Ein Volltrottel wie der Rammer erwischt einen so einen raffinierten Mörder bis zum Jüngsten Gericht nicht. Muss sich die Gucki selber auf die Füße stellen!

Macht sie auch. Im Morgengrauen schreckt sie auf einmal in die Höhe. Neben ihr kein Turrini, sondern haufenweis leere Bierflaschl. Muss sie am Kuchltisch eingeschlafen sein. Dafür ist sie aber jetzt umso munterer!

Eine Stunde später sitzt sie auch schon geschnäuzt und gekampelt im Büro und schreibt genau das, was der Erpresser von ihr verlangt hat. Macht im Prinzip genau dasselbe wie der Herr von der Aue, nämlich Zeit schinden.

„Hast du leicht ein Date?", freut sich die Renate zu früh, wie sie ins Büro kommt.

Das hat es die ganzen siebzehn Jahre, die die Gucki jetzt bei den *Mühlviertler Nachrichten* ist, nicht gegeben: dass die Gucki um acht in der Früh schon im Büro gesessen ist. Und hergerichtet ist sie auch. Ist ja sogar geschminkt! Das Unglaublichste aber ist das: Die Gucki trinkt bei der Arbeit kein Bier, sondern einen Kaffee! Ist sie krank – oder geht sie heute auf Aufriss?

Weder – noch! Die Gucki hat Tränen in den Augen. Noch was, was in den letzten siebzehn Jahren praktisch nie vorgekommen ist. Eigentlich nur, wie der Turrini gestorben ist. In dem Moment fällt der Renate erst auf, dass der Turrini gar nicht da ist.

„Ist leicht was mit dem Turrini?"

„Entführt!", seufzt die Gucki. Und rotzt einmal ordentlich in die Tastatur.

Normalerweis tät da die Renate sofort einen Putzfetzen holen. Heute nicht. Heute nimmt sie die Gucki behutsam in den Arm und lässt sie flennen, soviel sie will. Mit Herzschmerz kennt sich die Renate nämlich aus. Hat ja nicht umsonst unzählige Liebesromane gelesen.

„Geht schon wieder!", sagt die Gucki dann irgendwann einmal.

„Wenn es am Lösegeld scheitert, kann ich mir ja einen Kredit auf meine Wohnung nehmen!", macht die Renate ein Angebot.

„Das ist das Lösegeld!", erklärt die Gucki und deutet auf ihren Computerbildschirm. „Die Unwahrheit ist das Lösegeld!"

„Wenn man mit der Unwahrheit einen Hund retten könnte, dann müssten die meisten Journalisten ein ganzes Hunderudel haben!", scheibt die Renate heraus. Und bringt damit die Gucki zum Lachen.

Trotzdem muss sie jetzt weitertun. Fehlt ja noch der Leitartikel, in dem sie auf die durch den jugoslawischen Bürgerkrieg zerrüttete Psyche vom Mirko eingehen muss. Aber kaum hat sie angefangen, läutet auch schon das Telefon. Hat sie erwartet. Eh klar, dass der kranke Typ wissen will, was sie schreibt. Was morgen in der Zeitung steht. Nur dass er von seinem eigenen Handy anruft, hätte sie nicht erwartet. Hat anscheinend nicht die geringste Angst, dass das Gespräch aufgezeichnet werden könnte. Wird es aber.

„Wurm, *Mühlviertler Nachrichten*!“, meldet sich die Gucki mit belegter Stimme.

„Meine Verehrung, liebste Gucki!“

„Sie haben sich leider in mir geirrt, Herr von Aue. Haben Sie wirklich geglaubt, ich lasse mich wegen einem Hund erpressen? Natürlich wächst einem so ein Viech ans Herz. Trotzdem ist von Anfang an klar, dass ein Hund nicht ewig lebt. Ein Spitz wird höchstens zwölf Jahre. Muss man sich sowieso irgendwann einmal einen neuen zulegen.“

Hat sich die Gucki gut überlegt, diesen Text. Gestern in der Nacht, beim zehnten Bier. Auch das, dass sie den Wickerl mit seinem Familiennamen anredet, ist kein Zufall. Soll ihre emotionale Distanz zum Ausdruck bringen. Und? Funktioniert er, der Bluff?

„Der Turrini und ich sind grad auf einem wunderschönen Berg und schauen auf einen wunderschönen See hinunter. In meiner Hand hab ich ein wunderschönes Jagdgewehr. Geladen. Nur entsichern muss ich es noch!“, sagt der Herr von der Aue mit so einer zuckersüßen Stimme, wie wenn er einem Kind ein Märchen erzählen tät. Dann hört man wirklich ein metallisches Klicken.

„Ich will ein Lebenszeichen vom Turrini!“, sagt die Gucki schnell. Wenn sie jemandem alles zutraut, dann diesem kranken Arsch!

„Soll ich ihn prügeln, bis er ins Handy winselt?"

„Sie machen ein Foto mit Datum und Uhrzeit und schicken mir das als Mail!", erklärt die Gucki. Und gibt ihre Mail-Adresse durch.

Wirklich! Eine Minute später schaut sie der Turrini treuherzig an. Ist anscheinend wirklich auf einem Berggipfel: ringsherum nur Himmel und Wolken. Sprich: kein bisserl ein Anhaltspunkt, auf welchem Berg die zwei grad sind!

„Gut!", sagt die Gucki, wie der Herr von der Aue wieder anruft. „Ich akzeptiere ihre Bedingung. Morgen steht in den *Mühlviertler Nachrichten*, dass der Mirko Marković ein Doppelmörder ist und sich dann erhängt hat. Wann krieg ich den Hund?"

„Wie gesagt: wenn Gras über die Sache gewachsen ist. Bis dahin wird der Hund bestens gefüttert. Und Gassi gehen wir auch. Ist mir direkt schon ans Herz gewachsen, der kleine Turrini. Wie sein charmantes Frauerl!"

So, jetzt sind wir also endlich dort angelangt, wo wir schon einmal waren. Wo die Gucki vom *Sie* ins *Du* übergeht – praktisch vom *Herrn von der Aue* zum *Arschloch* – und den feigen Kidnapper fragt: „Bist du krank im Hirn?" Und sich dann auch noch zu einer gefährlichen Drohung hinreißen lässt: „Wenn du dem Turrini auch nur ein Haar krümmst, dann schneid ich dir eigenhändig die Eier ab, du Drecksau, du elendige!" Damit ist das Telefongespräch beendet.

Eine Minute später bereut die Gucki ihren Wutausbruch eh schon wieder. Aber da ist es zu spät! Der

Herr von der Aue hat sein Handy ausgeschaltet. Lässt die Gucki allein zurück. Mit ihrer ganze Reue. Mit ihrer ganzen Angst. Mit ihrer ganzen Verzweiflung.

XVII

„Spinnst du jetzt komplett?" ist alles andere als ein Kompliment. Weil *spinnen* im heutigen Sprachgebrauch *verrückt-sein* bedeutet. Ursprünglich war *spinnen* eine der wichtigsten Erfindungen in der Geschichte der Menschheit. Nämlich: aus formloser Wolle einen formvollendeten Faden zu fabrizieren. Ohne diese Errungenschaft täten wir alle noch immer in Leder und Fell herumrennen. Da hätten die Tierschützer garantiert keine Freude! Aber das ist nebensächlich. Was mich wirklich interessiert, ist: Wie hat aus der Kulturtechnik *Spinnen* das Schimpfwort *spinnen* werden können?

Und wenn Ihr mich derschlagt's – ich weiß es nicht! Was ich da schon herumgefragt hab? Nicht einmal die eingefleischtesten Wirtshaussitzer haben mir das sagen können. Obwohl die sonst alles wissen. Weil man ja in Wirtshäusern mehr lernt als in einer jeden Universität. Aber nicht einmal die haben da eine Antwort gewusst.

Kann ich also höchstens mit einer Theorie aufwarten. Übernimm aber keine Verantwortung für die Richtigkeit. Ist ja das Wesentliche an einer Theorie, dass sie stimmen kann – oder auch nicht. Also: meine Theorie! Spinnen war immer eine Arbeit, die von Frauen gemacht worden ist. Und Frauen können manchmal schon ordentlich spinnen. Also *spinnen* im Sinn von *narrisch-sein* oder *ungut-sein* oder beides.

„Ja, spinnt der eh schon komplett?“, hör ich da einen empörten Aufschrei. Eindeutig eine Frau! „Da ist die arme Gucki grad völlig verzweifelt – und der Spinner kommt mit einer depperten Theorie daher? Noch dazu mit einer frauenfeindlichen! Dabei wollen wir doch wissen, wie es jetzt weitergeht mit der Gucki!“

„Bitte!“, sag ich da. „Von mir aus! Dann müsst’s ihr aber noch ziemlich lang warten, bis der Oberstleutnant Rammer auftritt und die Gucki fragt: *Spinnst du jetzt komplett?*“

Also – wo sind wir stehengeblieben? In der Redaktion der Mühlviertler Nachrichten. Der Gucki bleibt nix anderes über als fleißig zu spinnen: Aus dem bisserl, was sie über den Mirko weiß, spinnt sie einen Leitartikel mit einem wunderschönen roten Faden. Wie aus einem vaterlosen Kind der serbischen Nachbürgerkriegszeit ein brutaler Hundetrainer, ein krimineller Hundehändler, schließlich ein Doppelmörder und endlich ein Selbstmörder geworden ist. Wirkt so überzeugend, die Geschichte, dass sie die Gucki selber fast glaubt. Aber nur fast!

Hat außerdem was Besseres zu tun. Den Karli anrufen nämlich! Der Karli ist ihre einzige Chance. Wenn der Kidnapper irgendwann wieder einmal sein Handy einschaltet, dann kann er geortet werden. Braucht der Karli nur eine richterliche Verfügung für eine Handy-Überwachung besorgen. Das ist er ihr schuldig! Immerhin hat sie seine Ehe gerettet. Dass sie es nur der Sybille zuliebe gemacht hat, braucht sie ja nicht dazusagen.

Hat aber wirklich ein Pech, die Gucki! Gerade wegen der geretteten Ehe ist der Karli nicht erreichbar. „Bin bis 13. März auf Familienurlaub in Paris!“, heißt es da. Bei den anderen Familienmitgliedern geht es der Gucki auch nicht besser. Nur dass es auf der Sybille ihrer Mailbox statt *in Paris* ganz romantisch *in der Stadt der Liebe* heißt, bei der kleinen Gucki aber *im Euro-Disneyland.*

Probiert es die Gucki halt beim Mattsi. Der schwänzt wieder einmal die Schule und ist daher problemlos erreichbar. Der Fidel Castro und er sitzen in einer Kondi und verputzen grad jeder eine Cremeschnitte. Täten den Turrini und die Gucki auch auf eine einladen.

Kommen der Gucki fast die Tränen, wie sie *Turrini* hört. Reißt sich aber eh zusammen. Einer fünfundfünfzigjährigen Sekretärin kann man vielleicht was vorflennen, aber doch nicht einem siebzehnjährigen Liebhaber! Kommt also gleich zur Sache: „Kannst du mit deinem Computer ein Handy orten?“

„Da müsst ich mich in den Rechner vom Netzbetreiber hineinhacken können. Kann ich aber nicht. Bin zu alt dafür. Müsst ich heut nach der Schule einen Dritt- oder Viertklassler fragen. Das sind die echten Computer-Freaks!“

Gibt die Gucki dem Mattsi also die Handynummer vom Kidnapper durch und wünscht weiterhin ein fröhliches Cremeschnitten-Schmausen.

Als nächstes steht eine österreichweite Fahndung nach dem *Land Rover Defender* vom Entführer auf der Gucki ihrer Liste. Weiß auch schon, wen sie da anrufen muss.

„Der Bertl ist da! Also der Bundesrat Adalbert Holzinger! Was kann ich für Sie tun?“

„Eh nur eine Kleinigkeit, Bertl! Sag einmal, wie gut kennst du eigentlich den Innenminister?“

„Nur aus dem Fernsehen. Nein, wart! Einmal hab ich ihn sogar in echt gesehen. Bei irgendeinem Parteitag. Aber auch nur von der weiten!“

„Kannst du den um eine Gefälligkeit bitten?“

„Können schon. Aber du kennst ihn doch eh! Der hört mir doch nicht einmal zu! Für den bin ich doch nur irgendein Provinzdepp!“

„Kennst du irgendwen im Landespolizeikommando, der dir helfen tät?“

„Ui je! Da schaut es ganz schlecht aus! Der Landespolizeikommandant hat mir gestern ein böses E-Mail geschickt, weil ich angeblich mit meinen Hotzenplotz-Märschen die Kompetenz der Polizei in Frage stell.“

Bedankt sich die Gucki trotzdem und lässt sogar dem Hotzenplotz schöne Grüße ausrichten. Aber dann klappt sie zusammen. Jetzt weiß sie wirklich nimmer, was sie noch tun könnt! Ist schon schwer in Versuchung, dass sie sich einfach ein bisserl ansauft – da kommt ihr auf einmal eine Idee. Dass sie da nicht schon früher draufgekommen ist?

Und schon sitzt sie im VW-Burschi und jagt mit 120 km/h den Stadtberg hinauf. Schneller sollte man im Ortsgebiet wirklich nicht fahren! Bricht eh schon in einer jeden Kurve das Heck aus. Wirklich kriminell! Aber der Gucki rennt die Zeit davon. Morgen erscheinen die *Mühlviertler Nachrichten*. Hat der Kidnapper, was er will. Warum sollte er dann noch länger seine kostbare Zeit mit Gassigehen verschwenden?

Kann die Gucki nur hoffen, dass die Erpresser-Drecksau noch was anderes von ihr will. Aber was? Geld kann er haben! Sie hat zwar nicht einmal ein Sparbuch, sondern nur ein chronisch überzogenes Konto, aber einen Hypothekarkredit auf ihr Haus kriegt sie vermutlich ohne Umstände. Nur: Ob ihm das genügt? Besonders bescheiden hat er auf sie ja nicht gewirkt, der Herr von der Aue.

Oder will er sie in seine kriminellen Geschäfte einspannen? Praktisch statt dem Mirko – nur dass er ihr nix zahlen braucht? Kann sie sich aber nicht recht vorstellen: Sie als Verkäuferin illegaler Hundebabys – oder gar als Trainerin für Killerhunde?

Vielleicht will er sie aber auch nur ins Bett kriegen, der Arschwichser? Tät der Gucki sogar gefallen. Wenn diese perverse Sau wirklich so deppert ist, dann hat sie ihn bei den Eiern! Dann prügelt sie den Aufenthaltsort vom Turrini aus ihm heraus. Und wenn er nicht gleich die Pappen aufmacht, dann schneidet sie ihm alle fünf Minuten einen Finger ab. Und im Notfall auch den Schwanz!

Gell, das hättet's ihr der Gucki nicht zugetraut? So ein fröhlicher und herzlicher Mensch – und dann hat sie auf einmal ärgere Gewaltphantasien wie jeder Kriegsverbrecher? Gibt aber schon einen Unterschied: Ein normaler Sadist macht das ganze aus Spaß an der Freud – die Gucki tät es ja nur aus Liebe machen. Aus Liebe zum Turrini!

Jetzt muss sich die Gucki sowieso von ihrer Hirnwichserei verabschieden. Jetzt braucht sie einen kühlen Kopf. Ist ja schon beim *Abendfrieden* angekommen. Abgesehen vom Rammer seinem Totalschaden-*BMW* kein einziges Auto. Für die Tatort-Versiegelungsbänder braucht die Gucki nicht einmal ein Messer. Reißen eh gleich, wenn man die Tür aufmacht.

Warum ist die Gucki jetzt mit Vollgas zum *Abendfrieden* gerast? Aus einem ganz einem einfachen Grund! Ein Hund kann spurlos verschwinden. Sieht man ja am Turrini. Aber ein Mensch – ein Mensch kann nicht so einfach verschwinden. Hinterlässt immer eine Spur!

Hofft die Gucki zumindest. Irgendwo in diesem Haus muss es doch einen Hinweis geben, wo der Hausherr hinwollen hat. Ein dreifacher Mörder und Hunde-Kidnapper ist mit Sicherheit keiner, der auf gut Glück wo hinfährt. Ist einer, der alles ganz genau plant. Hat die Gucki ja am eigenen Leib erfahren. Da bestellt er sie im Namen vom Mirko in den *Abendfrieden*, damit der in aller Ruhe den Turrini kidnappen kann. Und dann hetzt er ihr auch noch den Rammer auf den Hals, die Drecksau, die hinterlistige!

Aber fluchen hilft der Gucki jetzt auch nicht weiter – suchen muss sie! Nur wo? Fangt sie halt einmal mit dem Arbeitszimmer an. Allerfeinstes Biedermeier! Wahrscheinlich hat das Arbeitszimmer vom Grillparzer auch nicht viel anders ausgeschaut. Heißt aber: unzählige Aktenschränke mit unzähligen Fächern. Sprich: Nadel im Heuhaufen dagegen ein Schas! Außerdem weiß die Gucki eigentlich gar nicht, was sie suchen soll. Einen Hinweis auf den Aufenthaltsort vom Turrini – das ist klar! Nur: Wie soll der ausschauen, der Hinweis? Kann alles Mögliche sein. Ein Prospekt von einem Fremdenverkehrsort im Gebirge wär der Gucki am liebsten. Ist aber nirgendwo. Obwohl sie sogar im Papierkorb herumstierlt.

Wie die Gucki grad in der Küche auf allen Vieren die Altpapierkiste durchwühlt, hört sie auf einmal in ihrem Rücken ein zartes metallisches Klirren. Hat sie der kranke Typ schon wieder ausgetrickst? Während sie glaubt, er versteckt sich irgendwo im Gebirge, lauert er ihr im *Abendfrieden* auf?

Jetzt muss die Gucki schnell sein! Wird sich auf ihre Stöckelschuhe verlassen müssen. Obwohl sie zwei Taschenmesser und eine Pistole eingesteckt hat. Nur: Bis sie in die Jackentasche gegriffen hat, hat ihr der Mörder längst die Kette um den Hals gelegt. Übung hat er ja. Wär ja schon sein vierter Mord.

Passiert aber ganz was anderes. Hätt die Gucki am allerwenigsten erwartet. Der Mörder greift ihr auf den Arsch, der noch dazu in einem ziemlich kurzen schwarzen Minirock steckt. Die Gucki kommt heute ja ganz in Schwarz daher. Inklusive Unterwäsche! Erstens wegen dem Partnerlook mit dem Turrini, zweitens aber kannst du mit einem leicht nuttigen Outfit die allermeisten Männer ziemlich hilfsbereit stimmen. Und Hilfe wird sie wahrscheinlich brauchen, wenn sie den Turrini finden will.

Der Mörder greift der Gucki also auf den Arsch. Aber nicht brutal, sondern – das kann man gar nicht anders sagen: zärtlich. Ist ja noch perverser! Die Gucki wirbelt herum, zieht die Haxen an und will schon dem Mörder den Stöckel von einem Stöckelschuh in die Eier rammen – da trifft sie ein treuherziger Blick mitten ins Herz: der arme Dynamit! Ist schon wieder mutterseelenallein zurückgeblieben und hat natürlich das Frauli mit den zehn Knackwürsten sofort erkannt. Schleckt ihr aus lauter Wiedersehensfreude eifrig das Gesicht ab.

Jetzt weiß die Gucki auch, wo das Klirren hergekommen ist. Der Dynamit hat statt einem Halsband eine Kette um den Hals. Nimmt sie ihm aber eh gleich ab. Dann marschiert sie ins Schlafzimmer, kürzt einen Schlangenledergürtel vom Herrn von der Aue auf Halsbandlänge und bohrt mit der Ahle von ihrem Schweizer Messer neue Löcher hinein. Steht dem Dynamit wirklich gut. Zum Schluss plündern die zwei dann noch den Kühlschrank. Sind ja eh schon halbert verhungert.

Mitten in diese traute Zweisamkeit platzt auf einmal ein ungebetener Gast. Der Dynamit ist anscheinend ein Wachhund der Sonderklasse. Verliert schlagartig sein Interesse am Parmaschinken, stellt die Nackenhaare auf und knurrt leise, dafür aber umso bedrohlicher. Das macht er bestimmt nicht zur Gaudi. Kommt also irgendwer! Nur: wer?

Die Gucki hofft auf den Kidnapper. Es kommt aber leider kein grüner *Land Rover* daher, sondern ein schwarzer *Škoda*. Und aussteigen tut akkurat der Rammer. Wird allein schon wegen dem minderwertigen Dienstauto fuchsteufelswild sein und die Gucki auf der Stelle festnehmen. Kann sich die Gucki aber nicht leisten. Bis sie wieder auf freiem Fuß ist, ist der Turrini zum Schluss schon verscharrt. Wird sie dem Rammer was vorspielen müssen. Nur: Wie soll sie ihre Rolle anlegen? Als herziges Mäderl mit Bitten und Betteln – oder als verlockendes Sexualobjekt?

Zupft die Gucki ihren ohnehin kurzen Rock also noch eine Spur hinauf, macht die Haustür auf und lehnt sich mit einem perfekten Hüftschwung an den Türstock.

„Haben wir leicht ein Date, Otto?", fragt sie neckisch.

Der Oberstleutnant Rammer, der grad noch todtraurig seinen Totalschaden-*BMW* betrachtet hat – vielleicht hat er dabei sogar *Ich hatt' einen Kameraden* gesummt –, der Rammer wirbelt also herum und steht dann mindestens so kampfbereit da wie ein Rottweiler. Nur dass ein Hund halt keine Pistole in der Pfote halten kann.

„So zum Schrecken bin ich dann auch wieder nicht!", sagt die Gucki kopfschüttelnd. Aber nicht beleidigt, sondern mehr so anzüglich. Zieht jetzt sorgfältig einen Strumpf nach dem anderen hoch und befestigt ihn umständlich am Strumpfhalter.

Der Rammer steht stocksteif da und schaut die Gucki wie hypnotisiert an. Wie ein Hund einen Knochen. Aber schon einen Knochen mit hübsch viel Fleisch dran. Und an den richtigen Stellen noch dazu! Nur dass der Herr Oberstleutnant nicht so blöd ist wie ein

Hundsviech. Hat sofort überrissen, dass ihn die Serienmörderin in eine Falle locken will. Mit nacktem Fleisch als Köder!

Legt also mit beiden Händen auf die Gucki an und sagt heiser: „Hände über den Kopf! Und niederknien!"

Jetzt hat die Gucki eh schon von Haus aus einen ordentlichen Busen. Aber mit den Händen über dem Kopf wirkt der natürlich gleich noch einmal so üppig. Praktisch schon waffenscheinpflichtig! Sticht dem Rammer so ins Aug, dass ihm fast die Tränen kommen.

„Niederknien tu ich mich sicher nicht!", sagt die Gucki jetzt energisch. „Glaubst, ich ruinier mir meine Seidenstrümpfe? Weißt du überhaupt, was die kosten?"

„Nein!", sagt der Rammer. Weil er es wirklich nicht weiß. Und weil er außerdem im Innersten seines Herzens weiß, dass seine Traumfrau nie und nimmer eine Serienmörderin sein kann. Eine boshafte Krot ist sie schon, und eine elendige Schlampen ist sie auch, aber eine Mörderin – eine Mörderin ist sie keine! Kann er die Glock also wieder einstecken und sich ganz auf seine schmerzhafte Erektion konzentrieren.

„Jetzt hast du dir meinen Busen aber wirklich lang genug angeschaut, Otto!", sagt die Gucki , nimmt die Arme herunter und schüttelt sie aus. Dann geht sie auch schon geschmeidig wie eine Raubkatze auf den Rammer zu, zieht ihre Lederjacke aus, bastelt daraus eine Art Polster und geht jetzt tatsächlich vor dem Herrn Oberstleutnant auf die Knie.

„Was willst du denn von mir?", fragt der Rammer ganz verdattert.

„Nach was schaut es denn aus?“, fragt die Gucki zurück und macht schon einmal dem Rammer seine Gürtelschnalle auf.

„Du willst doch sicher von mir irgendeine Gegenleistung – oder?“

„Für dich nur eine Kleinigkeit!“, beruhigt ihn die Gucki. Und macht den Hosenknopf auf.

„Und was?“

„Eh nur eine Handy-Peilung und eine Fahndung nach einem Pkw!“, sagt die Gucki und macht dabei ganz langsam den Reißverschluss auf. Und greift ganz vorsichtig in den Hosenschlitz.

Jetzt sind wir endlich dort, wo wir die ganze Zeit hinwollten. Damit mein ich aber nicht dem Rammer seinen Hosenschlitz, sondern dem Rammer seine Frage. „Spinnst du jetzt komplett?“, fragt der Rammer nämlich. Wartet aber nicht auf eine Antwort, sondern rennt mit offenem Hosenschlitz zu seinem *Škoda* und gibt Gas, wie wenn der Teufel hinter ihm her wär.

Erst wie sich sein Schwanz halbwegs beruhigt hat, kann er wieder klar denken: „War das jetzt *Versuchte Beamtenbestechung* oder nur *Sexuelle Belästigung eines Beamten im Dienst*?“

XVIII

„Bist du hin in der Birn?“ muss ich zuerst einmal übersetzen. Sonst kennen sich die Nicht-Mühlviertler wieder einmal nicht aus und beschweren sich zum Schluss noch bei mir.

Also: *Hin* ist ein Eigenschaftswort und heißt im Zusammenhang mit einem Lebewesen *tot*. Zum Beispiel: *Die Kuh ist hin* heißt, dass man nimmer den Tierarzt rufen braucht. In unserem Fall – also in Verbindung mit einem Ding – heißt *hin* aber nicht *tot*, sondern *kaputt*. *Birn* ist leichter erklärt. Damit ist im Mühlviertel der menschliche Kopf gemeint. Wegen seiner Ähnlichkeit mit einer Birne. Aber nicht, dass jetzt wer glaubt, dass die Leute im Mühlviertel alle einen Schädel wie eine Birne haben! Gemeint ist damit nur, dass der menschliche Schädel genauso verletzlich ist wie eine reife Birne.

„Bist du hin in der Birn?“ könnte man demzufolge am ehesten so übersetzten: „Ist dein Kopf kaputt?“

Warum fragt dann die Mercedes jetzt die Gucki: „Bist du hin in der Birn?“ Weiß doch genau, dass ihre neue Freundin das genaue Gegenteil von *hin in der Birn* ist – eine blitzgescheite Frau nämlich!

Na, weil sie sich Sorgen macht um die Gucki! Da hat dieser Mörder eh schon dreimal bewiesen, dass er sein Handwerk beherrscht – und dann will es die Gucki ganz allein mit ihm aufnehmen?

„Halt! Stopp! Aus!", wird da jetzt lautstark geschrien werden. „Da ist doch ein Denkfehler in der Geschichte: Die Gucki weiß ja gar nicht, wo sie diesen Herrn von der Aue suchen soll! Geschweige denn, wo er ist!"

Wo er ist, weiß die Gucki wirklich nicht. Wo sie ihn suchen soll – das weiß sie aber sehr wohl! Weil der Mattsi angerufen hat. Mein Gott, ist das ein braver Bub! Im Bett muss er vielleicht noch ein bisserl was dazulernen, aber mit dem Computer kennt er sich wirklich aus. Hat heute wieder einmal die Schule geschwänzt und hat sich dafür in den Rechner vom Finanzamt Freistadt hineingehackt. Hat den Steuerbescheid vom Herrn von der Aue unter die Lupe genommen. Wirklich interessant, was er da gefunden hat!

Die Hundepension *Abendfrieden* hat im Steuerjahr 2016 keine Einkünfte gehabt und daher auch keine Steuern gezahlt. Dafür hat der Herr von der Aue in diesem Jahr gleich zwei Immobilien geerbt. Eine Eigentumswohnung in Wien und ein Jagdhaus in Bad Aussee.

„Bis auf ein bisserl Grunderwerbssteuer steuerfrei!", sagt der Mattsi extra dazu. „Weil die Erbschaftssteuer ja abgeschafft ist."

„Bist wirklich ein braver Kommunisten-Lehrbub! Wenn du so weitertust, wirst du eines Tages noch der erste KPÖ-Bürgermeister von Freistadt!", hätte die Gucki normalerweise gesagt.

Jetzt nicht! Jetzt ist auch nicht *normalerweise*. Jetzt ist Jubel angesagt! Weil die Gucki jetzt endlich weiß, wo sie den Turrini suchen muss. In Bad Aussee nämlich!

Drum verabschiedet sie sich ziemlich abrupt vom Hacker ihres Vertrauens. Der hätte sich zwar schon ein bisserl eine Belohnung verdient. In Form von nackter Haut – zum Beispiel. Kriegt er ja eh, der Mattsi! Aber nicht jetzt. Jetzt muss die Gucki nach Aussee!

Hat eh lang genug gewartet. Den ganzen Tag ist sie im Büro blöd herumgesessen und hat auf ein Lebenszeichen vom Turrini gewartet. Hat sogar die Renate mit dem Dynamit Gassi gehen müssen – nur dass die Gucki ja keinen Anruf verpasst.

Und was war? Alle möglichen Trottel haben heute angerufen – nur der Kidnapper nicht! Dabei hätte er sich eigentlich bedanken müssen für der Gucki ihre Geschichte über die *Serbische Bestie*. Reißerischer hätte das auch die *Kronen Zeitung* nimmer hingebracht!

Aber nein, der geschissene Kidnapper ruft nicht und nicht an! Hat auch die Mailbox nicht eingeschaltet. Hundertmal hat es die Gucki probiert. Und was war? Nix war!

Aber jetzt ist sie da, die Chance! Am liebsten wär die Gucki auf der Stelle nach Aussee gerast. Geht aber nicht! Sie kann ja den armen Dynamit nicht schon wieder in ein Tierheim stecken. Und der Renate kann sie ihn auch nicht dalassen. Die hat der Dynamit heute eh schon an den Rand eines Nervenzusammenbruches gebracht. Hat sie beim Gassigehen kreuz und quer durch Freistadt gezerrt. Nur: Wem kann man denn überhaupt einen energiegeladenen und extrem liebesbedürftigen Rottweiler andrehen?

Das war nämlich so: Ist die Gucki blöd dagestanden. Besser gesagt: blöd dagekniet. Wie der Rammer die Flucht ergriffen hat. Gestern war das. Ist sie vor dem *Abendfrieden* gekniet und hat nicht ein und nicht aus gewusst. Ist auf einmal der Dynamit neben ihr gestanden. Obwohl sie ihm eingeschärft hat, dass er im Haus bleiben und *Sitz* machen muss. Wird ihm halt fad geworden sein. Wird er sich halt gedacht haben: „Geb ich dem neuen Frauli lieber ein Bussi!“. Hat der Gucki mit so einer Begeisterung das Gesicht abgeschleckt, dass sie vor lauter Lachen umgefallen ist. Sind zwar nicht die Seidenstrümpfe kaputt geworden, dafür aber das andere Gewand dreckig. War der Gucki komplett wurscht. Hat ja eh nix genutzt, dass sie sich auf Sexualobjekt hergerichtet hat!

Im Nachhinein denkt die Gucki jetzt schon darüber nach, ob sie dem Rammer wirklich einen geblasen hätt. Und kommt ziemlich schnell zur Antwort: „Ja, sicher! Für den Turrini hätt ich alles getan! Für eine Handypeilung und eine Kfz-Fahndung hätt der Rammer alles von mir haben können! Und wenn er verlangt hätt, dass ich ihm nachher seine Lieblingsspeis koch, hätt ich das auch noch gemacht!“

„So ein feiger Hund!“, sagt die Gucki zum Dynamit. „Nicht du, sondern der Rammer!“ Muss jetzt unbedingt mit wem reden. Und außer dem Dynamit ist halt keiner da. Außerdem ist er eh ein wirklich ein aufmerksamer Zuhörer. „Da zerreißt es dem Rammer eh schon die Hosen – und dann zieht er im letzten Moment den Schwanz ein?“

Ärgert sich grün und blau, die Gucki. Dass aus dem Geschäft mit dem Rammer nix geworden ist. Wenn du eh schon die harte Währung *Sex* anbietest – noch dazu *in bar*, dann machst du dir natürlich echte Hoffnungen, dass du die Ware *Information* auch kriegst. Weil die Gucki bei ihrem Verkaufsgespräch aber keinen Fehler gemacht hat, kann nur der Rammer schuld sein: „So ein feiger Hund!"

Da tut sie dem Rammer aber Unrecht. Natürlich war bei der Szene, die wir da vor dem *Abendfrieden* erlebt haben, auch ein bisserl Feigheit dabei. Aber nicht nur! Der Rammer hätte nicht die geringsten Skrupel gehabt, seine berufliche Position für private Zwecke auszunutzen. Hat er schon oft genug gemacht. Der Rammer hätte höchstens Skrupel gehabt, der Gucki seinen Schwanz auszuliefern. Praktisch wehrlos! Bei so einem Weib weißt du nie, was ihr einfallt! Hat sicher alle möglichen guten Eigenschaften, die Gucki. Nur Zärtlichkeit – Zärtlichkeit gehört da sicher nicht dazu!

Die ärgsten Skrupel hat der Rammer aber aus einem Grund gehabt, der so lächerlich ist, dass sich der Rammer streng verboten hat, auch nur daran zu denken. Nur deswegen ist er auf und davon: weil er die Gucki liebt! Schon seit Jahren! Weil er sie sogar heiraten will! Auch schon seit Jahren! Obwohl ihn die Gucki immer nur pflanzt und immer nur anstänkert. Das aber schon seit Jahrzehnten!

Wir sind noch immer vor dem *Abendfrieden*. Die Gucki weiß noch immer nicht, wie es weitergehen soll. Am liebsten tät sie weinen. Geht aber nicht, weil sie jetzt mit dem armen Dynamit Gassi gehen muss. War ja tagelang eingesperrt, der arme Hund!

Nach einem ausgedehnten Spaziergang inklusive Stockerlschmeißen, Wettrennen und ein bisserl Raufen schaut die Welt schon wieder anders aus. Die Gucki bringt es nimmer übers Herz, den Dynamit in ein Tierheim zu stecken. Muss sie ihm einen guten Platz suchen. Vielleicht nimmt ihn die Mercedes? Aber heute darf er bei der Gucki bleiben. Dass er nicht so allein ist. Und dass die Gucki nicht so allein ist.

Dabei ist die Gucki an einem Dienstagabend eh nie allein. Weil da in der *Meierhansl-Hütte* tarockiert wird. Tatsächlich: Punkt acht sitzt der Dynamit neben der Gucki auf der Bank und schaut aufmerksam die Tarockkarten an. Weil er aber im Sitzen einen halben Kopf größer ist als ein Mensch, kann er den anderen Spielern in die Karten schauen und der Gucki alles verraten. Das behaupten zumindest der Gucki ihre Tarock-Spielkameraden. Weil die Gucki an dem Abend ununterbrochen gewinnt. Eh klar, dass sie dem Dynamit für seine Mitarbeit das eine oder andere Bier spendiert. Wird es wieder einmal ziemlich spät.

Drum hat die Gucki ja beim Aufwachen im ersten Moment sogar geglaubt, der Turrini ist da. Hat aber dann schnell gemerkt, dass neben ihr kein flauschiger Spitz im Bett liegt, sondern ein ausgewachsener Rottweiler. Dass er aus dem Maul nach Bier gestunken hat, hat sie nicht gestört. Ist sie ja eh vom Turrini gewohnt. Was sie nicht gewohnt war, ist, dass ein Hund so viel frisst. Der Dynamit hat zum Frühstück eine ganze Wochenration vom Turrini verschlungen und hat dann immer noch hungrig ausgeschaut. Nutzt aber nix – die Gucki muss dringend ins Büro!

Und dann hat die Warterei angefangen. Das hab ich aber eh schon Länge mal Breite erzählt. Genauso wie die Geschichte von den ganzen Deppen, die die Gucki ununterbrochen angerufen haben. Obwohl sie eigentlich nur auf einen Anruf vom Kidnapper gewartet hat.

Ein Telefongespräch muss ich aber trotzdem erwähnen. Weil es dem Anrufer gelungen ist, die Gucki trotz ihrer Nervosität und trotz ihrer Angst zum Lachen zu bringen. Eh klar, dass es da nur einen geben kann, der dieses Kunststück zusammenbringt!

„Wurm, *Mühlviertler Nachrichten*!"

„Servus, Gucki! I bin's, der Bertl!"

„Welcher Bertl?", will die Gucki wissen. Will nur Zeit schinden. Hat den Herrn Bundesrat eh gleich erkannt. Weil er immer so optimistisch klingt, wie wenn man ihm Stimmbänder der Marke *Extrem positives Denken* implantiert hätt. Oder wie wenn er schon zum Frühstück ziemlich illegale Drogen konsumieren tät. Der Gucki ist natürlich gleich die saudepperte Rede eingefallen, die sie für den Bertl geschrieben hat. Wenn er die wirklich gehalten hat, wird er nimmer lang im Bundesrat sitzen. Wird er sich womöglich bei seiner Redenschreiberin beschweren wollen?

Aber nein, der Bertl beschwert sich nicht – der Bertl bedankt sich: „Ich bin's, das Herrli vom Hotzenplotz! Recht einen schönen Dank für die superne Feministen-Rede!“

„Haben dich deine Kolleginnen nicht mit faulen Eiern beworfen?“, wundert sich die Gucki.

„Die Weiber haben schon ein bisserl auf mich gesponnen. Aber die Männer haben alle fest gelacht. Und die sind im Bundesrat halt einmal die Mehrheit. Drum sind der Hotzenplotz und ich heute in allen Zeitungen. Mit Foto! Und alle loben meine Rede. Hoff ich zumindest! Weil alles, was in den Zeitungen gestanden ist, hab ich dann doch nicht verstanden. Ich mein: *humoristisch* – das ist eh klar. Heißt, dass es eine Gaudi war. Aber andere Wörter machen mir Kopfzerbrechen. Was heißt denn *ironisch*? Oder *satirisch*? Oder *sarkastisch*?

Da muss jetzt die Gucki die Sprechmuschel von ihrem Telefonhörer schnell zuhalten. Weil sie trotz ihrem ganzen Kummer so lachen muss, dass sie nimmer weiterreden kann. Dauert eine Weile, bis sie sich wieder derfangen hat.

„Bravo, Bertl! Wenn du so weitertust, wirst du zum Schluss noch Frauenminister!“

„Das hat der Sekretär vom Herrn Landeshauptmann auch gesagt. Wie er mich angerufen hat. Eh grad. Vor zehn Minuten. Auf jeden Fall hat er mir versprochen, dass ich nach der nächsten Wahl mein Nationalratsmandat in der Taschen hab.“

„Gratuliere!“

„Danke! Du, Gucki --? Darf ich dich was fragen?“

„Von mir aus!“

„Also: Liebe Gucki! Als Nationalrat verdien ich um einiges besser – könnt ich mir eigentlich eine Familie leisten. Hab ich mir also gedacht: Du und ich -- ich und du --."

„Du, Bertl, ich hab grad einen wichtigen Anruf auf der anderen Leitung!", lügt die Gucki und legt schnell auf. Auf einen Heiratsantrag vom Bertl kann sie ruhig verzichten.

Nicht so die Renate! Wie ihr die Gucki das mit dem Antrag erzählt, ist sie schwer enttäuscht: „Ich weiß nicht, was du gegen den Herrn Bundesrat hast? Fünf Zentimeter größer als du ist er, acht Jahre jünger als du ist er auch. Vor allem aber ist er so viel dümmer als du, dass du mit ihm machen kannst, was du willst!"

So gesehen hat sie nicht einmal ganz Unrecht. Ist überhaupt ein Schatz, die Renate. Murrt kein bisserl, dass sie bis auf weiteres die ganze Arbeit von der Gucki machen muss. Weil die ab morgen auf Urlaub ist. Auf unbestimmte Zeit. So lang sie halt braucht, bis sie den Turrini befreit hat.

Fährt die Gucki also am schnellsten Weg heim und packt: warme Unterwäsche, warme Strumpfhosen, dicke Socken. Bergschuhe, Anorak, zwei Taschenmesser, eine Pistole. Was man halt so braucht für einen Urlaub im Gebirge!

Jetzt muss die Gucki nur noch einen Pflegeplatz für den Dynamit finden. Kann nur hoffen, dass ihn die Mercedes nimmt. Die zwei täten eh gut zusammenpassen: die Mercedes gertenschlank – der Dynamit kraftstrotzend. Wirklich ein schönes Paar!

Und was passiert, wie die Gucki bei der Mercedes sitzt und schön langsam damit herausrückt, dass der Dynamit Asyl brauchen tät? Die Mercedes sagt nicht: „Eh klar, dass ich den armen Hund nimm!“ Sagt vielmehr: „Allein gegen einen dreifachen Mörder? Bist du hin in der Birn?“

Und dann wird auch schon ordentlich gestritten. Wie das halt so ist, wenn zwei Frauen mit einem ausgesprochenen Dickschädel zusammenkrachen. Aber nach einer halben Stunde und einer ganzen Flasche Veltliner ist alles klar. Erstens: Die Mercedes braucht auch dringend einen Urlaub im Gebirge. Zweitens: Abfahrt ist morgen in der Früh. Bis sie heute in Bad Aussee sind, ist es stockfinster. Da richten sie sowieso nix mehr aus. Drittens: Gefahren wird mit dem *Land Rover*. Weil du mit einem Hinterradler wie dem *VW-Porsche* im Gebirge fehl am Platz bist. Praktisch wie eine Touristin mit Stöckelschuhen! Viertens: Der Dynamit darf auch mit und wird zum Spürhund befördert. Kennt ja den Kidnapper am Geruch! Fünftens: Mehr als sechs Flaschen Veltliner werden heut auf keinen Fall getrunken! Damit sie morgen gut ausgeschlafen sind und den Kidnapper ordentlich in den Arsch ficken können!

XIX

„Bist du aufs Hirn gefallen?" ist eigentlich gar keine so ungute Frage. Auf der Beleidigungsskala von eins bis zehn schlimmstenfalls fünf – eher sogar vier. Weil ja gar nicht gesagt ist, dass das Hirn beim Hinfallen beschädigt worden ist.

Drum zuckt die Gucki auch kein bisserl zusammen, wie die Mercedes jetzt fragt: „Bist du aufs Hirn gefallen?"

„Warum denn nicht?", fragt sie zurück. „Warum sollen wir die Tür denn nicht aufbrechen?"

„Weil der verfickte Kidnapper dann gewarnt ist. Und weil der Turrini dann kein Entführungsopfer mehr ist, sondern ein Mordopfer. Und weil dann außerdem unser ganzer schöner Plan beim Teufel ist!"

Muss die Gucki der Mercedes Recht geben. Um den Plan wär's wirklich schad. Unsere zwei Heldinnen haben nämlich gestern bei der vierten Flasche Veltliner einen wirklich genialen Plan ausgearbeitet. Und auch gleich ein paar Mal geprobt. Hat jedes Mal funktioniert!

Der Plan geht folgendermaßen: Die Gucki lässt den Dynamit *Sitz* machen. Fünf Meter vor der Haustür vom Kidnapper. Geübt haben sie das Ganze natürlich mit der Haustür von der Mercedes. Dann kratzt die Gucki lautstark an der Haustür. Praktisch wie ein Rottweiler. Dann versteckt sich die Gucki hinter dem nächsten Hauseck. Wenn der Kidnapper dann die Haustür aufmacht, braucht die Gucki nur mehr „Fass!“ sagen – und der Dynamit stürzt sich auch schon auf die kranke Drecksau. Braucht für die fünf Meter nicht einmal eine Sekunde!

Gestern Abend bei den Proben hat die arme Mercedes die Rolle vom Kidnapper spielen müssen. Hat jedes Mal Todesängste ausgestanden, wenn ihr der Dynamit an die Gurgel gesprungen ist. Obwohl sie ihren dicksten und längsten Schal dreimal um den Hals gewickelt gehabt hat. Obwohl die Gucki eh gleich „Aus!“ geschrien und den Hund am Halsband zurückgerissen hat. Dabei hat der Dynamit eigentlich gar nix dafürkönnen. Hat ihm ja der depperte Mirko beigebracht, diesen Killer-Sprung. So ein schlechter Hundetrainer war er dann auch wieder nicht!

Sind die Gucki und die Mercedes also heute Vormittag in Bad Aussee angekommen und haben sich gleich nach dem Lilienweg erkundigt. Hausnummer siebzehn. Ist ein ordentlicher Hatscher. Das allerletzte Haus. Praktisch schon am Berg oben. Das Jagdhaus entpuppt sich als pompöse Villa aus Holz inmitten von einem fußballfeldgroßen Park mit mächtigen Bäumen und akkurat gestutzten Sträuchern. Ideal für ihre Zwecke: für den Hunde-Trick nämlich!

Die Gucki und der Dynamit schleichen sich von der rechten Seite an – die Mercedes und ihre Decke von der linken. Aber nicht, dass jetzt wer glaubt, die Mercedes fährt nicht ohne ihre Kuscheldecke auf Urlaub! In die Decke hat sie ja nur ihre nicht registrierte

Winchester eingewickelt. Du kannst ja nicht mitten in Bad Aussee einfach mit einem Gewehr herumrennen. Die *Winchester* hat die Mercedes vor zwei Jahren von einem Typen gekriegt, der den Totenkopf auf seiner Harley nicht derzahlen hat können. Wie man damit umgeht, hat er ihr auch gezeigt, Jetzt kann sie das gute Stück wenigstens einmal brauchen!

Also – los geht's! Der Dynamit macht *Sitz* – exakt fünf Meter vor der Haustür, die Gucki kratzt an der Tür und versteckt sich. Die Mercedes lauert mit der *Winchester* hinter dem linken Hauseck, die Gucki mit der *Luger* hinter dem rechten. Und was passiert? Nix! Die Gucki kratzt noch einmal und knurrt sogar ein bisserl. Wieder nix! Probiert sie es noch ein drittes Mal. Mit demselben Erfolg!

Hätte sie sich eigentlich denken können. Erstens steht der *Land Rover* vom Kidnapper nicht vor dem Haus. Zweitens aber hätte der Turrini sein Frauli längst gerochen, wenn er im Haus wär. Riecht ja heute extrem gut, sein Frauli. Hat ja zwei Tage nimmer geduscht!

Hat die Gucki also aus lauter Frust über den missglückten Hunde-Trick ein bisserl ins Kidnapper-Haus einbrechen wollen. Das haben wir aber eh schon lang und breit erörtert, dass das das Blödeste ist, was sie tun kann. Aber: Was kann sie denn sonst tun? Gar nix kann sie tun – nur warten! Genau das, was der Gucki überhaupt nicht liegt!

Damit es nicht gar so fad ist, basteln die Gucki und die Mercedes einen neuen Plan. Eine wartet in hundertfünfzig Meter Entfernung hinter einem Baum und beobachtet das Haus. Die andere schnappt sich den Dynamit und fratschelt im Ort unten sämtliche Kellnerinnen nach dem Herrn von der Aue aus. Ist ja mit seinen ein Meter neunzig und mit seiner blonden Mähne so eine markante Erscheinung, dass sich alle Weiber an ihn erinnern werden.

Ausgeschnapst wird die Rollenverteilung mit einem Kinderspiel: Stein-Schere-Papier. Die Gucki gewinnt und darf daher auf Wirtshaustour gehen. In zwei Stunden muss sie zum Schichtwechsel wieder da sein. Da darf dann die Mercedes Kellnerinnen ausfratscheln.

So weit kommt es aber gar nicht. Schon im allerersten Caféhaus ist der Herr von der Aue bestens bekannt und allseits beliebt. Weil er mit dem Trinkgeld nur so umhaut und außerdem immer Hunde mithat. Lauter verschiedene! Aber immer sind sie brav, die Hunde. Nur der letzte nicht! So ein dicker schwarzer Hund – der ist ein richtiges Mistviech! Entweder er winselt – oder er bellt! Und gestern hat er sogar mitten im Caféhaus sein Haxl gehoben: Pfui! Aber bei zwanzig Euro Trinkgeld kann man schon einmal ein Aug zudrücken!

Hat die Gucki natürlich wissen wollen, wo sie den Herrn von der Aue finden kann. Hat auch gleich eine Antwort gekriegt: in seinem Jagdrevier natürlich! Direkt unter der Trisselwand. Wobei sich die Kellnerin aber beim besten Willen nicht vorstellen kann, dass so ein kleiner dicker Hund für die Jagd geeignet ist.

Hat sich die Gucki natürlich ganz genau erklären lassen, wie man zur Trisselwand hinkommt: ein schmaler Forstweg, den du ohne Geländeauto vergessen kannst, dann ein gemütliches Wirtshaus, das aber erst zu Ostern aufsperrt, dann zwei Stunden Fußmarsch – dann bist du auch schon auf der Trisselwandspitze und hast eine wunderbare Aussicht.

Sind die Gucki und der Dynamit auch schon losgesprintet. *Land Rover* holen, Mercedes holen, dann Forstweg, dann Wirtshaus. Dort ist bereits ein dunkelgrüner *Land Rover Defender* mit Freistädter Kennzeichen gestanden. Die Gucki parkt aber nicht einfach daneben, sondern mitten im Wald. So, dass man das Auto von oben nicht sehen kann. Will ja den Kidnapper nicht warnen.

Jetzt kommt aber eindeutig der schwierigste Teil der Übung. Der Fußmarsch nämlich. Wenigstens kann die Mercedes diesmal auf ihre Decke verzichten. Die Gemsen und Murmeltiere werden sich sicher nicht über die *Winchester* aufregen – und sonst gibt es hier eh kein Schwein!

Dafür scheppert auf einmal der Gucki ihr Handy. Hat als Klingelzeichen ein Gitarrensolo von einem gewissen Alvin Lee eingespeichert. Der ist aber nicht mit dem Bruce Lee verwandt, sondern der Gitarrist von einer Band mit dem komischen Namen *Ten Years After*. Auf jeden Fall kommt der Gucki das Handy so furchtbar laut vor, dass sie lieber schnell abhebt. Direkt schwerhörig ist ihr der Herr von der Aue nicht vorgekommen.

„Wurm!", keucht die Gucki in ihr Handy. Ist anscheinend doch nicht so sportlich, wie sie immer geglaubt hat.

„Ich hab was für dich!“, sagt der Mattsi. „Ein Leckerli! Brandheiße Informationen!“

„Und?“

„Ich will aber was dafür!“

„Was willst du denn? Aber ja nicht sagen: Sex! Du weißt ja nicht einmal, wie man das schreibt!“

„Meine Mama ist zu Ostern auf den Kanarischen Inseln. Hab ich sturmfreie Bude. Gibt es natürlich eine Party. Der Höhepunkt der Party aber wird ein Striptease. Und weißt du, wer strippt? Meine herzallerliebste Freundin, die Gucki!“

„Bist du aufs Hirn gefallen?“

„Bitte, bitte, bitte, bitte, bitte, biiitte!“

„Kindszapfen! Also gut: Wenn deine Informationen was wert sind, dann stripp ich halt in Gottes Namen auf deiner blöden Party!“

„Termin ist der 14. April, der Karfreitag. Du musst aber spätestens um zwanzig Uhr strippen. Später sind alle so angesoffen und eingeraucht, dass es keinen Sinn mehr hat!“

„Was ist jetzt mit dem Leckerli?“, fragt die Gucki und setzt sich auf einen Baumstumpf. Strippen geht ja mit vierundvierzig gerade noch – steil bergauf kraxeln und gleichzeitig telefonieren geht in dem Alter aber wirklich nimmer!

„Der Herr von der Aue hat bis vor sechs Jahren Ludwig Gockelmann geheißen und hat im Bayrischen Wald eine Hundepension betrieben. Dann hat ihn eine uralte Reichsgräfin adoptiert und als Universalerben eingesetzt. Damit ihr Hund nach ihrem Tod gut versorgt ist.

Hat dem Herrn von der Aue aber nix genutzt. Wie die Gräfin gestorben ist, haben irgendwelche Verwandten das Testament angefochten und Recht bekommen. Weil die Gräfin zum Zeitpunkt des Testaments nachweislich komplett dement war. Hat der frischgebackene Herr Reichsgraf noch ein Glück gehabt, dass die Adoption nicht auch angefochten worden ist. Hat er mit dem schönen Adelstitel in Österreich neue Opfer suchen können. Eine Tierarztwitwe in St. Rupert, eine Industriellenwitwe in Bad Aussee und eine emeritierte Universitätsprofessorin in Wien. Sind alle ziemlich schnell gestorben, nachdem sie ihn als Erben eingesetzt haben. Aber der Herr Graf hat dazugelernt. Hat jetzt nicht mehr nur ein Testament in der Hand gehabt, sondern gleich mehrere psychiatrische Gutachten, die bestätigt haben, dass die Damen nicht plemplem sind."

„Sehr brav, Mattsi!", kann da die Gucki nur sagen.

„Was heißt da *brav*?", entgegnet der Mattsi. „Weißt du, was das für eine Arbeit war? Die Computer von mehreren Gerichten und mehreren Notaren hacken? Hätt ich ohne den Ronnie nie zusammengebracht. Das ist einer aus der vierten Klasse, der sich mit einem Computer besser auskennt als jeder Informatikprofessor. Drum hab ich ihm auch versprechen müssen, dass er als Belohnung einen Striptease kriegt. Hat er noch nie in echt gesehen. Weil sie den Ronnie ins Puff nicht hineinlassen. Weil er zu jung ist."

„Schöne Grüße an den Ronnie! Er soll sich am Karfreitag warm anziehen: Viertklassler-Vernaschen ist nämlich mein Hobby!"

„Wenn du das Strippen vorsichtshalber einmal üben willst, stell ich mich jederzeit als Trainer zur Verfügung. Ich verlang auch nix dafür!"

„Wär ja noch schöner!", sagt die Gucki streng und beendet damit das Gespräch.

Kann sie mit diesen Informationen was anfangen? Aber ja! Jetzt weiß sie wenigstens ganz genau, dass sie es nicht mit einem Spinner zu tun hat, sondern mit einem durch und durch berechnenden Erbschleicher, der im Notfall über Leichen geht. Der drei Menschen nur deswegen ermordet hat, weil sie lästige Mitwisser waren. Der die Leichen nur deswegen so bizarr inszeniert hat, um andere Mitwisser einzuschüchtern. Der Kidnapper ist also nicht geisteskrank, sondern eine eiskalt denkende und langfristig planende Giersau! Hat vermutlich auch die alten Frauen auf dem Gewissen: damit er schneller an das Erbe kommt.

Zusammengefasst: Der Herr von der Aue – besser gesagt: der Gockelmann – ist noch viel gefährlicher, als die Gucki befürchtet hat. Und außerdem hat er den kleinen Turrini in seiner Gewalt. Kann es die Gucki also nicht auf einen offenen Kampf ankommen lassen. Muss sie die Drecksau irgendwie überrumpeln! Aber wie?

Das Foto, das der Kidnapper der Gucki geschickt hat, ist von einer Bergspitze. Nehmen wir also einmal an, der Turrini und sein Entführer befinden sich auf der Spitze der Trisselwand. Dann wär es doch taktisch gar nicht so blöd, wenn sie ihn von zwei Seiten in die Zange nehmen?

Genauso wird es auch gemacht. Die gertenschlanke Mercedes steigt links von der Trisselwand über Stock und Stein auf – die etwas üppigere Gucki am Wanderweg auf der rechten Seite. Um Punkt drei sollten sie beide oben sein. Wer etwas hört oder sieht, unternimmt auf keinen Fall allein was, sondern ruft an. Die Handys werden natürlich auf lautlos gestellt. Erst, wenn alle zwei die Trisselwandspitze erreicht haben, erfolgt der Angriff. Wenn das kein raffinierter Plan ist!

Ist aber noch nicht so weit. Noch lang nicht! Der Weg wird immer steiler und steiler. Die Gucki schnauft so erbärmlich, dass sie Angst hat, der Kidnapper könnte ihr Raucherlungen-Röcheln bis zur Bergspitze hören. Der Dynamit, der im Gegensatz zu ihr kein Deka Übergewicht hat, hechelt aber auch schon, wie wenn er gleich umfallen tät. Muss die Gucki natürlich an ihren armen kleinen Turrini denken. Der wird einen ordentlichen Muskelkater haben, wenn er jeden Tag da heraufhatschen muss.

Vor lauter An-den-Turrini-Denken hat die Gucki gar nicht mitgekriegt, dass sie schon fast am Gipfel ist. Erhascht zwischen zwei Felsen sogar einen kurzen Blick aufs Gipfelkreuz. Praktisch Alarmstufe Rot! Ab jetzt heißt es Schleichen. Gut, dass sie als Kind nie mit Puppen gespielt hat, dafür aber umso fleißiger Indianer. Obwohl die Nachbarbuben am Anfang skeptisch waren. Erst wie die Gucki dem Häuptling Crazy Horse eine ordentliche betoniert hat, ist sie als vollwertiges Mitglied des Stammes der Froschberg-Indianer akzeptiert worden.

Auf einmal zuckt die Gucki zusammen. Wird ihr doch nicht der Kidnapper auf den Arsch greifen? Aber nein! Ist eh nur ihr Handy, das auf der rechten Arschbacke vibriert.

„Ja?“, flüstert die Gucki.

„Ich seh ihn! Zwanzig Meter unter dem Gipfelkreuz!“, flüstert die Mercedes zurück.

„Und der Turrini?“

„Sitzt direkt neben dem Gipfelkreuz. Frisst anscheinend grad.“

„Ich brauch noch drei Minuten. Dann geht’s los! Ich ruf dich an.“

„Du, Gucki! Einen Moment noch! Die Drecksau hat ein Jagdgewehr. Ist gleich: Zielfernrohr! Und schießen wird er wahrscheinlich auch besser als wir zwei!“

„Scheiß dir nicht die Wadeln voll!“, sagt die Gucki und beendet das Gespräch.

Jetzt wird in Höchstgeschwindigkeit geschlichen. Der brave Dynamit hat sofort begriffen, um was es beim Schleichen geht. Trotzdem hat ihn die Gucki vorsichtshalber an die Leine genommen. Kennt ihn ja noch nicht so lang und weiß daher nicht, wie er tickt. Wenn er den Kidnapper stürmisch begrüßt, dann wär das natürlich eine gute Ablenkung. Wenn er sich aber auf den kleinen Turrini stürzt, um ihn nach allen Regeln der Kunst zu zerfleischen, dann wär das gar nicht gut. Dann wär nämlich die Gucki abgelenkt – und nicht der Kidnapper.

Die Gucki späht hinter einem Felsen hervor. Da ist es auch schon, das Gipfelkreuz! Und wer sitzt daneben? Ihr kleiner Turrini! Mit seiner Leine an das Gipfelkreuz fixiert. Praktisch am Marterpfahl! Und was tut er? Nicht fressen – wie ihm die Mercedes unterstellt hat – nein, er kaut eifrig an seiner Leine! Wie wenn *Hundeleine* seine Lieblingsspeis wär! So ein gescheiter Hund: will die Leine durchbeißen! Obwohl ihm das die Gucki hundertmal verboten hat. Gut, dass der Turrini kein folgsamer Hund ist!

Gleich drauf sieht die Gucki auch den Kidnapper. Steht lässig am Abgrund der Trisselwand und sucht mit dem Fernglas sein Revier ab. Das Jagdgewehr hat er über der Schulter hängen. Im Notfall also schnell zur Hand. Trotzdem muss es die Gucki riskieren. „No risk – no fun!" sagt sie beim Tarockieren gern, wenn sie keine guten Karten hat – und trotzdem was spielt.

Ruft sie also die Mercedes an und flüstert: „In einer Minute geht's los! Ich lenk ihn ab – und du schießt ihn über den Haufen!"

Eh klar, dass die Gucki dann gleich auflegt: dass die Mercedes überhaupt nimmer dazukommt, auch was zu sagen. Weil wenn zwei Frauen eine Entscheidung treffen sollen, dann kann das Stunden dauern. Die Zeit haben sie aber nicht!

Die Gucki denkt jetzt scharf nach. Der Kidnapper ist mindestens fünfzig Meter entfernt. Mit ihrer *Luger* trifft sie im besten Fall auf zwanzig Meter. Ein bisserl näher heran muss sie also auf jeden Fall. Wie sie aber grad zum nächsten Felsbrocken schleicht, bricht der Turrini in ein Freudengebell aus. Hat er sie jetzt gesehen – oder hat er sie nur gerochen –, auf jeden Fall ist er komplett aus dem Häusel und zerrt an seiner Leine wie ein Wilder.

„Gusch, Pfui, aus!“, schreit der Kidnapper. Aber mit gedämpfter Stimme. Hat anscheinend Angst, dass der Hund mit seiner Bellerei irgendwelche Gemsen verscheucht.

Auf jeden Fall ist er so abgelenkt, dass die Gucki jetzt ein ganzes Stückerl näher an ihn herankommt. Wie beim Indianerspielen hetzt sie mit dem Dynamit von Felsbrocken zu Felsbrocken. Bis sie sich sicher ist: „Bessere Karten krieg ich nimmer!“

Sagt die Gucki also zum Dynamit leise: „Sitz!“ Dann zieht sie die *Luger*, kraxelt auf den Felsbrocken und schreit laut: „Gockelmann! Wirklich ein depperter Name! Da tät ich mich auch adoptieren lassen!“

XX

„Haben sie dir ins Hirn geschissen?“ sagt man nur im äußersten Notfall. Damit wird ja nicht nur die Funktionsfähigkeit des Gehirns in Frage gestellt, sondern auch die Reinheit der Gedanken. Ist gleich: Der Angesprochene ist nicht nur ein fester Depp, sondern auch ein festes Arschloch!

Nebenbei bemerkt steckt hinter der Frage „Haben sie dir ins Hirn geschissen?“ ein ziemlich ein unappetitliches Bild. Wenn einer Scheiße im Hirn hat, besteht ja die Gefahr, dass die früher oder später bei allen möglichen Körperöffnungen herauskommt: bei den Ohren, bei den Nasenlöchern und erst recht, wenn der Betreffende den Mund aufmacht. Brr! Da graust es mich direkt, wenn ich mir das bildlich vorstell!

Die Gucki anscheinend nicht. Sonst hätt sie jetzt nicht laut und deutlich geschrien: „Haben sie dir ins Hirn geschissen?“

Ist aber berechtigt, die Frage. Weil sich der Herr von der Aue kein bisserl geschreckt hat, wie sie ihn mit *Gockelmann* angeredet hat. Weil ihn die *Luger* in ihrer Hand auch nicht geschreckt hat. Weil er sich überhaupt nicht geschreckt hat. Ganz im Gegenteil! Die kaltblütige Drecksau hat einfach so getan, wie wenn sie auf der Trisselwandspitze zu einem netten Rendezvous verabredet wären.

„Hallo, schöne Frau!“, hat er fröhlich gerufen. „Was für ein geradliniger Geist in so einem kurvigen Körper!“

Hat sich die Gucki so geärgert, dass ihr herausgerutscht ist: „Haben sie dir ins Hirn geschissen?“

Hat aber eh keine Antwort gekriegt. Dafür hat der Gockelmann ganz ruhig und gelassen das Gewehr von der Schulter genommen und die Gucki durchs Zielfernrohr ins Visier genommen.

„Du solltest öfter auf einen Berg gehen!“, ruft er und lässt das Gewehr wieder sinken. „Die roten Wangen stehen dir ausgezeichnet! Und deinen Hüften tät ein bisserl Bewegung auch nicht schaden!“

Kriegt die Gucki so eine Wut, dass sie blind drauflosschießt. Gleich drei Mal! Aber glaubst du, die Drecksau wär umgefallen?

Im Gegenteil! Putzmunter und elegant tänzelt er über den steinigen Boden und steht jetzt auf einmal direkt neben dem Gipfelkreuz. So eine feige Drecksau! Jetzt kann die Gucki nimmer schießen. Könnt ja den Turrini erwischen. Der bellt noch immer wie narrisch und zerrt so wild an der Leine, dass er sich noch selber erwürgen wird, wenn der Gucki nicht bald was einfallt.

Steckt die Gucki also die *Luger* ein, formt aus ihren Händen einen Schalltrichter und schreit: „Ich hab sämtliche Fakten über deine Morde und über deine Erbschleichereien bei einem Rechtsanwalt hinterlegt. Wenn ich ihn heute Abend nicht anruf, übergibt er das Packerl morgen in der Früh der Staatsanwaltschaft!“

„Die wird damit nicht viel anfangen können!", schreit der Mörder mit lachendem Gesicht zurück. „Indizien ja – Beweise nein! Vor allem aber gibt es keine Zeugen. Besser gesagt: Es gibt keine Zeugen *mehr*! Der Lajos und der Mirko haben nämlich bei jedem Testament als Zeugen unterschrieben. Haben dafür ein wirklich großzügiges Taschengeld gekriegt. Und mit dem Welpenhandel haben sie noch zusätzlich was verdient. Nicht einmal so schlecht! Aber dann sind die zwei leider gierig geworden und haben mehr wollen. Zuerst der Lajos – dann auch noch der Mirko!"

„Warum hat dann die Serena sterben müssen?", will die Gucki wissen.

„Reines Pech! Ewig schad um das bezaubernde Mädel! Ist blöderweise dahintergekommen, dass im *Abendfrieden* seit Jahren mit Ostblock-Welpen gehandelt wird. Wenn das aufgekommen wär, dann hätt ich meine Hundepension zusperren können. Ist aber meine Geschäftsgrundlage: ohne Hundepension keine Hundebesitzer, die mir ihr Hab und Gut aufdrängen, damit es ihrem kleinen Liebling nach ihrem Tod einmal gutgeht!"

Hätte die Gucki natürlich am liebsten geschrien: „Geldgierige Drecksau, zynisches Arschloch!" – und so weiter und so fort. Bringt aber nix!

Schreit sie lieber: „Und was ist mit dem scharfen Rottweiler? Sind Killerhunde neben den Welpen und den Erbschaften dein drittes geschäftliches Standbein?"

„Aber nein! Der Dynamit gehört zum Geschäftsfeld *Erben*. Ich erb demnächst in Salzburg eine Villa. Momentan ist der Besitzer noch auf Kur. Aber wenn er zurückkommt, wird er von seinem eigenen Rottweiler fachgerecht verwurstet."

„Der hat den Tod verdient!", schießt es der Gucki durch den Kopf. „Wenn einer den Tod verdient hat, dann der!"

Schreien tut sie aber: „Geh, Wickerl! Wenn es eh keine Beweise gegen dich gibt, kannst du den Turrini und mich eh laufen lassen?"

„Können schon – aber ob ich das auch will?", schreit der Mörder zurück. Zerkugelt sich dabei vor lauter Lachen.

Kommt der Gucki überhaupt nimmer wie ein beinharter Geschäftsmann vor. Eher wie ein Wahnsinniger. Aber schon durch und durch wahnsinnig! Was soll sie da noch sagen?

Ist aber gar nicht notwendig, dass die Gucki den Mund aufmacht. Weil auf einmal ein Schuss die angespannte Stille zerreißt. Der Wahnsinnige fällt um wie ein Mehlsack.

„Hast dir aber hübsch viel Zeit gelassen!", ruft die Gucki der Mercedes zu.

Die ist auf einmal auf einem Felsen gestanden und hat dem Wahnsinnigen mit der *Winchester* in den Rücken geschossen. Jetzt hält sie das Gewehr triumphierend in die Höhe. War ja wirklich ein Meisterschuss: mehr als fünfzig Meter – und ohne Zielfernrohr!

Die Gucki weiß noch nicht recht, ob sie jetzt aus lauter Erleichterung lachen oder weinen soll – da rappelt sich der Wahnsinnige, der eigentlich tot sein sollte, auf, legt an und schießt die Mercedes von ihrem Felsen. Wie wenn er an einem Schießstand eine Plastikrose herunterknallen tät.

Und was macht der Mörder von der Mercedes? Er lacht sich krumm! Setzt seinen Rucksack ab und holt ein Buch heraus. Hat ihm blöderweise das Leben gerettet, das Buch. Weil es so dick ist, dass die Gewehrkugel drin steckengeblieben ist.

„Du wirst es nicht glauben, Gucki!“, schreit der Vierfachmörder. Aber ich hab immer das *ABGB* mit. Das *Allgemeine Bürgerliche Gesetzbuch*. Man weiß ja nie, ob man es nicht einmal braucht!“

Der Gucki ist jetzt alles wurscht. Sie zittert vor lauter Wut. Blindlings stürmt sie auf den Wahnsinnigen los.

„Mach dir keine Hoffnungen, dass ich dich gleich erschieß!“, schreit der Narrische und lacht höhnisch. „Vorher fick ich dich noch so lang in den Arsch, bis du freiwillig in die Trisselwand springst!“

Die Gucki hätt sogar eine gute Antwort gewusst. „Aha, jetzt hat sich der kultivierte Herr von der Aue verabschiedet? Jetzt kommt endlich der primitive Gockelmann zum Vorschein!“, hätte sie schreien wollen. Ist aber nimmer dazugekommen. Weil in dem Moment die Leine gerissen ist. Die schöne blitzblaue Hundeleine aus Rentierleder, die neunzig Euro gekostet hat! Die Leine, mit der der Turrini ans Gipfelkreuz gefesselt war.

Ist der Turrini so überrascht, dass er zuerst einmal einen Purzelbaum macht. Dann stürzt er sich aber auch schon auf seinen Kidnapper. Und lässt das Wadl nimmer los. Kann der natürlich nimmer gescheit auf die Gucki zielen und schießt daneben. Ist die Gucki auch schon da, reißt ihm das Gewehr aus der Hand und gibt ihm so eine Fotzen, dass er den ganzen Hang hinunterkugelt.

Leider kann die Gucki jetzt aber nicht schießen. Weil sich der Turrini so in den Haxen vom Kidnapper verbissen hat, dass er gar nicht hört, wie sich die Gucki die Seele aus dem Leib schreit. Muss mindestens zehnmal „Turrini!“ schreien, bis er endlich folgt. Aber auch nur, weil er als Jagdtrophäe einen halberten Stutzen erbeutet hat.

„Vielleicht könnten wir doch noch ins Geschäft kommen, liebste Gucki?“, gibt der irre Mörder noch immer nicht auf. Steht auch schon wieder auf den Beinen. Ein richtiges Stehaufmanderl! „Demnächst erb ich wie gesagt eine schöne Villa in Salzburg!

Die Gucki hat jetzt aber keine Zeit zum Reden. Muss auf der Stelle zur Mercedes! Steckt also zwei Finger zwischen die Zähne und pfeift. Der Dynamit kommt auch schon in vollem Galopp daher und macht neben der Gucki brav *Sitz*. Ignoriert sogar den Turrini, der ihn raufustig anknurrt. Kaum hat die Gucki aber „Fass!“ gesagt, da sträuben sich seine Nackenhaare, und er fletscht die Zähne. Dann legt er auch schon einen Blitzstart hin wie ein Weltklassesprinter. Von null auf hundert in Null-Komma-Nix!

Leider kennt sich der Wahnsinnige aber ein bisserl aus mit Kampfhunden. Opfert seinen linken Arm zum

Hineinbeißen und sticht dann mit seinem Jagdmesser auf den armen Dynamit ein. Muss die Gucki den Hund zurückpfeifen. Der Dynamit folgt nur widerwillig, aber er folgt. Bringt die Gucki die Sache halt selber zu Ende. Macht sie eh nicht ungern.

Wird unserem kaltblütigen Mörder zum Schluss doch noch ein bisserl entrisch. Wie eine Frau ganz in Schwarz, flankiert von zwei schwarzen Hunden, langsam, aber unaufhaltsam auf ihn zukommt. Aber nicht wegen dem vielen Schwarz, sondern wegen dem Grau. Weil die Frau eine stahlgraue Pistole auf ihn gerichtet hat.

Weicht er natürlich immer weiter zurück. Ist schon fast an der Trisselwand angelangt, die hinter ihm senkrecht in die Tiefe stürzt. Aber aufgeben tut er noch immer nicht.

„Eine Million in bar! Das ist die Villa locker wert!“, probiert er es noch einmal.

Die Gucki ist jetzt so nah, dass sie gar nimmer danebenschießen kann. Will grad sagen: „Für Bestien wie dich gibt es keine Gnade!“ – da spürt sie auch schon einen stechenden Schmerz und sieht den Hirschhorngriff von einem Jagdmesser in ihrem rechten Oberarm stecken. Sagt sie halt nicht den schönen Satz mit den *Bestien*, sondern nur „Fass!“

Genügt aber eh! Weil der Dynamit den Mörder direkt bei der Gurgel erwischt. Ist er wahrscheinlich schon tot gewesen, bevor er nach hundert Meter freiem Fall am Fuß der Trisselwand aufgeschlagen ist. Wie dem auch sei – schad ist nicht um den! Schad ist nur um den tapferen Dynamit. War bis auf sein Killer-Training wirklich ein lieber Hund!

Aber die Gucki kann jetzt beim besten Willen nicht um den Dynamit trauern. Jetzt geht es um Leben und Tod! Erstens: Messer aus ihrem Arm herausziehen! Zweitens: zur Mercedes rennen! Gottseidank! Ist zwar noch ziemlich benommen, die Mercedes, weil sie von einem Felsen gestürzt und auf den Kopf gefallen ist, hat aber am Oberarm nur einen Streifschuss.

Trotzdem wird jetzt einmal die Bergrettung gerufen. Wär doch gelacht, wenn es im schönen Ausseerland keine feschen Bergretter geben tät!

XXI

„Hast du einen Klescher?“ ist ganz und gar keine harmlose Beleidigung. Ursprünglich ist mit *Klescher* ein lautes und schallendes Geräusch gemeint, das dazu geeignet ist, einen Gehörsturz hervorzurufen. Sagen wir einmal: eine Fotzen. Die klescht schon ordentlich, wenn es eine ordentliche Fotzen ist. Sprich: wenn Schlagtechnik und Schlagkraft zusammenkommen. Wenn du aber einen *Klescher* im übertragenen Sinn hast, dann heißt das, dass man dir so fest auf den Kopf gehaut hat, dass im Kopf was kaputt ist. Praktisch Gehirnsturz.

Selten, aber doch gibt es dann auch Sternstunden eines Wortes, in denen alle seine Bedeutungen in einem einzigen Ereignis zusammenkommen. So wie jetzt grad! Also: Die Gucki gibt dem Herrn Doktor Resch eine Fotzen, dass es nur so klescht. Dass alle Leute, die sich grad angeregt unterhalten haben, schlagartig verstummen. Und dann sagt die Gucki in diese Stille hinein auch noch zum Doktor Resch: „Hast du einen Klescher?“

Muss ich jetzt vielleicht doch erklären, wann und wo sich das Ganze abspielt. Und natürlich auch: warum! Sonst glaubt zum Schluss noch wer, die Gucki ist von Haus aus gewalttätig und ordinär. Ist aber nicht der Fall! Die Gucki hat einen guten Grund, dass sie dem Doktor Resch eine betoniert und ihn dann auch noch beschimpft.

Fang ich am besten von vorn an, mit dem *wann* und dem *wo*! Also: Heute ist der 25. April. Ein wirklich ein schöner Frühlingstag. Und außerdem ist es der Geburtstag vom Turrini. Genau genommen ist es nicht sein richtiger Geburtstag – das wär ja der 20. Februar. Der 25. April ist aber noch wichtiger: der Tag, an dem die Gucki den Turrini heimgebracht hat. Praktisch so was Ähnliches wie ihr Hochzeitstag.

Muss auf jeden Fall ordentlich gefeiert werden. Damit sind wir aber auch schon beim *Wo*. Die Gucki kennt ja so viele Leute, dass ihr Haus bei so einer Feier aus allen Nähten platzen tät. Wird also im *Sputnik* gefeiert. Hat heute sowieso Sperrtag. Weil der 25. April 2017 ein Dienstag ist. Und weil der Dragan die nigelnagelneuen Fresken im *Sputnik* wenigstens ein einziges Mal einem kunstverständigem Publikum präsentieren will – nicht immer nur angesoffenen Puffbesuchern!

Eh klar, dass kein anderer als die Mercedes die wunderschönen Fresken gemalt hat. In vierzehn Tagen! Wär eh fast nicht fertiggeworden bis zur Geburtstagsparty. Weil sie mit ihrem angeschossenen Arm die längste Zeit keinen Pinsel halten hat können. Das Messer in der Gucki ihrem Oberarm hat sich aber noch verheerender ausgewirkt. Hat die Gucki von der Sybille noch ein zweites Mal operiert werden müssen, weil irgendwelche Muskeln falsch zusammengewachsen sind. Ist wirklich ein Wunder, dass sie dem Doktor Resch heute schon wieder so eine saftige Fotzen geben hat können!

Jetzt brauch ich eigentlich nur mehr das *Warum* erklären. Warum hat die Gucki zugehaut und dann auch noch gefragt: „Hast du einen Klescher?"

Ganz einfach, weil der Resch eine geldige Drecksau ist und glaubt, dass er für Geld alles haben kann. Hat ihr doch wirklich das Angebot gemacht, sie soll bei ihm daheim für Geld strippen! Noch dazu ein extrem notiges Angebot! Dreihundert Euro für einen Strip? Um das Geld kommt dir in der Nacht kein Elektriker und auch kein Installateur!

Wie kommt der Doktor Resch überhaupt auf die Idee mit dem Striptease? Hat ja die Gucki noch nie strippen gesehen - ja, er hat die Gucki vor diesem Fest noch überhaupt noch nie gesehen?

Ist aber auch leicht erklärt. Der Ronnie heißt mit Familiennamen Resch. Ist der Doktor Resch also sein Papa. Ist aber als alleinerziehender Vater völlig überfordert. Weil er ja Oberarzt an der Abteilung Gynäkologie am Landeskrankenhaus Freistadt ist. Und dann auch noch Inhaber einer gutgehenden Frauenarzt-Praxis. Sprich: Er ist so gut wie nie daheim. Ist es also kein Wunder, dass der Ronnie ununterbrochen vor dem Computer sitzt und *Hacker* werden will.

Jetzt ist aber ein Wunder passiert. Die Gucki hat am Karfreitag im Mattsi seinem Wohnzimmer vor einer Horde Halbwüchsiger gestrippt. Hat bis auf den Verband auf ihrem Oberarm alle Hüllen fallengelassen. Versprochen ist halt einmal versprochen! Waren die jungen Herren natürlich hellauf begeistert. Eine nackerte Frau in echt ist halt doch was anderes als ein Porno im Internet! Während aber alle anderen jungen Männer nachher nur hie und da an den Strip gedacht haben, denkt der Ronnie pausenlos an die Gucki. Und hat sich von seinem Papa zu seinem Geburtstag einen Strip von der Gucki gewünscht. Weil der Ronnie aber seit dem Karfreitag nimmer den Berufswunsch *Hacker* äußert, sondern auf einmal *Facharzt für Gynäkologie* werden will, hat ihm sein Papa diesen bescheidenen Geburtstagswunsch natürlich erfüllen wollen. Also nicht nur aus Vaterliebe, sondern schon auch, weil er ja einen Nachfolger für seine Praxis braucht.

So, jetzt hab ich wirklich alles erklärt – jetzt können wir und mit gutem Gewissen in die Party schmeißen und uns die Fresken eine bisserl genauer anschauen. Vielleicht muss ich noch dazusagen, was ein *Fresko* ist: ein Bild, das nicht auf Papier oder Leinwand gemalt ist, sondern direkt auf den feuchten Putz von der Wand.

Wie kommt der Dragan ausgerechnet auf Fresken? Hat ihm die Gucki eingeredet. Wollt der Mercedes ein Geschäft zukommen lassen. Jetzt hat sich der Dragan eh schon lang ein Bild von seinem Ivo gewünscht. Praktisch als schöne Erinnerung. Weil ja so ein Pudel auch nicht ewig lebt. Einerseits. Andererseits wollte der Dragan auch schon seit längerer Zeit ein paar saftige Pornos an den Wänden vom *Sputnik* haben. Sozusagen eine Gebrauchsanleitung für die Puffbesucher, die schon länger nimmer da waren und nimmer recht wissen, wie es geht.

„Kann man doch zwei Fliegen mit einer Klappe derschlagen!“, hat ihm die Mercedes erklärt. Und hat ihm auch schon eine Serie von Hundebildern eingeredet. Die Hunde tun auf den Fresken aber nicht *Sitz* oder *Fressi* oder *Balli-Spielen* – die schnackseln alle fröhlich drauflos. Überlebensgroß. Auf allen freien Wänden vom *Sputnik*. Der schneeweiße Ivo darf es mit einer pudelnackerten Pudeldame in Schwarz treiben, der Turrini mit einer rostroten Spitzin, und der Dynamit bespringt den Hotzenplotz.

Ist eine echte Künstlerin, die Mercedes. Man derkennt einen jeden Hund ganz genau. Wie auf einem Foto – nur schöner! Sind ja auch alle Pornodarsteller heute da. Bis auf den Dynamit halt. Gott hab ihn selig! Dafür ist der Fidel Castro gekommen und frisst grad sein achtes Speckbrot. Aus Kummer. Weil er als einziger nicht von der Mercedes gemalt worden ist. Dabei tät er als Windhund viel besser zur gertenschlanken Künstlerin passen als seine übergewichtigen Artgenossen!

Wie es bei einer Ausstellungseröffnung halt so ist, gibt es auch eine Eröffnungsrede. Kommt natürlich kein anderer als Redner in Frage als wie der Bertl. Der Herr *Nationalratsabgeordnete* Adalbert Holzinger wohlgemerkt! Ist wirklich in den Nationalrat hineingekommen. Vor drei Wochen war das. Aber nicht nur wegen seinen originellen Reden – nein, ein Mordsglück hat er auch noch gehabt, der Bertl. Hat sich der Nationalratsabgeordnete Bauernfeind – dem Bertl sein Vorgänger praktisch –, hat sich der also mit einem Stier fotografieren lassen wollen. Weil er für den Vorsitz vom Bauernbund kandidiert hat. Da tät sich halt so ein Foto mit Stier gut machen. Ist aber leider nix geworden. Weil ein Foto von einem Nationalratsabgeordneten, der grad von einem Stier aufgespießt wird – das kannst du nicht einmal als Totenbildl hernehmen. Obwohl es wortwörtlich ein *Totenbild* ist.

Eh klar, dass der Bertl wieder einmal eine ziemlich feministische und hundelastige Rede hält. Ist ja ein ausgewiesener Fachmann für die Gleichberechtigung und außerdem sowas wie der Vertreter der österreichischen Hunde im Parlament. Hat dort erst vor kurzem eine wirklich bemerkenswerte Rede zum Thema *Gleiches Futter für Hündinnen* gehalten. Hat bis auf ein paar humorlose Weiber das ganze Parlament zu Lachtränen gerührt. Brauch ich jetzt nicht dazusagen, dass die Gucki die Rede geschrieben hat.

Heute nicht! Heute muss sich der Bertl seine Rede selber aus den Fingern saugen. Weil die Gucki vor lauter Geburtstagsvorbereitungen die Rede komplett vergessen hat. „Das kann ja heiter werden!", befürchtet die Gucki. Und hat sich damit nicht getäuscht.

„Liebe Mühlviertler und Mühlviertlerinnen! Liebe Hunde und Hündinnen!", fangt der Bertl an. Und begrüßt dann einmal sämtliche Ehrengäste. Praktisch zum Zeitschinden. Dauert nämlich hübsch lang. Weil für den Bertl fast alle Anwesenden unter Ehrengäste fallen. Der Hausherr Kommerzialrat Dragan Vlašić mit charmanter Gattin, der Herr Oberarzt Doktor Ronald Resch mit Sohn, die Frau Oberarzt Doktor Sybille Bürstinger mit Gatten und entzückender Tochter, der Herr Oberstleutnant Doktor Otto Rammer, die Frau Chefredakteurin Magister Gudrun Wurm mit Turrini, und zum Schluss sogar die bezaubernde Künstlerin Frau Magister Mercedes --. Den Familiennamen hat sich der Bertl leider nicht dermerkt, dafür schaltet er aber wirklich schnell: „Praktisch der *Mercedes* unter den Mühlviertler Künstlern!" Trotzdem schlafen den Leuten schön langsam die Gesichter ein bei dieser endlosen Promi-Litanei.

„Sag schon endlich: Die Ausstellung ist eröffnet! Und schlag das Bierfassl an!", zischt die Gucki also dem Bertl zu.

Aber der schwingt sich jetzt erst recht zu einer grandiosen Stegreifrede zum Thema *Läufigkeit* auf. „Warum muss immer das Hundeweiberl signalisieren, dass es will?", fragt er sein verblüfftes Publikum. „Warum kann nicht auch einmal ein Hundemanderl hergehen und bellen: Ja, ich kann? Da muss ich jetzt direkt den früheren Präsidenten von Amerika zitieren: Yes, we can!"

Ob der Bertl noch was sagen wollte, wird man nie erfahren. Weil alle so gelacht haben, dass er nimmer weiterreden hat können. Sogar die Hunde haben freudig gebellt. Am lautesten natürlich der Hotzenplotz. Wie stolz er doch ist auf sein Herrli! Hat der Bertl halt das Bierfassl angeschlagen. Da ist er aber ein echter Profi: Ein einziger Schlag hat genügt!

Ist es wirklich ein rauschendes Fest geworden. Die Ostblock-Nutten waren heut züchtig verhüllt und haben statt nackter Haut schäumendes Bier serviert. Nur der Stadtrat Atteneder, den der Bertl sowieso nicht als Ehrengast begrüßt hat, weil er ja bei der FPÖ ist, war enttäuscht und hat daher ein bisserl randaliert. „Ich brauch keinen Hund – ich brauch eine Hur!", hat er geplärrt. Ist aber eh gleich vom Schurli hinausgeschmissen worden.

Auf einmal steht der Rammer vor der Gucki und glotzt sie an. Bringt vor lauter Auf-ihren-Busen-Schauen kein Wort heraus. Wobei man dazusagen muss, dass die Gucki wirklich ein ziemlich ein tief ausgeschnittenes Dirndl anhat. Hat sie in Bad Aussee gekauft. Und heute zum ersten Mal an.

„Willst du leicht auch beim Schnackseln gemalt werden?", fragt die Gucki den Rammer und zwinkert ihm aufmunternd zu.

„Nein, ich wollt mich dafür bedanken, dass du mir beim Serienmörder–Fall geholfen hast."

„Geholfen? Ich hab den Fall für dich gelöst! Ohne mich wärst du noch immer hinter der tschetschenischen Mafia her!"

„Dafür hab ich die Patronenhülse von der *Winchester* und die Patronenhülsen von der *Luger* verschwinden lassen!"

„Das war ja der Deal zwischen uns zwei! Schon vergessen?"

„Trotzdem tät mich interessieren, wie du die Waffen verschwinden hast lassen!"

„Mit den Waffen einer Frau! Ich bin nicht direkt schiach – die Mercedes ist sogar eine Schönheit. Und Bergretter sind halt auch nur Männer. So, lieber Otto, jetzt weißt du aber wirklich alles! Jetzt kannst du in Ruhe das Servierpersonal verhören. Die Anastasia – das ist die mit dem blonden Pferdeschwanz –, die Anastasia ist sogar eine waschechte Tschetschenin!", flüstert die Gucki dem Rammer ins Ohr. Und lässt ihn eiskalt stehen. Praktisch Gespräch unwiderruflich beendet.

Von so einem Trottel lässt sie sich den Abend sicher nicht verderben. Jetzt geht es ja erst so richtig los! Das Bier rinnt in Strömen, der Mattsi und der Ronnie haben sich in einer Ecke grad den ersten Joint angezündet, und der Bertl bestellt bei der Mercedes ein Airbrush-Kunstwerk für die Motorhaube von seinem Dienstwagen. Der Hotzenplotz mit einem rosaroten Halsband, auf dem ein ♀-Zeichen nach dem anderen drauf ist. Geht eigentlich nur mehr um die Frage: das ♀-Zeichen in Silber – oder doch lieber in Gold? Was steht dem Hotzenplotz besser? Der Doktor Resch belästigt die Gucki auch nimmer. Widmet sich schon wieder ganz seinem Beruf. Verwickelt die Anastasia in gynäkologische Fachfragen, legt sogar schon Hand an und entlockt seiner Patientin damit ein entzückendes Lachen.

Wird es höchste Zeit, dass die Gucki auch was zum Gelingen der Party beiträgt! Will grad Blickkontakt mit dem Schurli aufnehmen – und was ist? Der Schurli hat längst geahnt, dass die Gucki heut noch strippen wird. Macht sie ja immer. Eigentlich bei jedem Fest. Drum hat der Schurli längst einen Spot auf die Bühne gerichtet und dimmt gerade die Raumbeleuchtung herunter. Dann legt er auch schon *You Can Leave Your Hat On* in den CD-Player. Muss sich die Gucki direkt beeilen, wenn sie mit dem Auftakt der Musik auf der Bühne sein will.

Auf der Bühne sitzt aber schon der Turrini. Auf einem Barhocker. Hinter einem Stehtisch. Heut hat er seinen großen Auftritt – nicht das Frauli! Heut – oder nie! Mit dem Einsatz der Bläser stellt der Leo einen *Jägermeister* auf den Tisch. Der Turrini schaut das Flascherl melancholisch an und legt den Kopf schief. Doch kaum beginnt der Joe Cocker zu singen, klemmt er das Flascherl geschickt zwischen die Vorderpfoten, kletzelt den Schraubverschluss energisch mit den Zähnen auf und spuckt ihn gekonnt ins Publikum. Dann wartet er geduldig die Bläser ab, bevor er das Flascherl mit den Zähnen packt und auf einen Zug austrinkt. Besser gesagt: Er hält das Flascherl in die Höhe – und der *Jägermeister* rinnt einfach in seine Gurgel. Zum Schluss stellt er das Flascherl wieder am Tisch ab und legt artig seine rechte Pfote daneben. Heißt nix anderes als: „Noch einen *Jägermeister*!"

Weil aber der Turrini jetzt nicht speibt und auch nicht tot vom Barhocker plumpst, sondern voller Stolz in die Arme von seinem Hundetrainer springt, ist die Gucki auf einen Schlag mit der ganzen Welt wieder versöhnt. Nach dieser widerlichen Geschichte, bei der sogar die Hunde nur ein Mittel zum Geldverdienen waren, kann sie jetzt endlich wieder eine bekennende Hundenärrin sein: „Der Hund ist der beste Freund des Menschen – zumindest der beste Freund einer alleinstehenden Frau!“

Franz Friedrich Altmann
Turrinis Leber
Kriminalroman
256 Seiten, gebunden mit Schutzumschlag
€ 19.90
ISBN 978-3-7099-7172-7

Gucki Wurm, resolute Provinzjournalistin bei den Mühlviertler Nachrichten, und ihren trinkfesten Hund Turrini wirft so schnell nichts um, aber was den beiden jetzt passiert, lässt sie einmal tief schlucken: An einem Fleischerhaken im Kamin vom Kirchenwirt hängt die Leiche vom Pfarrer Himmelfreund. Mit seinem Einsatz für Asylwerber hatte sich Himmelfreund im Dorf nicht nur beliebt gemacht. Gerade im Kirchenwirt hätten die Asylanten einquartiert werden sollen. Hat der Mord am Pfarrer also einen politischen Hintergrund? Wollte der Mörder ein symbolisches Zeichen setzen? Oder steckt am Ende gar eine ominöse Frauengeschichte dahinter? Einmal mehr haben Gucki und Turrini alle Hände voll zu tun, um die richtige Spur noch vor Oberstleutnant Rammer von der Polizei zu finden – und dabei zwischen Weihnachtsfeiern, Redaktionsstress und Tarockabenden nicht selbst aus der Spur zu geraten.

„Eine wunderbare Milieustudie der österreichischen Provinzseele"
Südtiroler Tageszeitung, Helmuth Schönauer

Franz Friedrich Altmann
Turrinis Jagd
Kriminalroman
240 Seiten, broschiert
€ 19.90
ISBN 978-3-7099-7044-7

Wir befinden uns im Jahre 2011. Die ganze Welt redet von der Bankenkrise. Sogar im tiefsten Mühlviertel geht es damit los: Zuerst fährt einer mit dem Bagger mitten in eine Bank hinein, dann wird ein Filialleiter gelyncht, ein anderer angeschossen, und schließlich verbreiten „Die Wilderer", eine geheimnisvolle Untergrundbewegung, Angst und Schrecken. Und das alles, während man sich auf das Erntedankfest, den Leonhardiritt und den Weltspartag freut. Kein Wunder, die Polizei ist überfordert. Aber da gibt es ja noch die resche Lokaljournalistin Gucki Wurm und ihren unerschrockenen Hund Turrini, die zur Jagd auf den Mörder blasen. Und am Ende fast noch Mann und Herrli finden ...

„Franz Friedrich Altmanns neuer Krimi ist wie die Mühlviertler selbst: bissig, liebenswert, goschert und mit einem dezenten Hang ins Derbe ausgestattet. Ein Provinzkrimi der Extraklasse!"
Oberösterreichische Nachrichten, Lukas Luger

www.haymonverlag.at

Franz Friedrich Altmann
Turrinis Bauch
Kriminalroman
264 Seiten, gebunden mit Schutzumschlag
€ 19.90
ISBN 978-3-85218-732-7

Gudrun Wurm – für ihre Freunde: Gucki – verlässt nicht ganz freiwillig ihren Schreibtisch bei den Mühlviertler Nachrichten, um endlich einmal ihren Resturlaub zu verbrauchen. Urlaub bedeutet für Gucki Langeweile – da kommt es nur gelegen, dass sie an ihrem letzten Arbeitstag Zeugin eines Mordes wird: Irgendjemand hat der slowakischen Altenpflegerin einen Nordic-Walking-Stock in die Brust gestoßen. Zwischen Rasenmähertraktor-Rennen und Tarockabenden, Zeltfesten und Harley-Davidson-Treffs ermittelt Gucki, stets begleitet von ihrem treuen und trinkfreudigen Hund Turrini. Schließlich beginnt sie sogar ein Praktikum im Altersheim, um sich die Sache genauer anzuschauen. Doch je näher sie dem Mörder rückt, desto mehr schwebt sie selbst in Gefahr. Abenteuerlich und umwerfend komisch – Franz Friedrich Altmanns neuer Turrini-Krimi ist einmal mehr eine geniale Mischung aus schrägem Heimatroman und spannendem Provinz-Krimi.

„gediegene Unterhaltung“
Die Presse

„unkonventionell, radikal und urkomisch“
bücherplausch.de